W0291201

© 2015 by :TRANSIT Buchverlag
Postfach 121111 | 10605 Berlin
www.transit-verlag.de

Umschlaggestaltung, unter Verwendung
einer Abbildung © plainpicture /
Millennium / Ilona Wellmann, und
Layout: Gudrun Fröba
ISBN 978-3-88747-324-2

Ulrich Effenhauser

Alias Toller

ROMAN : TRANSIT

Ereignisse sind, so sagt man, Steine, die ins Wasser fallen. Beim Aufschlagen reißen sie die Oberfläche auseinander, Tropfen spritzen in die Luft. Der Stein ist, wenn er untergeht, noch für ein paar Momente sichtbar; dann verschwindet er, geräuschlos sinkt er hinab, kommt unten auf, gerät in Vergessenheit, man müsste tauchen, um ihn zu bergen.

Und doch, die Ereignisse existieren weiter. Sie haben Wellen gebildet. In konzentrischen Kreisen schwappen sie nach außen, sie überlappen sich, und manchmal, wenn du am Ufer stehst, hörst du sie an die Steine schlagen.

Die Villa befindet sich in der Bubenečská 55.
Die Villa wurde 1923 erbaut.
Die Villa gehörte der Familie Waigner.
Emil Waigner war ein angesehener Bankier. Er verdiente 5000 Kronen im Monat, er wurde von seinem Chauffeur in einem weinroten Mercedes zur Arbeit gefahren, er begab sich mehrmals im Jahr auf Reisen, er pflegte seine angeschlagene Gesundheit in tschechischen und ungarischen Bädern. Weil Emil Waigner Jude war, wurde er nach der gewinnbringenden Übernahme seines Geldhauses durch die Dresdner Bank im Jahr 1940 entlassen. Im Februar 1942 wurde er im Konzentrationslager Mauthausen umgebracht, der diensthabende SS-Mann hat als Todesursache Herzversagen angegeben, doch vermutlich ist Emil Waigner an Entkräftung, Unterkühlung, Lungenentzündung oder äußerer Gewalteinwirkung gestorben.
Bei seinem Tod soll er in der Tasche seiner Häftlingshose zwei Fotografien gehabt haben: ein Bild von seiner Frau Marie und eines von seiner Villa.
Marie Waigner war eine dunkelhaarige Schönheit. Sie starb ein paar Monate später im Konzentrationslager Auschwitz. Die Villa fiel, wie Hunderte jüdischer Immobilien, an den nationalsozialistischen Auswanderungsfonds für Böhmen und Mähren. Um das Anwesen bewarben sich der Wirtschaftsjurist Professor Dr. Friedrich Klausing, der an der Deutschen Universität in Prag eine der zahlreichen freigewordenen Stellen bekommen hatte, und der SS-Standortkommandant Julian Scherner (dieser war später, nach dem Überfall auf Polen, als SS-Polizeiführer in Krakau dem Fabrikanten Oskar Schindler bei seinen Geschäften behilflich und musste sich 1944, zusammen mit Amon Göth, bekannt geworden durch Steven Spielbergs Schindlers Liste, wegen finanzieller Bereicherung vor einem SS-Ehrengericht verantworten). Den Zuschlag erhielt – die genauen Gründe sind unbekannt – Professor Klausing. Allerdings war er mit der Villa nicht zufrieden; er ließ Renovierungsarbeiten durchführen, denen Skulpturen und Wandgemälde mit Motiven aus dem Alten Testament zum Opfer fielen. Wegen dieser Umbaumaßnahmen stritt sich Klausing, mittlerweile zum Rektor der Universität aufgestiegen, lange Zeit mit der Universitätsverwaltung um Zuschüsse, die ihm schließlich auch bewilligt wurden; die Zerstörung jüdischer Kunst und Architektur, so wur-

de Klausing in einem Schreiben zugutegehalten, könne unter gegebenen Umständen als zuschussfähig angesehen werden.

Im Jahre 1944 erschoss sich Klausing im Arbeitszimmer der Villa. Sein Sohn war in das Stauffenberg-Attentat verwickelt gewesen, der nationalsozialistisch durchdrungene Gelehrte glaubte, durch den Freitod seine deutsche Ehre rein zu halten, den Verrat des Sohnes zu sühnen.

Die Villa wurde nun von SS-Untersturmführer Hanns Martin Schleyer bezogen, ebenfalls Nutznießer der ausufernden NS-Bürokratie. Als 26-jähriger übernahm Schleyer im Juli 1941 die Leitung des Studentenwerks der Deutschen Universität in Prag, die als Kaderschmiede für den besetzten Osten fungierte: Die hier ausgebildeten Männer wurden darauf abgerichtet, das überlegene Deutschtum zu verbreiten, mit aller Härte. Da Hitler den damaligen Reichsprotektor für Böhmen und Mähren Konstantin von Neurath für nicht hart genug hielt, wurde im Oktober 1941 Reinhard Heydrich der neue starke Mann in Prag; Deportationen und Hinrichtungen nahmen zu. Hanns Martin Schleyer stieg weiter auf, 1942 wechselte er als Referent zum Zentralverband der Industrie in Böhmen und Mähren, welcher verantwortlich war für die Arisierung der tschechischen Wirtschaft und die Rekrutierung von Zwangsarbeitern für das Deutsche Reich.

Man kann sich denken, welche Akten Schleyer auf seinem Schreibtisch in der Villa Waigner durchgearbeitet hat; welche Entscheidungen er getroffen hat, spazierengehend auf dem sorgsam gestutzten Rasen des weitläufigen Geländes; was er zu Heydrichs Politik gesagt hat, bei den Abendessen und Empfängen in seinem herrschaftlichen Haus.

Als im Mai 1945 die Einnahme Prags durch die Rote Armee bevorstand, konnte Schleyer in letzter Sekunde fliehen. Nach kurzer Haft wurde er als Mitläufer eingestuft. Aufgrund seiner Fähigkeiten und dank alter Verbindungen stieg er zum Vorstandsmitglied der Daimler-Benz AG auf, wurde zu einem der wichtigsten Wirtschaftsführer der Bundesrepublik Deutschland. Gesellig soll er gewesen sein, kommunikativ und trinkfest. Nicht bösartig, nicht unsympathisch.

Schleyers Leiche wurde am 19. Oktober 1977 in der Rue Charles Peguy in Mülhausen im Kofferraum eines grünen Audi 100 aufgefunden; ein RAF-Mitglied hatte ein paar Stunden zuvor drei Schüsse auf seinen Hinterkopf abgegeben.

Nach dem Zweiten Weltkrieg wurde in der Villa Waigner eine Filiale des Geheimdiensts der ČSSR untergebracht. Die tschechoslowakische Spionagearbeit wurde hier koordiniert, im Keller legte man meterweise Akten an, im Erdgeschoss befanden sich Büroräume und Lager für Funk- und Abhörgeräte, oben gab es Besprechungszimmer. Von hier aus wurde beispielsweise der berüchtigte Schlächter von Lidice, SS-Obersturmführer Max Rostock, bei seiner Agententätigkeit im Westen betreut.

Nach dem Ende des Kommunismus zog das Recht in die Villa ein: Ein Gericht, der tschechischen Behörde zur Untersuchung der Verbrechen des Kommunismus angegliedert, fällt in diesem Haus Urteile über die ehemaligen Funktionäre. Im Jahr 2008 kam es zum Prozess gegen den früheren stellvertretenden Innenminister und Staatssicherheitschef Filip Malina und gegen den früheren stellvertretenden Generalstaatsanwalt Adam Babiš. Die Anklage lautete auf Amtsmissbrauch in Tateinheit mit Strafvereitlung, das Aufsehen war groß, der Fall galt als Bewährungsprobe für die tschechische Justiz. Die Staatsanwaltschaft arbeitete unter Hochdruck, von überallher versuchte man Beweise gegen die beiden Angeklagten zu bekommen, man beauftragte ein Historikerteam mit der Beschaffung von belastendem Material aus den Archiven, mit der Bitte um Zusammenarbeit wandte man sich auch an die bundesdeutschen Behörden.

Prof. Dr. Jürgen Stock   Wiesbaden, 20. März 2008
Vizepräsident des Bundeskriminalamts
Thaerstraße 11
65193 Wiesbaden

An den
Leitenden Kriminaldirektor Alwin Heller
Kriminalistisches Institut 2 - Dezernat Fallforschung
im Hause

Kommunistenprozess in Prag

Sehr geehrter Herr Heller,
die tschechische Justiz führt derzeit Prozesse gegen ehemalige Amtsträger aus der Zeit vor 1989 durch. In diesem Zusammenhang hat sie uns sowie alle Landeskriminalämter

vor ein paar Wochen ersucht, infrage kommende Aktenbestände nach beweisträchtigen Informationen zu überprüfen. Nach Durchsicht der Archive des LKA Bayern (Abteilung IV) hat sich ergeben, dass in einem der relevanten Fälle die damalige Leitung bei Ihnen lag.

Hiermit gebe ich die betreffende Akte an Sie weiter. Im Namen der tschechischen Staatsanwaltschaft möchte ich Sie bitten, sich erneut mit dem Fall vertraut zu machen und am Donnerstag, dem 23. März, um 14.30 Uhr für eine Zeugenaussage zur Verfügung zu stehen.

Die Adresse des Gerichtsgebäudes lautet Bubenecská 55, 16000 Prag 6. Im nahegelegenen Hotel Denisa (Národní obrani 33, Tel. 224 318 969) haben wir für Sie ein Zimmer reserviert, zur Reisekostenerstattung verwenden Sie bitte das übliche Formular.
Für die sehr kurzfristige Bereitstellung der Akte bitten die bayerischen Kollegen um Entschuldigung.

Mit freundlichen Grüßen
Jürgen Stock

Heller steht auf. Geht ans Fenster. Der Westtrakt, ein Konstrukt aus rechten Winkeln. Der Regen hat den Beton dunkel verfärbt. Im obersten Stock werden Eimer aufgestellt. Die Renovierung letztes Jahr war eine Behelfsmaßnahme, »für eine Generalüberholung fehlen, wie Sie wissen, die Mittel.«

Im Fenster spiegelt sich der Monitor.

Vor ein paar Wochen, mitten in der Nacht, ist das Wasser durchgesickert, Heller saß gerade am Schreibtisch, als die ersten Tropfen auf ihn herabfielen. An der Decke war ein brauner Fleck, eine Gipsplatte wölbte sich, von den Seiten lief das Wasser in die Mitte, sammelte sich, jeden Moment konnte die Platte herunterbrechen. Heller saß da. Schaute zu. Die Tropfen näherten sich dem Monitor. Heller saß da. Sie tropften auf die Regale. Mit einem merkwürdigen Vergnügen schaute Heller zu.

Im Fenster spiegeln sich die Akten. 207 alte Akten. Ungelöste Fälle. Tragische Opfer. Täter, die nie vor einen Richter gekommen sind. Die

Schränke sind voll von ungesühnten Verbrechen. Aus den Ordnern schreit das Unrecht. Das Wasser, die Tropfen – es wäre eine Befreiung gewesen, wenn es einen Kurzschluss gegeben hätte, wenn ein Feuer ausgebrochen wäre, das Verbrechen wäre verbrannt, endlich wäre Ruhe gewesen.

Auf dem Fensterbrett hat sich eine kleine Pfütze gebildet. Der Kothaufen eines Vogels ragt aus ihr heraus wie eine Insel; wenn ein Windstoß kommt, gibt es Wellen, dann ebben sie wieder ab.

Das Schlechte in der Welt – es ist nichts Abstraktes, kein Prinzip. Es ist etwas Materielles, etwas, das sich eingenistet hat bei ihm. Jeden Tag bekämpft er es, mit seinem Verstand, unterstützt durch ein paar Assistenten und technische Hilfsmittel. Es hat Zeiten gegeben, da haben ihn die Verbrechen angeekelt, die Autopsieberichte, die Tathergangsanalysen, die Bilder von eingeschlagenen Köpfen und zerstochenen Leibern ... schmutzig hat er sich gefühlt, wenn er sich mit den Akten beschäftigte. Das Verbrechen ist eine Ratte. Eine schwangere Ratte, die durch die Welt schleicht. Hellers Berufung ist es gewesen, sie unschädlich zu machen. Er hat geglaubt, es sei möglich. Dann hat er erkannt, dass er ohnmächtig ist; die Ratten vermehren sich, in der Nacht. Sie bauen ihre Nester. All seine Besessenheit hat nichts dagegen ausrichten können. Die Welt ist schlecht geblieben. Die Akten häufen sich. So viele Fälle ungelöst. Jede Stunde, jede Minute kann einer der Täter wieder zuschlagen – während Heller und seine Leute Seiten umblättern und Stoffproben in die Labors geben.

Sicher, er ist erfolgreich gewesen. Die Aufklärungsquote ist angestiegen, der DNA-Test hat einiges bewirkt, und manchmal gelingt es, nach vielen Jahren, einen alten Mann seiner gerechten Strafe zuzuführen. Aber es sind Erfolge für die Statistik; die meisten Täter sind, wenn Heller die Streife zu ihnen schickt, bereits verstorben, die Hinterbliebenen müssen damit fertigwerden, dass man jahrelang mit einem Schwerverbrecher am Tisch gesessen hat.

Die Welt ist ein Chaos, sie lässt sich nicht ordnen, das ist zu akzeptieren. Heller empfindet keinen Ekel mehr. Kein Mitleid. Die Fälle sind Nummern, bestenfalls Rätsel, ihre Lösung ist interessant, sonst nichts.

Früher hat Heller die Akten mit ins Bett genommen. Hat so lange darin geblättert, bis das entscheidende Detail gefunden war, und wenn es bis zum Morgen gedauert hatte. Heute sind ihm, wenn er abends nach Hause kommt, die einfachsten Verrichtungen zu viel. Er legt sich im Anzug schlafen und wacht im Anzug auf.

Dass er die wichtigste Aufgabe von ihnen allen hat, hat Johannes zu ihm gesagt, die besonders schweren Fälle, die besonders klugen Täter, die mit besonders viel Glück. Dass jeder Fall, den Hellers Abteilung löst, zur Abschreckung dient. Dass er und seine Leute nachholen, was der liebe Gott versäumt hat. Dass Heller in seinen letzten beiden Jahren bloß nicht anfangen soll, die Grundsatzfrage zu stellen. Dass ohnehin bewundernswert ist, wie lange er durchgehalten hat mit seinem Ethos, andere sind schon viel früher am Ende. Dass es gar nicht schadet, wenn er ein wenig langsamer macht, er ist nicht Herkules, auch wenn er es immer geglaubt hat. Heller hat genickt, sein Wasser getrunken und ist ins Büro gegangen. Die Akte, die auf seinem Tisch lag, hat er an Christoph weitergeleitet, unbesehen.

Das Telefon läutet. Heller bewegt sich nicht. Bleibt am Fenster. Der Hausmeister grüßt herauf, läuft ins Gebäude. Das Telefon verstummt.

Die tropfenden Äste. Die rotweiße Schranke. Die vielen Regenbäche an der Scheibe, manchmal stehen sie still, dann wieder rinnen sie umso schneller hinab.

Der ganze Apparat, den Heller in jahrelanger Kleinarbeit aufgebaut hat; die Assistenten, die widerspruchslos ihren freien Abend opfern, wenn er sie darum bittet; die Hoffnung, endlich den entscheidenden Hinweis zu finden, eine Schaufel voll Dreck aus der Welt zu werfen … das alles sagt er sich täglich vor, um nicht nach Hause zu gehen und sich ins Bett zu legen … und ausgerechnet jetzt, wo er keine Kraft mehr hat … ausgerechnet jetzt muss diese verfluchte Akte auf seinem Tisch landen.

Die Deutschlandfahne flattert. Das Sprühwasser der Autos.

Heller geht an den Schreibtisch zurück. Er betrachtet das Paket. Fährt mit dem Finger über die zugeklebte Stelle. Er reißt es auf. Er nimmt die Akte heraus.

»Vorläufig ungelöst« steht auf der Pappe. Das Schreibmaschinenblau ist beinahe durchsichtig. Heller weiß noch, wie er damals die Buchstaben getippt hat, kurz bevor er die Akte weiterzuleiten hatte. Dreißig Jahre ist es nun her. Sein erster Fall. Vorläufig ungelöst.

Warum? Warum muss es ausgerechnet diese Akte sein?

♦

Studiendirektor Dr. Friedrich Gutleb, geboren am 28.5.1922, wohnhaft in der Dürerstraße 14, gab am Geschwister-Scholl-Gymnasium Musik und leitete das Schulorchester.

Den befragten Schülern zufolge war Dr. Gutleb ein sehr strenger Lehrer. Felix Eckel (Klassensprecher 9b) sagte aus, bei Dr. Gutleb habe sich niemand getraut, das Fach auf die leichte Schulter zu nehmen, selten sei ein Schüler in seinem Unterricht unvorbereitet gewesen, der Grund dafür sei „die pure Angst" gewesen.

Helga Achatz (Klassensprecherin 11d) schilderte ausführlich Dr. Gutlebs Vorgehen beim Abfragen: Nach der militärisch anmutenden Anfangsbegrüßung hätten sich die Schüler setzen müssen, man sei jedes Mal sehr nervös gewesen. Dr. Gutleb habe anschließend gesagt, er brauche wieder ein „Opfer des Tages", dann habe er die Stille ausgekostet, indem er sich in aller Ruhe entweder die Krawatte zurechtgerückt oder sich gekämmt habe. Erst dann habe er sein „Opfer" aufgerufen, mit demonstrativer Höflichkeit zu sich nach vorn gebeten und mit seinen Fragen versucht, „es zu erdrücken wie die Python einen Hasen" (O-Ton H. Achatz). Falls der Schüler alles gewusst habe, sei Dr. Gutleb zu sogenannten „Elementarfragen" übergegangen, beispielsweise habe er nach dem Quintenzirkel gefragt oder ein kleines Vorsingen verlangt, das er meist mit einem Kopfschütteln quittiert habe. Einwände, daß diese Praxis ungerecht sei oder daß Herr X oder Frau Y viel leichter abfragen würden, habe es bei Dr. Gutleb nicht gegeben, „die Angst vor der Schlange" habe derartiges Aufbegehren verhindert. Wer Wissenslücken offenbart habe, den habe Dr. Gutleb unter folgendem Ausspruch in die Klasse zurückgeschickt: „Grober Unfleiß ist eines deutschen Schülers unwürdig! Ich bemitleide euch!" Diese Worte hätten nicht nur dem ausgefragten Schüler, sondern der ganzen Klasse gegolten. Trotz allem habe Dr. Gutleb, laut Helga Achatz, auch eine gewisse Eleganz ausgestrahlt, verantwortlich dafür seien vor allem seine Haltung und sein gepflegtes Äußeres gewesen, und Felix Eckel hat angegeben, die Schüler seien „manchmal sehr beeindruckt" von Dr. Gutleb gewesen. Zu Beginn jeder Stunde habe er sie mit perfektem Violinspiel empfangen, minutenlang habe man

ehrfürchtig gelauscht, dann sei Dr. Gutleb zur oben beschriebenen Abfrageprozedur übergegangen.
Laut Frau Birgit Winterhoff, der Elternbeiratsvorsitzenden, habe sich auf Seiten der Eltern niemand getraut, gegen Dr. Gutleb das Wort zu führen, zumal das Schulorchester wegen seiner Verdienste weithin bekannt und bei Wettbewerben sehr erfolgreich gewesen sei. Die alljährlichen Weihnachts- und Sommerkonzerte hätten über die Schulgemeinschaft hinaus viele Zuhörer angelockt, den Orchesterschülern habe Dr. Gutleb sehr viel beigebracht.

Gerlinde Mayer (8b) vom Schulorchester hat angegeben, daß Dr. Gutleb zwar sehr streng gewesen sei und auf Fehler der Schüler gelegentlich zornig reagiert habe, insgesamt aber habe man Dr. Gutleb gegenüber großen Respekt empfunden, da er den Mitgliedern des Orchesters sehr viel beigebracht habe. Die Musik habe ihn laut Mayer zu einem anderen Menschen gemacht; wenn ein Stück nach mehrmaligem Proben so gelungen sei, wie Dr. Gutleb es sich vorgestellt habe, habe er Tränen in den Augen gehabt und gesagt, die Jugend sei doch noch zu Höherem fähig. Man habe dies als großes Lob empfunden und sei sehr stolz gewesen. Zu ihr selbst habe Dr. Gutleb einmal gesagt, wenn sie weiterhin so viel übe, dann könne es sein, daß sie es noch weit bringe in der Musik. Mayer habe sich über diese Äußerung sehr gefreut, ebenso ihre Eltern, die ihr daraufhin eine neue Querflöte gekauft hätten.

Der Kollege Gerhard Schanz vom Personalrat sagte aus, daß Dr. Gutlebs Sprechstunden zumeist unbesucht geblieben seien, so daß er in aller Ruhe Zeitung gelesen habe, vorzugsweise den Sudetendeutschen Anzeiger, den er täglich dabei gehabt habe. Schanz habe gehört, daß Dr. Gutleb oftmals auch im Unterricht Zeitung gelesen habe, die Schüler hätten währenddessen in Ruhe arbeiten müssen. An Lehrerausflügen oder außerschulischen Unternehmungen der Kollegen habe Dr. Gutleb sich nicht beteiligt, Privates habe man nicht besprochen, insgesamt sei Dr. Gutleb im Lehrerkollegium unbeliebt bis verhasst gewesen, beispielsweise habe Dr. Gutleb einem Kollegen namens Berger ein Verhältnis mit einer verheirateten Kollegin namens Vollmann nachgewiesen und dieses auch dem Schulleiter angezeigt; einen anderen Kollegen namens Nießel habe er vor dem versammelten Kollegium wegen mehrfachen Zuspätkommens gerügt, und einmal habe er sich beim Personalrat über die unaufgeräumten Tische der jüngeren Kollegen beschwert.

Laut Direktor Dr. Haberland sei die ganze Schulfamilie, trotz Dr. Gutlebs bekannter Strenge, über den Vorfall sehr erschüttert. Dr. Haberland äußerte die Ansicht, alles habe mit dem Zusammentreten des Disziplinarausschusses zu tun. Am 23. Juli 1978, kurz vor den Sommerferien, sei Folgendes geschehen: Der Abiturient Karl Klenk und die Abiturientin Irene Adler hätten sich, kurz nach Ende der ersten Pause, mitten auf der Treppe aus offensichtlicher Verliebtheit mehrere Sekunden lang zügellos geküsst, wobei sie die Anwesenheit Dr. Gutlebs entweder nicht wahrgenommen oder absichtlich ignoriert hätten. Die vorbeigehenden Schüler seien so fasziniert stehengeblieben, daß die hinteren auf sie aufgelaufen seien, und wer nicht fasziniert gewesen sei, der habe aus Beschämung das Tempo beschleunigt. Die Folgen seien ein großes Durcheinander auf der Treppe gewesen sowie mehrere Stürze, wobei sich ein Schüler der fünften Klasse einen Bänderriß zugezogen hat. Aufgrund des Verhaltens der beiden Kollegiaten habe Dr. Gutleb bei Dr. Haberland, wie schon mehrere Male zuvor, die Einberufung des Disziplinarausschusses verlangt; in diesem Fall hätten andere Kollegen und auch Dr. Haberland selbst Dr. Gutlebs Forderung unterstützt. Der Grund dafür sei nicht, wie böse Zungen behaupten würden, der Umstand gewesen, daß der Vater des verletzten Schülers dem Stadtrat angehöre, vor allem hätten grundsätzliche Erwägungen eine Rolle gespielt. Der Disziplinarausschuß sei einberufen worden, Dr. Gutleb habe mit Sittenverfall, Vorbildwirkung älterer Schüler, Abwehr der schändlichen Einflüsse des Fernsehens auf die moralische Anstalt Schule usw. argumentiert, schließlich sei es zu einer Verurteilung der beiden Kollegiaten in Form von verschärften Verweisen gekommen. Die Schülerschaft habe nicht gerade positiv darauf reagiert, an der Tür des Lehrerzimmers sei eine Schmähschrift angebracht worden, die Außenwand der Turnhalle habe man mit einer obszönen Malerei besudelt, beide Male habe sich die Urheberschaft nicht feststellen lassen. Über die beiden Schüler gebe es nicht viel zu sagen, Karl Klenk (Leistungskurse Physik und Chemie) sei ein durchschnittlicher Schüler, seit einem Verweis vor mehreren Jahren sei er nicht weiter aufgefallen, damals habe er einem Mitschüler mit Säure Löcher in die Schuhe geätzt. Die Kollegiatin Irene Adler (Leistungskurse Englisch und Französisch) sei als gute Schülerin bekannt, disziplinarische Maßnahmen seien bislang nicht gegen sie verhängt worden.

Herr Aschenbrenner, der Hausmeister der Dürerstraße 14, hat angegeben, Dr. Gutleb sei ein geachteter Bewohner gewesen, der sich stets tadellos verhalten habe, „ein Mann, wie er im Buche steht". Daß Dr. Gutleb mehrmals am Tag auf verschiedenen Musikinstrumenten geübt habe, sei kein Problem gewesen, da die Mieterin unter ihm schwerhörig sei und der Mieter über ihm von morgens bis abends arbeite. Dr. Gutleb habe Herrn Aschenbrenner gelegentlich für kleine Hilfen in Anspruch genommen und stets ein „schönes Trinkgeld" gegeben. Am fraglichen Tag, dem 26. August 1978, habe Dr. Gutleb Herrn Aschenbrenner gebeten, ein paar Taschen hinunterzutragen und im Kofferraum von Dr. Gutlebs schwarzem VW Käfer zu verstauen. Dr. Gutleb habe, wie jedes Jahr in den Ferien, Karten für das Staatsorchester besessen, er habe Herrn Aschenbrenner lang und breit von dem Dirigenten Carlos Kleiber und einem Beethoven-Werk vorgeschwärmt, dessen genaue Bezeichnung Herrn Aschenbrenner entfallen sei. Nach dem Konzert habe Dr. Gutleb noch ein paar Tage in Mittenwald verbringen wollen, wo er laut Herrn Aschenbrenner einen zuverlässigen Geigenbauer gekannt habe, der ihm, wie jedes Jahr, eines seiner Instrumente ausbessern sollte, dieses Mal eine alte Bratsche, die einen kleinen Riß in der Decke aufgewiesen habe. Dr. Gutleb habe Herrn Aschenbrenner kurz vor der Abfahrt die Beschädigung sogar gezeigt, den Geigenkasten habe Herr Aschenbrenner aber nicht nach unten tragen dürfen, Dr. Gutleb habe Wert darauf gelegt, ihn persönlich zu transportieren. Er habe ihn auf den Beifahrersitz gelegt und noch einmal geöffnet, wobei er laut Herrn Aschenbrenner das Instrument gestreichelt habe. Dann habe Dr. Gutleb die Autotür zugemacht und mit seinen Händen Bewegungen ausgeführt, die Herrn Aschenbrenner ans Dirigieren erinnert hätten.

Frau Therese Rotherwang, eine Mieterin im Nachbarhaus, hat angegeben, daß Dr. Gutleb bei ihr ab und an zum Kaffee eingeladen gewesen sei, er habe ihr dann auf ihrem Flügel vorgespielt, meistens Schubert oder Chopin. Dr. Gutleb sei ein sehr kultivierter Mann mit ausnehmend höflichen Umgangsformen gewesen. Man habe sich, ausschließlich auf musikalischem Gebiet, sehr gut verstanden, gelegentlich habe man auch Schach miteinander gespielt, als Gentleman habe Dr. Gutleb Frau Rotherwang des öfteren gewinnen lassen. Ein paar Mal sei man gemeinsam in ein Konzert gegangen, auf die Musikreisen, die Dr. Gutleb jedes Jahr in den Sommerferien unternommen habe, habe Frau Rotherwang verzichten müssen, da längere Autofahrten ihrer Gesundheit abträglich seien. Am fraglichen 26. August habe Frau Rotherwang zufälligerweise gerade aus dem Fenster geblickt, als Dr. Gutleb und Herr Aschenbrenner sich vor Dr. Gutlebs Wagen unterhalten hätten. Sie habe sich wieder den Blumen zugewandt, da habe sie die Explosion gehört, die so stark gewesen sei, daß ihre Schränke gezittert hätten. Sie habe sofort nach draußen gesehen, wo Dr. Gutlebs Wagen, ein Stück von der vorherigen Stelle entfernt, lichterloh gebrannt habe. Was danach geschehen sei, entziehe sich ihrer Erinnerung. Daß der Anschlag um 15.20 Uhr geschehen sei, könne sie mit Sicherheit sagen, da sie kurz zuvor wegen eines anstehenden Friseurtermins auf die Uhr gesehen habe. Ansonsten mache sie Dr. Gutlebs Schüler für das Verbrechen verantwortlich, Frau Rotherwang äußerte die Meinung, daß sich die Jugend durch allerlei schädliche Einflüsse in einem Zustand der Verrohung befinde, wogegen mit Härte vorzugehen sei.

Verwandte von Dr. Gutleb konnten nicht ausfindig gemacht werden, laut Frau Rotherwang habe er alle Angehörigen im Krieg verloren.

Heller zog die Blätter aus der Schreibmaschine. Er unterfertigte, legte die Opferbeschreibung in das Ausgangsfach, setzte sich zurück an den Schreibtisch, schaute in die Zeitung. In Rom war Albino Luciani, der Patriarch von Venedig, nach einem eintägigen Konklave zu Papst Johannes Paul I. gewählt worden. Der DDR-Bürger Sigmund Jähn war an Bord des sowjetischen Raumschiffs Sojus 31 als erster Deutscher ins Weltall geflogen. Südafrikanische Truppen waren nach einem Angriff der namibischen Befreiungsbewegung SWAPO in Sambia eingedrungen und hatten dort mehrere Rebellenstützpunkte zerstört.

Hellers Blick schweifte über die Artikel, blieb an einer Uhrzeit hängen. Um 15.20 Uhr stieg weißer Rauch auf, stand hier, das katholische Volk bejubelte das neue Kirchenoberhaupt. Heller legte die Zeitung weg. Er spielte mit seiner Kette, betrachtete den Anhänger mit dem Wassermann. Zaschke kam ins Büro, informierte Heller über die neuesten Erkenntnisse: Der suspendierte Schüler Karl Klenk gehörte dem Chemiekurs an und galt, laut Aussage der Nachbarn, als Tüftler. Im Keller seines Elternhauses experimentierte er mit Chemiebaukästen, die befragten Nachbarn sprachen von Knallgeräuschen und beißenden Gerüchen, die entsprechenden Gerätschaften wurden polizeilich sichergestellt – man hatte einen Verdächtigen.

Als Heller die Berichte an Kolnik weiterreichte, las dieser gerade in Dostojewskis Roman *Schuld und Sühne*, wobei er, wie immer, flüsterte. Kolnik kannte das Buch so gut wie auswendig, *Schuld und Sühne* gehörte, neben dem Alten Testament und Franz Kafkas *Der Process*, zu den drei Werken, die er im Dienst seit Jahren schon zu lesen pflegte.

Ohne dass sich Kolniks Augen von den Buchseiten lösten, nahm er die Berichte entgegen und beförderte sie in die Ablage. Dann führten seine dürren Finger eine Zigarette zum Mund, blätterten um, markierten mit dem Kugelschreiber eine Stelle. Heller ging, ohne richtig bemerkt worden zu sein, hinaus. Erst nach dem Ende des Kapitels würde Kolnik sich dem Fall zuwenden.

Kolniks Kollegen hatten sich an diese Eigenheiten gewöhnt. Dass der Chef jeden Tag später kam und früher ging, störte niemanden. Dass er die Fälle zumeist an seine Assistenten delegierte und sich die Leichen, Tatorte und Wohnungen niemals selbst ansah, wurde seiner kriminalistischen Genialität zugeschrieben. Der Ablauf war meist der gleiche: Wenn der Chef bereit war, begann er, ebenso intensiv wie seine drei Bücher, die Akten zu studieren, bis in die Nacht. Und dann, es dauerte oft nur ein, zwei Tage, hatte er die Lösung, den Zusammenhang. Manche sagten, Kolnik kenne das Böse so auswendig wie seine drei Bücher, er schlage in sich selber nach, bis er die richtige Stelle gefunden habe; die Kollegen hatten dann nur noch die Ausführung zu übernehmen, die Verhaftungen, die Verhöre, den Papierkram, und vieles davon geschah, da abhängig von Kolniks Geistesblitzen, zu später Stunde. Von größter Bedeutung war für diese Arbeitsweise die möglichst exakte Darstellung von Details. Der Chef erwartete penibel ausgearbeitete Berichte; die Ermittlung vor Ort hatten laut Dienstvorschrift ja immer zwei Assistenten durchzuführen, doch Kolnik ging noch einen Schritt weiter und verlangte von jedem ein eigenes Protokoll. Selbst der kleinste Unterschied zwischen den beiden Versionen einer Zeugenbefragung oder einer Tathergangsbeschreibung stach Kolnik ins Auge, und wenn er in einem der Berichte eine Informationslücke entdeckte, konnte der Chef ziemlich ungemütlich werden.

Im Gegensatz zu dieser Exaktheit war sein Büro erstaunlich unaufgeräumt. Immer wieder verlangte er nach neuen Kugelschreibern, da er die alten nicht wiederfand, und obwohl er die niedere Schreibarbeit in der Regel den Assistenten überließ, quoll sein Papierkorb von zusammengeknüllten Zetteln über. Teils stand auf diesen nur ein einziges Wort, teils waren sie von vorne bis hinten aufs Unleserlichste vollgekritzelt.

An seltenen Tagen kam es vor, dass Kolnik seine Schreibmaschine betätigte. In einer schildkrötenhaften Langsamkeit suchte er dann Finger um Finger nach den Tasten, und wenn die Formulare endlich fertig waren, waren sie derart akkurat, dass die Kollegen sie kaum zu lochen und abzuheften wagten.

Auf Kolniks Bürotisch befand sich ein Aschenbecher, den die Putzfrau zweimal am Tag auszuleeren hatte, sowie Gegenstände, über die sich Heller immer wieder wunderte: ein Kompass; ein Handbuch für Statistik; eines für Maschinenbau; Tusche und Federn; eine alte Leica; Metallstifte in mehreren Größen; zwei Lampen im Stile der Fünfziger; ein schadhaftes Teeservice mit altmodischer Verzierung; ein kleines Spielzeugauto aus Blech und, selbst im Sommer, lederne Handschuhe. Außerdem das Bild von Kolniks Tochter mit Zöpfen und Zahnlücke.

Über Kolniks Frau wusste niemand etwas, er selbst schwieg sich darüber aus, Privates kam ihm äußerst selten über die Lippen. Nur einmal, anlässlich einer seiner Beförderungen, als er überraschenderweise ein Glas Bier getrunken hatte, war er kurz ins Reden gekommen, er hatte gesagt, dass der Tod seiner Frau ihn »mitgenommen« habe, dann war er allen Fragen ausgewichen, hatte über den Krieg geredet, über die »schwere, schöne Zeit«, auf seine Frau war er nie wieder zu sprechen gekommen. Über die Tochter wusste man zumindest, dass sie an der hiesigen Universität Kunst studierte, gesehen hatte man sie aber noch nicht.

Das schwarze Telefon, das ebenfalls auf Kolniks Schreibtisch stand, stammte noch von der vorherigen Einrichtung. Kolnik weigerte sich, es durch ein modernes Gerät, so wie es die anderen Kollegen kürzlich bekommen hatten, ersetzen zu lassen, die orangerote Farbe der neuen Telefone war ihm verhasst, das Telefon eines Kriminalisten dieser Abteilung habe nichts mit Mode zu tun, sondern mit Mord, so hatte er doziert, als Zaschke ihn von dem neuen Gerät überzeugen wollte, und die Entschiedenheit dieser Äußerung sorgte dafür, dass man von weiteren Versuchen Abstand nahm – auch wenn die Durchstellung zu Kolniks Büro von einem altertümlichen Knacken begleitet wurde und unzumutbar lange dauerte. Hinter Kolniks Schreibtisch befand sich eine weitere Besonderheit, eine Auszeichnung aus seiner Zeit im Betrugsdezernat. Kolnik hatte damals, kurz nach dem Krieg, die Echtheit von Ausweisen und Pässen kontrolliert, laut der schmucklosen Urkunde war er im Jahr 1947 der erfolgreichste Passprüfer der amerikanischen Besatzungszone gewesen, 194 gefälschte Pässe hatte er sichergestellt, 108 weitere hatte er beanstandet, Kolniks Wirken sei »ein wichtiger Beitrag zum Aufbau von Recht und Demokratie«, so stand es auf dem rauen Papier in schöner Federschrift geschrieben, ganz unten die Unterschrift des amerikanischen Militärgouverneurs Lucius D. Clay.

Nicht wenige SS-Leute hatten sich 1945, in den Wirren des Kriegsendes, falsche Ausweise besorgt, um im zerstörten Deutschland unterzutauchen oder sich auf der so genannten Rattenlinie über den Vatikan nach Südamerika abzusetzen. Der Handel mit falschen Dokumenten hatte geblüht in diesen Jahren, viele, die der Gefangenschaft entgangen waren, hatten jeden Preis gezahlt, um an einen Pass zu kommen. Und Theodor Kolnik, der, wie man sich erzählte, während des Dritten Reichs im Widerstand und im Konzentrationslager gewesen war, war nach dem Krieg beauftragt gewesen, Nazis zu enttarnen und sie vor Gericht zu bringen. »Die schlimmsten …«, sagte Kolnik, wenn er über diese Zeiten sprach (was so gut wie nie vorkam), »die schlimmsten sind uns immer ausgekommen.«

Jetzt war es so weit: Kolnik klappte *Schuld und Sühne* zu. Er zog an der Zigarette, fingerte die Berichte aus dem Eingangsfach, legte sie vor sich hin. Er blätterte einen hellgrünen Umschlag auf, schob das Löschpapier beiseite, legte die Zigarette zurück. Zaschke und Mausch nickten sich konspirativ zu, hörten auf mit dem, woran sie saßen, postierten sich am Fenster zu Kolniks Büro – sie wussten, dass der Chef sie jetzt nicht mehr wahrnehmen, dass er abtauchen würde in ein Meer aus Einzelheiten und Zusammenhängen.

Gelegentlich blätterte Heller die Akten, die Kolnik bearbeitet hatte, nach Dienstschluss in aller Ruhe durch und versuchte, die Arbeitsweise seines Chefs zu begreifen. Informationen, die Kolnik als zusammengehörig betrachtete, markierte er entweder mit schwarzem, grünem oder rotem Kugelschreiber; dabei unterschied er zwischen mehreren Arten von Unterstreichungen: geraden, gewellten, gepunkteten, gekreisten, gezackten. Am Rand der Blätter fanden sich rätselhafte Zeichenkombinationen, griechische Buchstaben waren darunter, Ziffern und eine Vielzahl von geometrischen Figuren, Dreiecke, Rauten, Wellen, Spiralen und Kurven, oft kunstvoll verschachtelt und verbunden, ähnlich den Linienmustern auf Geldscheinen, alles rot, grün, schwarz. Manchmal gab es auch kleine Zeichnungen, Skizzen von Orten, Personen und Gegenständen, feinsäuberlich zu Papier gebracht, dreifarbige Miniaturen waren es, in denen sich Präzision und Phantasie vermischten.

Der Sinn all dieser Notizen erschloss sich Heller nicht, Kolniks Gedanken schienen nicht von dieser Welt zu sein. Doch am Ende erhielt man Klarheit: Auf der letzten Seite pflegte Kolnik, unter dem letzten Akteneintrag, mit Lineal einen langen Strich zu ziehen. Dann machte er ein großes Summenzeichen und schrieb den Namen desjenigen nieder, der die Tat begangen hatte.

Jetzt trat auch Heller ans Fenster. Obwohl er es eigentlich für unpassend hielt, stellte er sich neben Zaschke und Mausch und beobachtete jede Regung, die in Kolniks Gesicht entstand. Mit konzentriertem Blick, die Stirn in Falten, besah sich der Chef die erste Seite. Es war das Foto des Opfers, eine alte Schwarz-Weiß-Aufnahme, die Heller aus dem Ausweis kopiert und auf das Papier geklebt hatte. Kolnik beugte sich weiter vor, führte die Zigarette zum Mund, zog daran, starrte unverwandt weiter in die Akte, ließ den Rauch entweichen, legte, ohne hinzusehen, die Zigarette in die Einkerbung des Aschenbechers zurück, starrte noch immer auf die Fotografie, jetzt schüttelt er den Kopf, seine blauen Augen verließen kurz das Papier, schwenkten nach rechts, der Blick verharrte eine Weile auf der Zimmerpflanze am Fenster, sprang zurück zur Fotografie. Mit einem seiner Kugelschreiber kratzte sich Kolnik über die Wange, von der letzten Rasur waren mehrere Stoppeln stehengeblieben. Ein Ruck ging durch seinen Körper. Ohne die nächsten Seiten anzusehen, bewegte er die Hand zum schwarzen Hörer. Die Kollegen eilten, erstaunt über die kurze Dauer des Aktenstudiums, zurück an ihre Plätze, auf Hellers Tisch ein Läuten.

»Heller!«, sagte Kolniks Stimme, und es war, als habe sie sich durch die Leitung quetschen müssen, um bei Heller anzukommen. »Packen Sie zusammen! Es geht zur Wohnung!«

Heller lief unverzüglich in Kolniks Büro, er hatte vor, dem Chef in den Mantel zu helfen, doch Kolnik war schneller, und Heller wurde klar, dass etwas Außergewöhnliches im Gange war.

Die Eigentumswohnung von Dr. Gutleb befand sich im obersten Stock eines gelb gestrichenen Altbaus am Rande der Innenstadt, Hellers Recherchen zufolge hatte Gutleb sie in den sechziger Jahren gekauft, der zuständige Bankangestellte gab, nach anfänglichem Zögern, als Kaufsumme 12 500 D-Mark an. Hausmeister Aschenbrenner händigte Kolnik und Heller die Zweitschlüssel aus, rief den Kommissaren hinterher: »Ein tadelloser Mensch war er, der Herr Doktor!«

Eine weiß lackierte Treppe führte nach oben, die Stufen knarzten.

Dr. Friedrich Gutleb – Studiendirektor stand in gestochener Handschrift an der Wohnungstür. Kolnik befahl Heller zu öffnen, dann betraten sie die Diele.

Am Kleiderständer hing ein Hut, mehrere Paare Lederschuhe waren darunter ordentlich aufgereiht. Der Flur zog sich lang und eng einer weiteren Tür entgegen, auf dem glänzenden Parkett spiegelten sich die Lichtstrahlen der Glühbirne, der Läufer schluckte die Geräusche, dann klackten wieder die Absätze. Sie gingen in ein dunkles Zimmer. Kolnik zog den Vorhang beiseite. Grelles Vormittagslicht flutete herein, die Augen mussten sich gewöhnen. Das Fenster war spiegelblank, eine Taube saß auf dem Gesims, plusterte sich auf, man überblickte die Altstadt mit ihren Türmen und Dächern. Während Heller noch dabei war, sich zu orientieren, betrachtete der Chef schon die Bilder, die an den Wänden hingen, ländliche Szenen in kunstvollen Holzrahmen, heimkehrende Bauern, Holzfäller bei der Arbeit, beladene Kutschen, zerfallene Hausfassaden, Brunnen mit Gänsen, ein Schäfer mit Hund und Herde – kleine Ölgemälde, allesamt idyllisch, die Farben wiesen Risse auf.

»Ein Liebhaber des Landlebens«, sagte Heller, aber Kolnik reagierte nicht. Er war weitergegangen, zu einem Cembalo, es stand auf einem Orientteppich, der offensichtlich kostbar war; daneben, in einem wuchtigen Eichenschrank hinter Glas, waren zwei Geigen, darüber hingen weitere Musikinstrumente an der Wand: eine alte Gitarre; zwei Querflöten; eine Ziehharmonika mit fehlender Taste; drei verbeulte Trompeten; Klarinetten mit patinierten Aufsätzen; eine Oboe. Die gegenüberliegende Wand schien ausschließlich aus Büchern zu bestehen, hunderte von alten, handbeschriebenen Buchrücken fügten sich in dichten Reihen aneinander, alphabetisch geordnet, in der Mitte unterbrach eine Tür die Regale, Heller kam sich vor wie in einem anderen Jahrhundert. Kolnik musterte das alles nur kurz. Seine Augen flogen hin und her, ungeduldig wirkte er, verstimmt. Er öffnete die Tür, die von den Büchern eingerahmt war, sie führte zum Schlafzimmer. Auch hier die Ordnung eines peniblen Beamten, das Bett gemacht, die Pantoffeln parallel, die Hemden gebügelt im Schrank. Aber Kolnik interessierte sich nicht dafür, steif stand er da, die Hände in den Taschen, man konnte meinen, er wüsste bereits, wonach er suchte. Heller stieg auf einen Schemel und tastete oben den Schrank ab.

»Keine Fotos«, flüsterte Kolnik mehr zu sich als zu Heller. Er beugte sich über den Nachttisch, so dass der Hemdkragen seinen unrasierten Nacken freigab.

Kein einziges Staubkorn war zu sehen, Heller stieg wieder vom Schemel.

»Was nicht in einer Wohnung ist«, brummte Kolnik in Hellers Richtung, »ist oft das Wichtigste. Merken Sie sich das!«

Es war tatsächlich so, Fotos von Gutleb oder anderen Personen suchte man vergebens, der Ermordete hatte, so schien es, ausschließlich für seine Arbeit und für die Musik gelebt. Auf dem kleinen Nierentisch stand eine Schreibmaschine älteren Baujahrs, darüber hing eine alte Geige, Kolnik blickte weg, als er sie sah, war für ein, zwei Sekunden abwesend. Dann öffnete er die oberste Schublade des Nachttischs, zwei säuberlich zusammengelegte Stapel Stofftaschentücher kamen zum Vorschein. Der nächste Schub klemmte zunächst, dann offenbarte er ein paar Armbanduhren und, eingehüllt in ein Ledertuch, eine Pistole.

»Wehrmacht?«, fragte Heller.

Kolnik antwortete nicht.

In der untersten Schublade waren Papiere, Dutzende von Eintrittskarten für Musikaufführungen in München, Wien, Salzburg, Bayreuth, Nürnberg, Stuttgart; Zeitungsausschnitte von Auftritten mit dem Schulorchester; Baupläne von Geigen, Klarinetten, Flöten; Notenhefte mit eigenen Kompositionen; ein Echtheitszertifikat eines Antiquitätenhändlers für ein Cello; ein alter Ausweis: Gutleb in Schwarz-Weiß, seine Haare glänzten dunkel, waren streng gescheitelt, ernst und herrisch blickte er mit schwarzen Augen durch eine Brille im Stile der Fünfziger, die Lippen ohne Lächeln, die Nase kräftig und gerade, das Kinn markant, die

Krawatte perfekt gebunden. Kolniks Augen verharrten auf dem Passbild, klebten daran, dann suchten sie etwas anderes und musterten die Tapete.

»Ascendit de mari bestia«, flüsterte er, sein Mund bewegte sich kaum.

Heller fiel nichts ein, was er darauf hätte sagen können, er kam sich vor wie im Lateinunterricht.

»Wissen Sie, was das heißt?«

Heller spürte, wie Kolniks Blick prüfend sein Gesicht abtastete. Er war nicht schlecht gewesen in Latein, aber den Spruch verstand er nicht, er hatte ihn noch nie gehört; es wurde ihm warm an den Ohren, seine Hand bewegte sich in Richtung Hals, er konnte es nicht verhindern.

»Es kommt mir bekannt vor«, sagte er schließlich.

»Auftaucht aus dem Meer die Bestie«, übersetzte Kolnik, der auf einmal in seiner ganzen Größe vor Heller stand, er schien entrückt, seine blauen Augen funkelten, mit den Händen vollzog er eine Bewegung von unten nach oben. Genauso unvermittelt kam er wieder zu sich. Mit einer raschen Bewegung klappte er den Pass zu und steckte ihn in seine Brusttasche.

»Gehen wir!«, sagte er in knappem Befehlston und wandte sich in Richtung Tür.

»Wir haben doch noch Küche, Bad und Kellerräume …«, versuchte Heller einzuwenden, doch da klackten schon Kolniks Absätze auf dem Parkett, unterbrochen von kurzer Stille, während er über den Läufer schritt. Von draußen rief er seinem Assistenten etwas zu, aber das, was Heller gehört hatte, ergab keinen rechten Sinn: »Wenn Sie erraten, was sich im Keller befindet, bekommen Sie eine Urkunde von mir.«

In einem nicht enden wollenden Redeschwall beteuerte der Schüler seine Unschuld. Dass er so eine Bombe mit seinen Baukästen gar nicht zusammenbrächte; dass er dem Gutleb alles Mögliche an den Hals gewünscht habe, aber doch nicht so etwas; dass er andere Pläne gehabt habe, um sich zu rächen; dass er vorgehabt habe, den Gutleb im Lehrerklo einzusperren, damit er zu spät zum Unterricht käme und alle sich über ihn lustig machten; dass er die ferngesteuerte Schließvorrichtung bereits in der Schultasche gehabt habe; dass der Dr. Gutleb einer aus dem letzten Jahrhundert gewesen sei, dass er gewesen sei wie ein Weltkriegsgeneral, dass alle ihn gehasst hätten; dass ein paar von den Lehrern sicher mehr Grund gehabt hätten, ihn um die Ecke zu bringen. Karl Klenk redete mit roten Wangen in einer Geschwindigkeit, die Heller das Stenographieren schwer machte, er kam gar nicht dazu, Fragen zu stellen. Aber es war gut so, auf diese Weise konnte er die neue Methode ausprobieren, die er auf der letzten Fortbildung gelernt hatte: *Warten Sie geduldig und sprechen Sie so wenig wie möglich! Ein Verhörter, der nichts sagen will, wird verunsichert, ein Verhörter, der gerne redet, verstrickt sich in Widersprüche.* So hatte der Oberkommissar vor kurzem referiert, und Heller erlebte nun die zweite Variante, allerdings ohne Widersprüche. Er wartete, bis der Schüler still war. Dann telefonierte er mit dem Kollegen, der Klenks Schultasche überprüfen sollte. Dann schickte er den Schüler nach Hause. Halte dich zu einem weiteren Gespräch zur Verfügung, wollte er noch sagen, aber da hatte der Junge die Tür bereits hinter sich zugemacht.

Kolnik hatte die Rollläden seines Bürofensters heruntergelassen. Seit einer Stunde vernahm man von dort ungewohnte Geräusche. In seinen gummibesohlten Hausschuhen wanderte Kolnik auf dem Linoleumboden auf und ab, gelegentlich kehrte er an den Schreibtisch zurück, nahm die Zigarette aus dem Aschenbecher, zog daran, legte sie zurück, lief wieder auf und ab.

Die Kollegen wunderten sich. So angespannt hatten sie den Chef noch nie erlebt. Anscheinend war er ratlos. Normalerweise las Kolnik in diesem Stadium der Ermittlungen in einem seiner Bücher, um dann, nach angemessener Zeit, die Anweisung zu geben, wen sie wo abholen sollten. Jetzt aber stand er offenbar vor demselben Rätsel wie sie, und Heller wusste nicht recht, ob er deswegen Genugtuung empfand oder Mitleid.

Für den zweiten Durchgang des Verhörs hatte Heller Dutzende von Detailfragen vorformuliert, mit denen er den Schüler in die Enge treiben wollte, nur: Heller glaubte dem Klenk! Um letzte Zweifel auszuräumen, rief er noch einmal in der Schule an und fragte den Direktor, ob Klenk ein Mitglied der Theatergruppe sei oder sonst zur Schauspielerei neige. Dr. Haberland verneinte, fragte seinerseits, ob die Schuld des Schülers nun bald erwiesen sei, er werde bedrängt, endlich Schritte einzuleiten. Heller antwortete, man gehe lediglich einem Verdacht nach, noch habe der Schüler als unschuldig zu gelten, dann legte er auf.

Es musste anders gewesen sein. Heller hatte eine Nase für Unwahrheiten – so nervös log keiner.

Die Assistenten schenkten sich noch einen Kaffee ein. Man lauschte den Geräuschen aus Kolniks Büro, wartete auf die Durchsuchungsergebnisse.

»Außerdem sollten wir die Ermittlungen auf nahestehende Personen ausweiten«, fuhr Mausch fort, während er, die Beine auf dem Tisch, mit dem Stuhl kippelte.

»Das hätte man schon gleich machen sollen«, sagte Zaschke, die Kritik an der Strategie des Chefs war, wie immer, unüberhörbar. Zaschke zog die Jalousie des Aktenschranks hoch, Dutzende von Ordnern kamen zum Vorschein, eingestellt nach Jahren.

»Mal sehen, ob einer der Beteiligten schon mal Kunde von uns war. Wissen kann man nie ... Übrigens, Heller, die neue Methode taugt nichts. Den Plappertrick hatte schon der gute alte Al Capone drauf – das Unwichtige breittreten, das Wichtige unter den Tisch!«

Zaschke ging die Ordner durch. Es klopfte, Mausch nahm die Beine vom Tisch. Ehmann brachte die Liste der im Keller sichergestellten Gegenstände. Neben dem Üblichen – Werkzeug, Flaschen, ausrangiertes Gerät – stand unter

```
5. 72 Musikinstrumente (ungeordnet):
- 1 Gitarre, Herstellungsjahr: 1930, Herstellungsort: Krakau
- 1 Gitarre, Herstellungsjahr: 1919, Herstellungsort: Košice
- 1 Cello, Herstellungsjahr: 1904, Herstellungsort: Wilna
- 1 Cello, Herstellungsjahr: 1885, Herstellungsort: Gent
- 2 Posaunen, Herstellungsjahr: 1923, Herstellungsort: Rennes
- 1 Waldhorn, Herstellungsjahr: 1887, Herstellungsort: Lemberg
```

Die Auflistung umfasste dreieinhalb Seiten, auch Besonderheiten wie Balalaikas oder Bouzoukis waren vertreten, das älteste Stück, eine Violine aus dem Jahr 1823, war in Warschau gefertigt worden.

»Die Instrumente stammen alle aus der Zeit lange vor '45«, sagte Mausch.

»Beutegut!«, sagte Zaschke. »Der Gutleb hat die Musikinstrumente zusammengestohlen, in den besetzten Gebieten!«

»Ein ganzes Orchester könnte man damit ausstatten«, sagte Mausch.

»Sicher hat er sie den Juden weggenommen, bevor sie ins KZ …«

Heller hob seinen Bleistift.

»Hört ihr das?«

»Was denn? … Ich höre nichts.«

»Eben!«

Sie sahen sich an. Im gleichen Moment ging die Tür auf. Kolnik trat aus seinem Büro. Blass sah er aus, die Stirn in Falten, die Augen klein, die Gesichtszüge hatten nichts Strenges mehr, eine tiefe Müdigkeit hatte alle Schärfe aufgeweicht.

»Den Schüler laufen lassen«, sagte er, als ob es eine Nebensache wäre, und wandte sich der großen Wandkarte zu, den Nacken nach vorne gebeugt, die Hände hinter dem Rücken verschränkt, nervös spielten die Finger. Heller legte den Stift beiseite. In Gedanken versunken stierte Kolnik auf eine weiß eingezeichnete Fläche, ein Gebiet außerhalb ihres Einsatzbereichs, er atmete laut aus, sah dabei zu Boden, dann wanderte sein Blick zurück zur Karte. Keiner wagte, etwas zu sagen. Sie schauten sich an, Zaschke deutete verstohlen auf die neuen Telefone, an denen Kolnik, anders als sonst, vorbeigegangen war, ohne sich abfällig zu äußern. Auf einmal kam Bewegung in seinen Körper, er schüttelte etwas aus sich heraus, dann eilte er in sein Büro zurück, wortlos. Kurze Zeit später ging die Tür wieder auf, mit Mantel, Hut und Straßenschuhen verließ Kolnik das Kommissariat, ohne Gruß. Unten sah man ihn noch eine Zigarette anzünden, nach ein paar Minuten schnippte er sie fort und bestieg das Taxi.

Als Heller am nächsten Morgen das Büro betrat, war Kolnik schon da. Er las, bei geöffneter Tür, Dostojewski, tippte auf seiner Schreibmaschine herum, ordnete – das erste Mal, seit Heller ihn kannte – die Gegenstände auf seinem Tisch, versuchte den Bandsalat des Aufnahmegeräts aufzulösen, alles fahrig, ohne Konzentration. Um halb neun klopfte es an der Tür. Der Pförtner brachte die Zeitung. Ihr Fall war der Aufmacher: *Mordanschlag auf Musiklehrer*, der zerfetzte VW Käfer, ein Bild von Gutleb mit seinem Orchester. Der Chef kam aus seinem Büro, riss dem Pförtner das Blatt aus der Hand, flüsterte, ohne die anderen zu beachten, den Text vor sich hin, an manchen Stellen geriet er in Wallung, wurde lauter: »... wie üblich ... Verdacht gegenüber dem suspendierten Schüler ... erfolglos ... einige Zeit ...«. Er warf das Blatt beiseite, zischte: »Altes Arschloch!«, verzog sich in sein Büro, das Quietschen der Schuhe war wieder zu hören.

Heller nahm die Zeitung.

Wie üblich besitze die Polizei noch keine näheren Informationen, man konzentriere sich auf den Verdacht gegenüber dem suspendierten Schüler, weitere Ermittlungen seien bislang erfolglos geblieben, man dürfe annehmen, dass die Lösung des Falles noch einige Zeit in Anspruch nehmen werde.

Kein Wunder, dass der Chef ungehalten war. Der Verfasser musste doch wissen, dass »nähere Informationen« absichtlich zurückgehalten wurden, um kein Täterwissen in die Welt zu posaunen. Außerdem hatte man die Redaktion dringend gebeten, den Schüler aus dem Bericht herauszuhalten, um keine Vorverurteilungen aufkommen zu lassen, und die unterstellte Erfolglosigkeit war eine glatte Unverschämtheit, die Zeitung hatte wieder einmal alles getan, um die Polizeiarbeit schlecht aussehen zu lassen – nicht nur, weil man links war und es seit ein paar Jahren Mode war, Polizeischelte zu üben; der eigentliche Grund lag darin, dass Kolnik und Kurt Überspieß, der Chefredakteur, aufs Heftigste verfeindet waren. Sie setzten ihre Nadelstiche, wo es nur ging, der Chef enthielt der Zeitung Auskünfte vor oder gab sie vorzugsweise dem Tagblatt, Überspieß ließ seine Leute an allem, was die Polizei betraf, wahllos herumkritteln, und wenn es sich ums Falschparken handelte. Einmal wurde ein Streifenpolizist als *Gestapo-Jünger* tituliert, weil er in einer eiskalten Januarnacht einen um sich schlagenden Randalierer mit Handschellen an eine Parkuhr gekettet hatte, um ihn ruhigzustellen. Ein anderes Mal hatte man Kolnik vorgeworfen, den Mord an einem drogensüchtigen Hippie weniger konsequent zu verfolgen als den zeitgleichen Mord an einem begüterten Rechtsanwalt – *Mordkommission auf dem rechten Auge blind?*, hatte man getitelt. Und Kolniks geniales Vorgehen beim Fahrradmörderfall vor zwei Jahren hatte man eher verschwiegen als gewürdigt, der knappe Bericht war zusammen mit Verkehrsunfällen und Jubiläen abgedruckt gewesen, während das Tagblatt eine ganze Seite darüber gebracht hatte, sogar mit Kolniks Bild, was diesem aber genauso wenig gepasst hatte wie die dürftige Berichterstattung in der Morgenpost.

Den Grund für die Feindschaft zwischen Kolnik und Überspieß vermuteten die einen darin, dass Kolnik in seiner Zeit beim Betrugsdezernat den Lebenslauf eines Verwandten von Überspieß trotz vielen Bittens und Flehens als Fälschung eingestuft haben soll, der Verwandte war deshalb »belastet« und hatte seine Stelle als Amtsarzt aufgeben müssen. Andere hatten gehört, Kolniks Tochter sei vor Jahren auf der Geburtstagsfeier von Überspieß' Sohn mit einem noch nicht ausgeheilten Magen-Darm-Virus erschienen, der dann alle Gäste infiziert haben soll, darunter auch Überspieß selbst, dem auf diese Weise ein Interview mit Heinrich Böll durch die Lappen gegangen sei. Wieder andere glaubten, der Streit habe etwas mit Kolniks verstorbener Frau zu tun, wie genau, wusste niemand.

Der Pförtner kam zum zweiten Mal herein, diesmal mit einem DIN A4-Umschlag, er habe ihn eben erst auf dem Fensterbrett entdeckt. Mausch nahm den Umschlag entgegen.

`An die faschistischen Polizistenschweine`

stand mit Schreibmaschine darauf geschrieben. Heller sollte bei Kolnik anklopfen und ihm den Umschlag überreichen. Da der Chef nicht reagierte, wagte es Heller, die Tür einen Spalt weit zu öffnen. Rauch hing in der Luft, Kolnik stand, mit dem Rücken zu ihm, neben dem Kleiderständer, er hatte Heller nicht gehört. Heller räusperte sich und machte sich auf einen Wutausbruch gefasst.

»Chef, was Wichtiges«, murmelte er.

»Ich hoffe für Sie, dass es wichtig ist …«

Heller gab ihm den Umschlag. Kolnik riss ihn auf, seine Augen sprangen über die Zeilen. Als er zu Ende gelesen hatte, ließ er den Zettel auf den Boden fallen, setzte seinen Hut auf, zog Straßenschuhe und Mantel an, ging grußlos an ihnen vorüber, die Tür ließ er offen. Unten sah man ihn ungeduldig auf das Taxi warten.

Heller hob das Blatt vom Boden auf.

Rechts oben war das schwarzrote Emblem mit dem Maschinengewehr abgebildet. In schwarzen Schreibmaschinenlettern stand:

Um den gerechten Kampf gegen Faschismus und Unterjochung auch in diese Stadt zu tragen, fiel die Wahl auf den Studiendirektor Gutleb. Mit ihrer Tat führt die Stadtguerilla durch, was der kapitalistische Unrechtsstaat verweigert: einen alten Naziverbrecher und Menschenschlächter, dem der Staat friedlichen Unterschlupf gewährt, seiner wohlverdienten Strafe zuzuführen! Gezeichnet Rote Armee Fraktion - Kommando Luxemburg

Heller trat in die Pedale, der Wind fuhr unter sein Hemd. Blech und Teer spiegelten sich in der flirrenden Luft, Rollläden verdunkelten Wohnungen, Geschäfte. Heller ließ die alte Nazisiedlung mit ihren gleichförmigen Häuschen hinter sich und fuhr in Richtung Universität. Die Gebäude hier waren geometrisch und gerade. Von der Sonne beschienen hatte der Beton, umsäumt von Laubbäumen, etwas Freies, Leichtes an sich. Heller fuhr an einigen Studenten vorbei und bremste. Er lehnte sein Fahrrad an eine Betonwand, setzte sich ins Gras. Immer wieder kam er, wenn schönes Wetter war, hierher, um nachzudenken. In der Stadt gab es viele malerische Plätze, die Brücke, den Dom, die Flussinseln. Doch hier auf dem Campus war er am liebsten. Die Fontäne im See pulsierte in die Höhe, bisweilen spürte Heller Tröpfchen im Gesicht. Ein paar Wolken flogen vorbei, das Blau des Himmels tat den Augen gut. Schon seit Tagen war es heiß, aber Gewitter lagen nicht in der Luft. Die Wiese war nach dem trockenen Sommer schon an vielen Stellen braun, die Studenten saßen auf Decken und Jacken, rauchten, lasen, debattierten, dösten. Vor dem Eingang ins Audimax befand sich die große Metallkugel, die Studenten strömten an ihr vorbei in Richtung Mensa. Darüber verlief ein Brückengang, der die Philosophische Fakultät mit dem Audimax verband.

Von dort oben hatte man einen wunderbaren Blick auf die Stadt; immer wenn Heller sich ein Buch ausgeliehen hatte, stieg er kurz hinauf, schaute in die Ferne. Dann ging er in den Lesesaal der Historischen Fakultät, suchte sich einen abgelegenen Platz, versank in seiner Kriminalliteratur oder einem Werk über die Weltgeschichte.

Heller mochte die Atmosphäre, er hatte nicht das Gefühl, weniger wert zu sein, weil er nach dem Abitur nur Polizist geworden war. Er mochte die Studenten, er mochte ihre jugendliche Sorglosigkeit und Fröhlichkeit – dabei war er gerade mal ein paar Jahre älter als sie. Aber im Gegensatz zu ihm hatten sie nicht jeden Tag das Böse dieser Welt vor Augen, sie hatten etwas Unschuldiges, etwas Kindliches an sich mit ihren Schlaghosen, den bunten Hemden, den langen Haaren, den großen Sonnenbrillen und den spärlichen Bärten. Die Studentinnen schaute sich Heller immer wieder gerne an. Vor allem mochte er, wenn sie mit ihren kniehohen Stiefeln durch die Lesesäle klackten, auch wenn seine Konzentration dadurch ein wenig litt. Ihre Blusen und Lederjäckchen weckten in ihm ein schönes Sommergefühl, Heller mochte diese kleine Begehrlichkeit. Noch mehr aber gefiel ihm, dass er sie genauso schnell wieder ablegen konnte. Wenn er auf der Blumenwiese seinen Blick schweifen ließ, wenn er, flüchtig, die nackten Oberschenkel fixierte, die aus den Röcken ragten, wenn manch eine Studentin sich oben ohne in der Sonne räkelte, dann fühlte er sich wie zu Kinderzeiten, wenn etwas Besonderes los gewesen war. Aber nie gönnte er sich diese Abschweifungen lange, immer kehrte sein Kopf ganz rasch zum Eigentlichen zurück.

Heller wollte lernen! Seine Neugier, sie war ja das Wichtigste an ihm, er wollte herausfinden, warum Menschen anderen Menschen etwas zuleide taten, wann und wie. Er wollte herausfinden, wie das Böse funktionierte, er stellte es sich als Maschine vor, deren Mechanik man erforschen konnte, es ging ihm um die Soziologie und die Methodik des Verbrechens – das Bekennerschreiben, das der Pförtner gebracht hatte, hatte all diese Fragen wieder hochkommen lassen in ihm.

Was brachte junge, intelligente Menschen nur dazu, ein derartiges Verbrechen zu begehen? Wieso war man bereit, für seine Gesinnung zu morden? Seine Mutter hatte ihm einmal erzählt, dass sein Vater schon als junger Kerl ein eingefleischter Nazi gewesen war, dass er es bei der HJ als einer der Ersten zum Jungstammführer gebracht hatte – das Abzeichen war eines von Hellers Kinderspielzeugen gewesen. Dass der Vater bei der Reichspogromnacht »ein wenig mitgemacht hat« – zu genaueren Formulierungen hatte Mutter sich nicht bewegen lassen. Dass der Vater begeistert gekämpft hatte, für Führer, Volk und Vaterland, drüben in Russland. Dass er seine erste Verwundung, einen Unterarmdurchschuss, für eine Auszeichnung gehalten hatte. Dass er Buch geführt hatte über die Russen, die Futter für sein Maschinengewehr geworden waren – das Heft lag noch immer in Mutters großem Spiegelschrank, gleich neben dem Eisernen Kreuz. Dass er bis kurz vor dem Ende an den Sieg geglaubt hatte, den Sieg des Guten über das Schlechte. Dass er – so steht es in seinem letzten Brief, als ihm wegen einer Verwundung schon beide Beine amputiert worden waren – dem Führer *dankbar* gewesen war, *daß er ihm mit Leib und Leben dienen durfte.* In diesem Brief, dem das Morphium anzumerken war, hatte der Vater auch geschrieben: *Die Hoffnung, daß beim letzten*

Heimaturlaub ein Sohn gezeugt wurde, erhält mich, trotz allem, bei Kraft und am Leben. Falls ich die Geburt nicht mehr erlebe, sollst Du unseren Sohn in gut nationalsozialistischem Sinne erziehen, der Heimat und der Welt zum Wohle. Zum Vornamen sollst Du ihm Alwin geben, was im Germanischen der edle Freund bedeutet. Somit weihe ich mein Fleisch dem Führer, der dieselben Initialen besitzt.

Immer wieder hat sich Heller, als er irgendwann, mit vierzehn oder fünfzehn, angefangen hatte, einiges zu hinterfragen, hierüber den Kopf zerbrochen: Wie hatte der Vater nur glauben können, für das Gute zu kämpfen? Wie hatte er so viel Schlimmes tun können? Was hatte ihn von der Richtigkeit seiner Gedanken so überzeugt? Hatte er nie gezweifelt? Hatte er nie Mitleid? Heller hatte sich dann von seinem Ersparten ein Geschichtsbuch gekauft. In einer Nacht hatte er es durchgelesen, und am Ende hatte er herausgefunden, dass die Menschen, zu allen Zeiten, überzeugt davon waren, mit ihrem Tun die Welt zu verbessern. Die christlichen Kaiser und Päpste hatten Gottes Gebote mit dem Schwert verbreiten wollen. Robespierre hatte Tausenden von Gegnern den Kopf abschlagen lassen, um die Tugend durchzusetzen. Die Deutschen hatten geglaubt, an ihrem Wesen müsse die Welt genesen, Millionen von Menschen hatten sie getötet und ins Unglück gestürzt. Die Kommunisten wollten Gleichheit und Gerechtigkeit in alle Länder bringen, Millionen von Menschen hatten sie Freiheit und Leben geraubt.

Und jetzt, dachte Heller und sah auf den Campus, traten junge, intelligente Menschen auf, die die Bundesrepublik, den gerechtesten Staat, den es in Deutschland je gegeben hatte, als verbrecherisch beschimpften. Junge, intelligente Menschen, die nicht bemerkten, dass sie genauso waren wie die Päpste, wie Robespierre, wie Hitler, wie Stalin! Warum nur glaubten sie an ihre Überzeugung wie an eine Religion, an einen Mythos? Selbst ein Schulgeschichtsbuch konnte einem doch sagen, dass jede Religion ebenso vergänglich und fehlbar war wie die Menschen, die ihr anhingen. Jede Lehre hatte sich irgendwann überlebt, das Heidentum, das Alte Testament, der Nationalsozialismus und vielleicht auch einmal der Kommunismus. Wie konnte man seine Energie nur in Absurditäten stecken wie Hitlerjugend, Reichskristallnacht, Russlandfeldzug, Kaufhausanschläge, Terrorcamps, Entführungen? Im Grunde stand doch von vornherein fest, dass man später sagen würde, man habe sich geirrt, sich verrannt, man hätte besser daran getan, eine Familie zu gründen, ein Haus zu bauen, Obstbäume zu pflanzen. Wie konnte man vor lauter Klugheit nur so dumm sein? Wie hatte Hellers Vater nur glauben können, die Welt würde voranschreiten, wenn er mithalf, sie in Trümmer zu legen? Er hatte Menschen getötet und zwischendrin ein Kind gezeugt … ein Kind, das ihm weniger wichtig war als sein seltsamer Glaube.

Und diese jungen, intelligenten Leute waren genauso, sie propagierten den Frieden und vergötterten die Waffen.

»Wie kann man nur so hochmütig sein?«, platzte es aus Heller heraus, ein paar Studenten drehten sich nach ihm um.

Um die Peinlichkeit zu überspielen, griff er sich an den Hals, zupfte an seiner Kette, spürte, wie er rot wurde. Er beruhigte sich, ließ seinen Blick über die Wiese gleiten, betrachtete die Fontäne. Dann stand er auf. Wenn man wirklich etwas für ein besseres Zusammenleben auf der Erde tun wollte, dann musste man im Kleinen damit anfangen, und genau deshalb war Heller Kriminalpolizist geworden. In diese Arbeit seine ganze Kraft zu stecken, war richtig. Man musste nur hartnäckig sein und beständig, dachte Heller, als er zu seinem Fahrrad ging – Kolnik war schließlich, auf seine Weise, genauso.

Kolnik sah aus, als hätte er in seinem Büro übernachtet, das Gesicht stoppelig und grau, die Augen gerötet, er roch nach Zigaretten und Schweiß, er war anders als sonst. Er stand in der Mitte des Zimmers, räusperte sich, begann:

»Wir müssen, Sie haben es sicher schon vermutet, jetzt, wo solche Dimensionen erreicht sind, den Fall abgeben. Die Sache ist politisch, die Terror-Spezialisten werden sich darum kümmern, wir müssen also … wir müssen das Feld räumen.«

Kolnik hustete, seine Stimme klang noch tiefer als sonst.

»Ich halte diesen Umstand für einen geeigneten Anlass, etwas anderes liegt ja gerade nicht an, ein paar freie Tage zu nehmen. Ich gehe davon aus, Sie werden mich … Sie werden mich gut vertreten. Nutzen Sie die Zeit.«

Kolnik drehte sich um, verschwand in seinem Büro. Zaschke, Mausch und Heller saßen da und blickten sich an. Der Chef nahm Urlaub! Zaschke war der Dienstälteste, er konnte sich nicht erinnern, dass Kolnik jemals gefehlt hätte. Sicher, er kam zu spät und ging zu früh, aber Urlaub hatte er noch nie genommen, keine Erkältung, keine Unpässlichkeit konnte ihn daran hindern, sein Büro aufzusuchen, seine drei Bücher zu studieren, die Akten durchzuarbeiten. Selbst den Unfall mit seiner Dienstwaffe damals – in seiner Wohnung hatte sich versehentlich ein Schuss gelöst, der die Innenseite seines linken Oberarms durchschlagen hatte – hatte er stoisch ertragen; sich krankschreiben zu lassen, hatte er vehement abgelehnt, er arbeite mit dem Kopf, nicht mit dem Arm, hatte er gesagt und den Dienstarzt aus dem Zimmer gewiesen. Zwar hatte er in den Tagen danach noch abwesender gewirkt als sonst, aber die Kollegen hatten dies darauf zurückgeführt, dass das Missgeschick an seinem Perfektionismus kratzte, denn nichts hasste Kolnik so sehr wie Stümperei.

»Er fasst es als Niederlage auf, dass er den Fall nicht gelöst hat«, sagte Zaschke.

»Das glaube ich auch! … An die RAF hat er sicher zuletzt gedacht«, sagte Mausch.

Heller schwieg.

Irgendetwas ließ ihn vermuten, dass es nicht nur Kolniks beleidigter Stolz war, der ihn so dünnhäutig erscheinen ließ, da war noch etwas anderes.

»Vielleicht ist ihm der Tod dieses Lehrers an die Nieren gegangen«, sagte er schließlich, um für Kolnik Partei zu ergreifen. »Er ist im selben Alter; vielleicht möchte man ab sechzig nicht daran erinnert werden, dass es nur noch ein paar Jahre sind.«

»Ich würde dir Recht geben«, sagte Zaschke, »wenn der Lehrer an einem Herzinfarkt gestorben wäre oder an einem Schlaganfall. Aber ein Bombenmord hat ja nichts mit dem Alter zu tun.«

»Es könnte doch sein, dass der Chef den Ruhestand auf sich zukommen sieht. Vielleicht hat er erkannt, dass es was Schöneres gibt als drei Bücher auswendig zu lernen und Mordfälle zu lösen.«

Zaschke schüttelte den Kopf. »Das sagst gerade du! Du bist doch auch so einer.«

Das Telefon läutete. Heller hob ab. Kolnik.

»Heller! Zu mir!«

Heller trat ein. Aufgeschlagen auf dem Tisch lag die Bibel. Der Chef saß an der Schreibmaschine, das eingezogene Blatt war unbeschrieben.

»Setzen Sie sich«, sagte Kolnik leise und wandte sich Heller zu.

Wenn man sonst zu ihm gerufen wurde, musste man stehen; einmal hatte Heller fast eine halbe Stunde vor Kolniks Tisch auf eine Anweisung gewartet, während der Chef, mit dem Rücken zu Heller, überaus sorgfältig eine Tatortskizze vollendet hatte – ihn zu stören hatte Heller sich nicht getraut. Und Zaschke erzählte gern, wie er Kolnik einmal zwanzig Minuten beim Markieren von Informationen zugesehen hatte. Als Kolnik schließlich fertig gewesen war, hatte er Zascke aufgetragen, einen Zeugen, dessen Aussage völlig nebensächlich gewesen war, aus irgendeinem formalen Grund noch einmal kommen zu lassen. Dann hatte Kolnik mit dem Mann ein wenig geplaudert, bei Tee und Gebäck, über Gott und die Welt, und am Ende hatte er ihm ein Detail entlockt, das nur der Täter wissen konnte.

Kolnik war blass, fast ein wenig abgemagert kam er Heller vor, die Falten um Augen und Mund lagen tiefer als sonst, die Bewegungen waren noch langsamer, die Stimme, sie passte einfach nicht zu ihm. Er schaute Heller mit seinem vergeistigten Blick an.

»Der Wind weht, wo er will. Du hörst sein Rauschen, weißt aber weder, woher er kommt noch wohin er geht.«

Heller wusste nicht, was er antworten sollte. Es war wohl wieder ein Zitat, womöglich aus der Bibel. Eine Pause trat ein, Kolnik überlegte, Heller griff nach seinen Schlüsseln, um etwas in der Hand zu haben.

»Sie haben eine Eintrittskarte für das Länderspiel gegen die Tschechoslowakei?«

Alles hätte Heller für möglich gehalten, aber nicht eine solche Frage. Die Karte war vor drei Tagen eingetroffen, nur Mausch hatte Heller davon erzählt, und Mausch würde Kolnik so etwas niemals zutragen. Es war nicht ganz einfach gewesen, an die Karte zu kommen; wenn die Nationalmannschaft gegen ein Land aus dem Ostblock spielte, war das Kontingent reduziert, außerdem benötigte man ein Visum, welches aber nur in Verbindung mit der Karte ausgestellt wurde und gültig war. Zuerst hatte sich Heller an den DFB gewandt, wobei er seinen Dienstgrad und die Adresse des Präsidiums angegeben hatte – er hatte gehofft, als Polizeibeamter bevorzugt behandelt zu werden. Nachdem er tatsächlich berücksichtigt worden war, musste er 210 Mark überweisen und seinen Reisepass einsenden, damit bei der tschechoslowakischen Botschaft ein Visum beantragt werden konnte. Vor ein paar Tagen waren nun endlich die Karte und der Reisepass mit dem Visum bei Heller im Präsidium eingetroffen, er war schon etwas unruhig geworden, die Sache hatte sich in die Länge gezogen. Irgendwie musste der Chef Wind davon bekommen haben … er musste die Post kontrollieren, dachte Heller, anders war es nicht möglich.

»Ich möchte Sie bitten, mir diese Karte abzutreten … Ich werde Ihnen einen fairen Preis dafür bezahlen.«

Heller überlegte. Kolnik war alles andere als ein Fußballfan. Vor Monaten hatten sich die Assistenten nach Feierabend eine Live-Übertragung im Filmraum des Präsidiums angesehen. Kolnik war, von den ungewohnten Geräuschen offensichtlich irritiert, kurz hereingekommen, hatte abschätzig den Kopf geschüttelt und war gleich wieder verschwunden. Am nächsten Tag stand am Schwarzen Brett, dass derartige Privatunternehmungen in öffentlichen Räumlichkeiten nicht angängig seien. Unterzeichnet: *Theodor Kolnik, Erster Hauptkommissar.* Und die Panini-Bilder, mit denen Heller seine Schreibunterlage verziert hatte, wurden von Kolnik jedes Mal mit einem Gesicht bedacht, aus dem Verachtung unschwer herauszulesen war.

Kolnik war die Unsportlichkeit in Person. Seine Statur erinnerte Heller an die Darstellung des Leptosomen in seinem Ausbildungsbuch: lang, schmal, nach oben hin krumm, wenig Muskeln, knochiger Bau. Laut der Konstitutionslehre, die man jedem Kriminalamtsanwärter beibrachte, waren solche Menschen charakterlich kühl, misstrauisch, im schlimmsten Falle neigten sie zur Schizophrenie. Zumindest was das Kühle und Misstrauische anbelangte, stimmte die Theorie.

Zaschke, Anhänger der SPD und großer Freund von Wortspielereien, sagte immer, Kolnik sei eine Mischung aus Kurt Schumacher und Herbert Wehner: *dürr, diszipliniert, mürrisch, misanthropisch.* Leibliche Betätigungen vermied Kolnik grundsätzlich, das vorgeschriebene Gesundheitstraining boykottierte er, auf der Begründungszeile des Attests stand immer das Gleiche: *Steckschuss/Krieg.* Ob das der Wahrheit entsprach und in welchem Körperteil der Steckschuss sich genau befand, war niemals Gegenstand einer Überprüfung. Ansonsten schien sich Kolnik, der ausgeprägte Spreizfüße hatte, nur auf der Strecke zwischen Taxistand und Büro fortzubewegen, und in etwas anderem als einem Anzug hatte man ihn noch nicht gesehen, nur an unerträglich heißen Sommertagen legte er sein Jackett ausnahmsweise ab, zum Vorschein kam dann ein verschwitztes Hemd, dessen Ärmel nie zurückgekrempelt wurden. Dass so ein Mann den ersten Urlaub seit Menschengedenken bei einem Fußballländerspiel verbringen wollte, lag außerhalb jeder Vorstellungskraft.

Heller kratzte all seine Courage zusammen, um zu fragen, welchen Spieler Kolnik denn gut finde, als dieser, in einem anderen Ton, fortfuhr:

»Seit drei Jahren sind Sie jetzt hier? … Ich fürchte, ich habe Sie nie merken lassen, welche Wertschätzung ich Ihnen und Ihrer Arbeit entgegenbringe. Ich möchte dies nachholen und mich kurz fassen: Heller, ich halte Sie für meinen besten Mann.«

Heller fühlte sich unwohl. War es möglich, dass dieser bewunderte Kriminalist, der Fälle durch bloßes Nachdenken löste, dessen Name in Fachbüchern stand – war es möglich, dass dieser Mann sich bei ihm, dem kleinen Assistenten, einzuschmeicheln versuchte? Nur um an eine schwer erhältliche Eintrittskarte zu gelangen? Oder steckte am Ende ganz etwas anderes dahinter?

»Sie denken jetzt bestimmt, ich will Ihnen Honig ums Maul schmieren, um an die Karte zu kommen«, sagte Kolnik und betrachtete das leere Blatt in der Schreibmaschine. Dann sah er Heller geradewegs in die Augen. »Sie irren sich! Sicherlich, ich habe ein Interesse an dieser Reise. Aber ich habe Sie auch aus einem anderen Grund zu mir gerufen. In meinem Alter sollte man sich mit dem Gedanken vertraut machen, dass man nicht ewig arbeiten kann. Gewiss, zwei oder drei Jahre werde ich noch hier in diesem Büro sitzen und Fälle lösen. Es kann aber auch sein, dass ich den Ruhestand schon vorher ins Auge fassen muss. Die Zeiten haben sich geändert, Heller, und ich gebe zu: Diese neue Zeit gefällt mir nicht!«

Kolnik senkte seinen Blick, schnaufte hörbar, als wolle er sich von einer Last befreien.

»Hören Sie zu! Für den Fall, dass ich eines Tages – es muss ja nicht gleich morgen sein – aus irgendeinem Grund ausscheide oder früher in den Ruhestand gehe als gedacht … für diesen Fall möchte ich, dass Sie an meine Stelle treten. Ein entsprechendes Schreiben verfasse ich gerade … Und solange ich in Prag bin, können Sie hier schon einmal üben.«

Kolnik sprach leise, fast unhörbar, umso größer war die Wirkung, die seine Worte auf Heller hatten. Er setzte sich, zog an seiner Zigarette und begann, in der Bibel zu lesen. Nichts mehr, keine Erklärung, keine Anweisung, Heller war sich nicht sicher, ob er noch erwünscht war, dann hatte er das Gefühl, es sei besser, den Chef allein zu lassen. So geräuschlos wie möglich bewegte er sich in Richtung Tür und drückte die Klinke herunter. Da hörte er Kolnik sagen:

»Ihr werdet sein wie Gott und wissen, was gut und was böse ist …!«

Heller zögerte. Als er nach ein paar Augenblicken spürte, dass Kolnik vollends in sein Bibelstudium versunken war, machte er die Tür auf und trat hinaus. Erst jetzt wurde ihm bewusst, dass er kein einziges Wort gesagt hatte.

Heller steckte die Karte für das Länderspiel in ein Kuvert und legte es in Kolniks Fach. Ärger, dass er die ersehnte Reise so widerstandslos aufgegeben hatte, verspürte er nicht. Nein, er war stolz. Stolz, dass Kolnik ihn um etwas gebeten hatte, dass er ihm behilflich sein konnte. Außerdem hatte Heller etwas bekommen, was ihm viel wichtiger war als diese Karte: die Bestätigung, dass er gut war. Für dieses Lob hätte er Kolnik die Karte auch geschenkt.

Als er sich wieder an seinen Tisch setzen wollte, fiel es ihm ein: das Visum! Wie sollte Kolnik so schnell ein Visum bekommen? Er verließ das Büro und begegnete auf dem Gang Kolnik, der mit Hut und Mantel auf ihn zukam. Heller bot ihm an, sich sofort bei den zuständigen Stellen um ein Visum für ihn zu kümmern, doch Kolnik, der sein Tempo keineswegs verlangsamte, brummte nur: »Das lassen Sie nur meine Sorge sein« und verschwand in Richtung Ausgang.

Heller verlebte schöne Tage. Er fuhr an die Uni, setzte sich auf die Wiese, philosophierte. Das Fußballspiel schaute er sich im Fernsehen an. Dichter Nebel herrschte im Prager Stadion, der eine Torwart sah den anderen nicht, die Tartanbahn glänzte wässrig, auf den Rängen gab es Lücken. Dass es eine ziemlich triste Begegnung war, ärgerte ihn, der Chef hatte eine bessere Partie verdient.

Fünf Tage später traf im Kommissariat ein Schreiben der Deutschen Botschaft in Prag ein. Heller öffnete es, las vor. Nach wenigen Worten verstummte er. Zaschke und Mausch kamen an seinen Tisch. Zaschke nahm den Brief. Heller fixierte das orangefarbene Telefon, als könne er, für alle Zeit, nur noch in diese Richtung sehen …

müssen wir Ihnen mitteilen, daß der Staatsbürger der Bundesrepublik Deutschland, Theodor Kolnik, Opfer eines Mordanschlags geworden ist, bei dem er einer ihm zugefügten Schußverletzung erlag.
Da auf Herrn Kolniks Ausweis die Adresse Ihres Amtes angegeben ist, übersenden wir die traurige Nachricht Ihnen und möchten Sie gleichzeitig bitten, Herrn Kolniks Angehörige von seinem Ableben in Kenntnis zu setzen.
Eine Tatortbeschreibung der tschechoslowakischen Polizei befindet sich anbei, ebenso die Adresse von Herrn Kolniks Unterkunft in Prag. Die sterblichen Überreste werden …

Zaschkes Arm senkte sich. Heller sah, für einen kurzen Moment nur, Kolnik in seinem Büro an einer Zigarette ziehen.

Schon zum zweiten Mal stand Heller vor der Wohnung. Am Vormittag war niemand zu Hause gewesen, jetzt öffnete eine junge Frau im Bademantel und mit zerzausten Haaren.

»Die war schon seit vorgestern nicht mehr da«, blinzelte sie. »Probier's mal an der Uni im Kunstraum!«

Heller stieg in seinen Taunus und fuhr zur Universität; dass es diesmal dienstlich war, kam ihm seltsam vor. Er parkte in der Tiefgarage, über ein verwirrendes System von Gängen und Metalltüren gelangte er an einen Wegweiser, in Leuchtfarben wurden die einzelnen Fachrichtungen angezeigt, Kunst gehörte zur Philosophischen Fakultät IV. Die Glasfronten, die Heller passierte, waren mit unzähligen Blättern beklebt, Zimmer wurden vermittelt und gesucht, man bot Bücher, Fahrräder, Schallplatten an, jemand interessierte sich für alte Radios. Heller kam an Ruhezonen mit gelbem Teppichboden und knallroten Plastikstühlen vorbei. Vor den Lesesälen saßen Studenten an den Mikrofiche-Geräten, um die Signaturen von Büchern herauszusuchen.

Über den Kindergarten gelangte Heller zum Kunstraum, in dem Charlotte Kolnik, laut Mitbewohnerin, gerade einen Kurs besuchte. Heller starrte auf die Klinke und überlegte noch einmal, was er sagen musste. Im Grunde war es immer dasselbe, nur die Namen und die Zusatzinformationen waren auszutauschen.

Irgendwie war die Überbringung solcher Nachrichten, seitdem er im Kommissariat war, zu seiner Aufgabe geworden, Zaschke und Mausch rissen sich nicht darum. Die ersten paar Male hatte sein Herz geklopft, geschaudert hatte ihn vor der Reaktion der Angehörigen, vor ihren ausdruckslos werdenden Augen, ihren Tränen, ihren erstickenden Stimmen. Heller hatte mitgelitten, er hatte das Gefühl, er selbst tue den Menschen das Schlimme an mit seinen Worten. Aber mit der Zeit war diese Aufgabe zur Routine geworden, und irgendwann hatte Heller ein Gefühl dabei bekommen, das sich nicht leicht beschreiben ließ, eine Art von Neugier, wie sich die Person veränderte, wenn er ihr die Nachricht überbrachte. Heller wollte wissen, ob das Verhalten seines Gegenübers echt war oder gespielt. Die Sekunden, nachdem er seinen Text gesagt hatte, hingen zwischen Lüge und Wahrheit, in diesen Sekunden konnte man ganze Fälle lösen. Verlogenes Verhalten erforderte ein Höchstmaß an Disziplin, es war ein komplexes Zusammenspiel von Verstand und Körper, von Sprache und Mimik, nur ein einziger Gesichtsmuskel, der von der Linie abwich, nur ein einziger falsch gesetzter Blick, und schon konnte man die Lüge erkennen wie durch ein beleuchtetes Schaufenster. Manchmal wurden Tränen in die Augen gedrückt, wurde unnatürlich mit den Händen gespielt, schlich sich ein ungewolltes Lächeln auf die Lippen; all diese Regungen wollte Heller sehen, und wenn er tatsächlich eine Lüge erkannt hatte, dann tat er so, als hätte er sie nicht bemerkt.

Heller klopfte an, öffnete die Tür, betrat den Saal ... stutzte – die zwanzig, dreißig Kursteilnehmer waren allesamt unbekleidet, nackt. Sie saßen oder standen an unförmigen Tonklumpen, betrachteten auf einer Leinwand ein großes Foto von einem Kirchturm mit Spitze und Kreuz, modellierten, mit Tonresten an Händen und Körpern, in äußerster Konzentration. Heller spürte, wie sich die Hitze unter seinem Hemdkragen staute und nach oben schoss. Da niemand ihn beachtete, wandte er sich an den Dozenten, auch dieser nackt, die Brusthaare grau, mit einem Zeigestock fuchtelte er auf der Leinwand herum.

»Dürfte ich bitte Fräulein Charlotte Kolnik wegen einer ...«

Der Dozent wirbelte seinen grauen Lockenkopf herum, Heller wusste nicht, was ihn mehr irritierte, die Empörung des Mannes oder sein amerikanischer Akzent.

»Was erlauben Sie sich, in dieser Aufmachung hier zu erscheinen!?«

Heller machte einen Schritt zurück.

»Nacktheit ist Voraussetzung! Das ist im Vorlesungsverzeichnis ausdrücklich angegeben. Es geht hier um Sinnlichkeit, die man braucht für die Gestaltung der Materie! Hat man das in diesem Land immer noch nicht kapiert!? Ohne Eros keine Kunst! Gehen Sie hinaus, schreiben Sie sich woanders ein! Von mir kriegen Sie Ihren Schein nicht!«

»Ich fürchte, Sie irren sich, ich bin kein Student. Ich möchte nur kurz mit einer Kursteilnehmerin namens Charlotte Kolnik sprechen. Ist sie anwesend?«

»Charlotte?!« Der Amerikaner drehte seinen Kopf zum Plenum. »Geh raus mit dem Kerl! Ich möchte nicht, dass unsere Arbeit zerstört wird!«

Ganz hinten stand eine Studentin auf, nackt kam sie nach vorn, eine schmale Gestalt, nicht klein, nicht groß, Heller zwang sich, in ihr Gesicht zu sehen, die rotbraunen Haare waren zu einem Knoten zusammengebunden, sie bog um einen Tisch, mit ironischem Lächeln schritt sie heran, barfuß, betont langsam, Kopf und Körper leicht geneigt, die eine Schulter weiter oben. Sie erinnerte Heller an eine Frau, die er in einem Film gesehen hatte, und während sie näherkam, bemerkte er, dass er sich getäuscht hatte, es war nicht Ironie, es war Entschlossenheit, etwas Angriffslustiges hatte sie an sich, die Lippen presste sie trotzig nach vorn, jetzt blickte sie zur Seite, der Nasenrücken wellte sich etwas, jetzt sah sie wieder in seine Richtung, die Sommersprossen, die grünen Augen, die Hautfalte, die sich scharf über den hellen Wimpern spannte, das blasse Gesicht, Heller musste an das Innere eines Kieselsteins denken, sein Blick entglitt ihm, die Brüste, Heller nahm sich zusammen, das Gesicht näherte sich, er konnte nicht entscheiden, ob es schön war oder nicht, gerade deswegen starrte er es an, bis sie vor ihm stand und er sie sagen hörte:

»Du vermasselst mir meine Kirchturmspitze!«

Undeutlich murmelnd bat er sie vor die Tür, beim Hinausgehen streifte sie sich eine Männerjacke über, dann verließen sie den Saal.

Zwei, drei Sekunden stand sie schweigend vor ihm.

»Also, Herr Kollege, was will mein Vater von mir?«

»Ich bin gekommen, um Sie darüber zu informieren, dass ...«, Heller sah Kolnik vor sich, Kolniks Gesicht in einem anderen, das Gesicht war nicht schön, es war ... Heller versuchte sich zu konzentrieren, »... dass Ihr Herr Vater ... vor ein paar Tagen ... bei einem Aufenthalt in Prag ... von einem bislang noch nicht ermittelten Täter ... erschossen worden ist.«

Nachdem er seinen Satz gesagt hatte, anscheinend zu leise, berührte er mit seiner kalten Rechten ihre Finger, drückte sein Bedauern aus. Sie stand da in ihrer Männerjacke, mit den nackten Beinen, die Augen auf eine Betonwand gerichtet. Jetzt kam der Moment, in dem sich Tränen bilden müssten, dachte Heller und verfluchte sich sogleich dafür. Der Moment verstrich, keine Tränen, ihre Lippen verzogen sich, als ob sie etwas Bitteres gekostet hätten.

»Und? Was soll ich tun? Wo muss ich unterschreiben?«

Ein Formular? Hatte er es vergessen? Nein, für die Überbringung gab es doch keines! Heller strengte es an, zu sprechen, er hörte die Überraschung in seiner Stimme. »Sie müssen jetzt noch nichts ... in den nächsten Tagen, wenn wir über die Leiche verfügen, müssten Sie Ihren Herrn Vater offiziell ...«

»Ich weiß gar nicht, ob ich ihn noch erkenne ...«

Ihre Zehen waren ungewöhnlich lang, die Nägel rot lackiert.

»Sie hatten keinen Kontakt mehr?«

»Seit Jahren nicht. Ich kann dir gern Auskunft darüber geben – aber jetzt möchte ich weiterarbeiten!«

Zum Abschied reichte sie Heller nicht die Hand, sie drehte sich um, aus ihrem Haarknoten standen rotbraune Büschel ab, ihre Beine verschwanden im Kunstraum.

In ihrer Männerjacke erschien sie auch im Kommissariat. Sie sah müde aus, roch nach Patschuli. Auf Hellers Frage, wann sie ihren Vater das letzte Mal gesehen habe, sagte sie, vor drei oder vier Jahren, er habe sie damals zu Heiligabend eingeladen. Man habe sich beschenkt, sei zusammengesessen bei Plätzchen und Wein, habe versucht, sich füreinander zu interessieren. Dann habe er ihr aus der Bibel vorgelesen; als er an die Stelle gekommen sei, in der Herodes die Kinder töten ließ, hätten Tränen in seinen Augen gestanden. Sie habe ihn am Unterarm berührt, da habe er sie, aus heiterem Himmel, angeschrien, sie solle sich zum Teufel scheren, so wie ihre Mutter. Seit diesem Weihnachtstag habe sie ihn nicht mehr gesehen. Auch er habe keine Anstalten gemacht, sie zu treffen.

Sie berichtete wie bei einem Referat, in ihren Augen spiegelten sich weder Hass noch Trauer, bei der Aussage, dass ihr Vater geweint habe, huschte geradezu ein Lächeln über ihr Gesicht. Heller hatte kurzzeitig vergessen mitzuprotokollieren. Er suchte nach einer Frage.

»Wissen Sie etwas über Verbindungen Ihres Vaters nach Prag?«

Ihr Blick wanderte im Büro hin und her.

»Meinen Vater habe ich im Grunde nicht gekannt.«

Sie schaute Heller an. Heller wich aus, tat, als würde er schreiben.

»Mehr kann ich dazu nicht sagen.«

»Und Ihre Mutter?«

»Meine Mutter ist früh gestorben, ich kann mich nicht an sie erinnern ..., reicht das?«

Heller blätterte um, er hatte keine weitere Frage.

»Wenn die sterblichen Überreste Ihres Vaters aus Prag eingetroffen sind, werden wir Sie verständigen. Die Identifizierung können wir Ihnen nicht ersparen.«

»Ist ja interessant«, flüsterte sie, mehr zu sich als zu ihm, und Heller dachte, er habe Kolnik vor sich. Er stand auf, reichte ihr die Hand, sagte, ohne dass er es so wollte: »Auf bald«. Charlotte Kolnik sagte nichts, blieb sitzen. Heller stutzte. Sie schaute mit leerem Blick und hochgezogenen Brauen auf seine Panini-Bilder, Heller betrachtete ihre Nase, die feine Welle, die er gestern festgestellt hatte, kam durch eine leichte Verdickung im oberen Nasenrücken zustande, ein Phantombild von diesem Gesicht wäre leicht zu erstellen, Heller hatte ihre Züge schon im Kopf.

Jetzt sah sie auf.

»Die alten Fotos …«

Ihre Augen waren kleiner als vorher.

»… die alten Fotos mit den tschechischen Wörtern!«

Charlotte Kolnik wollte bei der Wohnungsinspizierung dabei sein, Heller holte sie ab. Sie setzte sich nach hinten in den Taunus, zeigte keine Anzeichen von Nervosität. Im Rückspiegel sah er, wie sie die Häuser an sich vorbeiziehen ließ, wie sie den Kopf schräg hielt, wie sich beim Atmen ihre Nasenflügel weiteten.

»Möchten Sie das wirklich?«, fragte Heller.

Sie suchte seinen Blick im Spiegel, fand ihn, Heller wusste nicht recht, ob ihr Ausdruck gelangweilt war oder verächtlich, weiteres Nachfragen ersparte er sich.

Kolniks Wohnung befand sich zwei Stockwerke über einem Tante-Emma-Laden, die Besitzerin konnte nicht viel sagen, Kolnik habe bei ihr Zigaretten gekauft, manchmal Konserven, gesprächig sei er nicht gewesen, eine Verhaltensänderung habe sie nicht festgestellt.

Der Straßenlärm begleitete sie bis zu Kolniks Wohnung. Heller öffnete die Tür. Der Geruch von abgestandenem Tabak schlug ihm entgegen, vermischt mit etwas anderem, etwas, vor dem man üblicherweise zurückwich. Charlotte Kolnik machte Licht. Im Flur stapelten sich Pappkartons mit ungewaschener Kleidung. An manchen Stellen wellten sich die Tapeten. In einer Ecke lagen Scherben. Sie betraten das Wohnzimmer. Vom Boden war kaum etwas zu sehen, Bücherkisten standen herum, hunderte von zerknüllten Papierkugeln lagen dazwischen. Tassen, Teller, Schubläden, alles war über die Wohnung verteilt, Aschenbecher mit Zigarettenstummeln, Decken, Pflanzenreste, Hemden, Zeitschriften, Kugelschreiber. In den Tassen klebten ausgetrocknete Teebeutel, über dem Fernseher hing ein halbierter Teppich, als Deckenbeleuchtung diente eine Schreibtischlampe, die mit Haken befestigt war.

Sie bahnten sich den Weg ins Schlafzimmer. Dem Bett fehlte ein Bein, es stand schief, die Matratze war abgezogen, wies mehrere Flecken auf, die bräunlich ineinander übergingen. Hinter der Tür lag eine weitere Matratze mit Decken und Kissen, daneben das Telefon und die Bibel, in der Kolnik zuletzt gelesen hatte. In der Mitte der Wand klaffte in der Tapete ein eineinhalb Zentimeter breites Loch – das Loch von Kolniks Schießunfall!

Heller beauftragte die Kollegen von der Spurensicherung mit der Durchsuchung. Es musste Bilder und Fotografien in der Wohnung gegeben haben, doch die Rahmen waren alle leer. In stundenlanger Kleinarbeit trug man die Stapel ab, jedes Papierknäuel wurde glattgestrichen, jeder Gegenstand eingetütet, Heller verzeichnete alles. Als einer der Kollegen einen alten Karl-May-Band durchblätterte, fiel ein Foto heraus, Heller sah es aus den Augenwinkeln. Ein Schwarz-Weiß-Bild war es, viereinhalb auf sieben Zentimeter groß, in der Mitte ein Knick, eine Ecke abgerissen, die Oberfläche stumpf und abgenutzt, die Ränder kunstvoll gezackt, Heller musste an das Familienalbum seiner Mutter denken.

Die Aufnahme zeigte Kolnik, deutlich jünger, auf einem Pferd, mit Reitstiefeln, Reithose, Weste, Krawatte, Handschuhen, Gerte. Herrschaftlich sah er aus, kerzengerade, die Brust stolz herausgedrückt, der Oberschenkel eng am Pferd, das Tier war dunkel, neigte den Kopf leicht nach unten, im Hintergrund befand sich ein schlossartiges Anwesen mit Terrasse und breiter Treppe. Kolnik blickte zur Seite, schaute streng in die Ferne, Kinn und Nase oben, die Kappe nach Art der Zeit schief auf dem Kopf, darunter deuteten sich helle Haare an.

Das Bild war kein Schnappschuss, das Arrangement wirkte künstlerisch, wie ein klassisches Reiterstandbild.

Heller drehte es um.

Ein verschnörkelter Stempel war zu sehen, eine Adresse:

Foto-kino GELLERT
Thunovskà 21
Praha
prvního května 1942
Jiří Abel

Charlotte Kolnik hatte sich die ganze Zeit im Hintergrund gehalten. Sie hatte gesagt, sie wolle unbedingt dabei sein, Heller hatte es erlaubt. Dann hatte sie geschwiegen und sich alles genau angesehen, insbesondere das Bild.

»Du kannst den Schlüssel behalten«, sagte sie auf einmal. »Wenn ihr mich braucht – ihr findet mich an der Universität.«

Sie tastete sich hinaus, kurz schien es so, als würde sie noch einmal stehen bleiben, sich umdrehen, dann war sie schon an der Wohnungstür, verschwand im Treppenhaus.

I. Identifizierung zum Sterbefallvorgang TK-375-199-C (11.09.1978, 10.25 Uhr)

Die Überführung der Leiche in die rechtsmedizinische Abteilung erfolgte am 10. September.
Im Gepäck des Toten befand sich nichts Auffälliges (Wäsche, Hygieneartikel, Regenschirm, Buch Der Process von Franz Kafka).
Die Dienstwaffe fehlt.
In der Kleidung stellte man sicher:
- ein Zugticket von München nach Prag (gültig für den 3. September 1978)
- ein nicht ĕntwertetes Eintrittsticket für das Fußball-Länderspiel CSSR gegen BRD am 4. September 1978
- zwei Zigarettenschachteln (Roth-Händle)
- eine Packung Zündhölzer
- drei Kugelschreiber (rot, grün, schwarz)
- eine Brieftasche (55,78 DM, 375 tschechoslowakische Kronen)
- Dienstausweis, Reisepass (ohne Visum)

Ein Rückfahrticket fehlt.
Die Angehörige Charlotte Kolnik (Tochter) hat laut Schreiben der Deutschen Botschaft in Prag als nächste Anverwandte die Überführungskosten zu übernehmen (siehe Anhang).
Die Angeh. wurde von Hauptkommissar Zaschke am 10.09. telefonisch benachrichtigt. Über die unerwarteten Ausgaben brach sie in heftigen Ärger aus und weigerte sich zuerst, die Leiche in Augenschein zu nehmen. Durch Zureden von Hauptkommissar Zaschke erschien sie am Vormittag des 11.09. in der rechtsmedizinischen Abteilung und identifizierte die tote Person als ihren Vater. Die Angeh. wirkte gefasst, Gefühlsäußerungen waren nicht erkennbar. Formular siehe anbei.
gez. Hauptkommissar Bert Zaschke

II. Obduktionsbericht zum Sterbefallvorgang TK-375-199-C (12.09.1978)

1. Äußere Besichtigung:
   - Größe des Toten: 181 cm
   - Gewicht des Toten: 70650 g
   - allgemeiner Zustand: dem Alter entsprechend
   - Ernährungszustand: mager

- Totenflecken: bläulich-livid; von der hinteren Rumpfwand bis zu den vorderen Achsellinien; Schulter- und Gesäßbereich sowie hintere Waden und Fersen ausgespart; geringe Ausprägung der Livores wegen Blutverlust
- Totenstarre: bereits gelöst
- Hautveränderungen: Narbe auf der Innenseite des linken Oberarms, zehn Zentimeter über dem Ellbogen (Streifschuß); dem Verwachsungsgrad zufolge ist die Verletzung vor 5 bis 6 Jahren erfolgt

2. Innere Besichtigung:
2.1. Bauchhöhle: unauffällig
2.2. Brusthöhle: Raucherlunge
2.3. Schädelhöhle: kreisförmige, pfenniggroße Wunde über dem linken Auge; Zerstörung des Stammhirns; Austritt der Kugel am hinteren Scheitelbein; Todesfolge unmittelbar nach Verwundung

3. Sonstiges: kein Alkoholeinfluß, kein toxischer Nachweis, keine weiteren Spuren von Gewalteinwirkung

4. Besonderheiten: Der von Theodor Kolnik auf seinen Attesten angegebene Steckschuss ist nicht nachweisbar.

III. Vorläufiger ballistischer Bericht im Sterbefallvorgang TK-375-199-C (12.09.1978)

Aufgrund des Fehlens von Projektil und Kugel sind Aussagen erschwert. Die Untersuchung von Ein- und Austrittsöffnung führt zu folgenden (vorläufigen) Ergebnissen/Einschätzungen:

1. Kaliber der Tatwaffe: vermutlich 7,65 mm Browning
2. Abfeuerung der Kugel aus einer Entfernung unter vier bis fünf Metern
   Infrage kommende Tatwaffenmodelle:
   - Walther PPK
   - CZ27
   - Beretta M1934 bzw. M1935

Zaschke las die Tatortbeschreibung der Prager Kollegen vor, freundlicherweise hatte die Botschaft sie ins Deutsche übersetzt.

> Der Passant Marek Bendel (48) hat die Leiche des Ermordeten in der Jeseniova 18 gegen halb drei Uhr nachts aufgefunden, auf einem Parkplatz, in der Nähe einer Laterne, direkt vor dem Gasthaus, in dem der Ermordete ein Zimmer belegt hatte.

Weitere Informationen enthielt das Schreiben nicht. Es fehlten sämtliche Details der Spurensicherung, vor allem vermisste man die Kugel, das Projektil oder zumindest Fotos davon, die Assistenten wunderten sich. Mausch telefonierte mit der Deutschen Botschaft, man versprach nachzufragen, mehr könne man vorläufig nicht tun, das Verhältnis mit den Prager Behörden sei sensibel.

»Die Kommunisten wollen nicht mit dem Klassenfeind zusammenarbeiten«, meinte Zaschke.

Heller heftete schweigend die vorhandenen Berichte zusammen. Er war froh, dass Zaschke sich bereit erklärt hatte, die Identifizierung zu übernehmen, er hasste den Anblick von Leichen. Er hasste ihre Farbe, er hasste den Formaldehydgeruch, er hasste die kalte Routine der Gerichtsmediziner. Er betrat die Autopsieräume nur, wenn es nicht anders ging, Heller machte die Papierarbeit, Zaschke unterschrieb.

Kolniks Leiche wollte er erst recht nicht sehen. Er wollte Kolnik so in Erinnerung behalten, wie er war, ein Kriminalist mit genialischen Zügen, ein dürrer, bärbeißiger Mann, der sich am Ende seines Berufslebens immer noch gegen das Verbrechen stemmte, auf eigenartige Weise, aber erfolgreich. Ein bleicher Körper auf einer Metallliege, ohne Seele, ohne Genie, fachmännisch auseinandergenommen wie eine Maschine – das war Kolnik nicht.

Noch am selben Tag landete das vorläufige Ergebnis im Fall Gutleb auf Hellers Schreibtisch, der LKA-Bericht trug als Vermerk: *Zu Händen von Hauptkommissar Theodor Kolnik.*

Der Zünder der Bombe stammte mit einiger Wahrscheinlichkeit aus ostdeutscher Produktion, infrage kam vor allem das Gerätekombinat Suhl, das neben Kühlschränken und Öfen auch Kriegsgerät für die Nationale Volksarmee und die Staatssicherheit produzierte. Schon bei diversen anderen Bombenanschlägen der RAF konnte dieses Gerätekombinat als Herstellungsort von Zündern ausgemacht werden, insbesondere bei der Sprengladung, die 1975 in der Botschaft von Stockholm hochgegangen war und den RAF-Mitgliedern Ulrich Wessel und Siegfried Hausner das Leben gekostet hatte.

Ansonsten hatten sich, laut Bericht, *keine weiteren Erkenntnisse im Hinblick auf relevante Personengruppen ergeben*; alle Methoden der Rasterfahndung würden jedoch *unverzüglich auch auf benachbarten Einsatzgebiete angewendet.*

Am Schluss stand:

```
Wieder einmal zeigt sich die enge Verflechtung der RAF mit
den sie unterstützenden Organen der DDR. Die Durchdringung
bislang nicht betroffener Regionen der Bundesrepublik mit
RAF-Kadern stellt uns vor schwierige Aufgaben, bei deren
Lösung wir nach wie vor auf Ihre Hilfe angewiesen sind.
```

»Die kochen auch nur mit Wasser«, brummte Zaschke, als er den Bericht weglegte. Eine Antwort bekam er nicht, Mausch und Heller stand nicht der Sinn nach der üblichen LKA-Schelte.

Der nächste Schritt war die Durchsuchung von Kolniks Büro. Man hatte sie solange wie möglich aufgeschoben, doch allmählich musste es sein. Zaschke war Kolniks Pedanterie verhasst gewesen, Mausch war immer wieder vom Chef angefahren worden, aber dennoch hatten sie, insgeheim, Kolnik nicht weniger bewundert als Heller. Das Büro des Chefs ermittlungstechnisch auf den Kopf zu stellen – das fühlte sich an wie die Schändung eines Heiligtums. Keiner sprach darüber, keiner wollte die Initiative ergreifen, es war beinahe so, als wäre Kolniks Büro mit einem fürchterlichen Fluch belegt.

Zaschke tat schließlich den ersten Schritt, Heller folgte, Mausch dahinter. Das Durcheinander auf Kolniks Schreibtisch war notorisch. Behutsam steckte Heller jeden Gegenstand in Plastiktüten, die er präzise beschriftete. Gleiches machten sie mit den Objekten aus den Schubladen, mit der Dienstwaffe, die Kolnik hier gelassen hatte, mit dem Halfter, der Munition, dem zusammengeknüllten Papier, den Formularen, den Zigarettenschachteln, dem schwarzen Tintenfass, der kleinen Kamera. Auf Besonderheiten stieß man nicht, alles war harmlos oder Kolniks Vorliebe für alten Krempel zuzuschreiben, nur das Kartenspiel, dessen Herstellungsdatum auf dem Pik-Ass mit 1937 angegeben war, hatte Heller hier noch nicht gesehen. Manche Karten waren geknickt, manche klebten zusammen, irgendetwas mochte Kolnik daran gehindert haben, sich davon zu trennen; das Gleiche galt für den Füllfederhalter, dem die Spitze fehlte, und für das schadhafte Teeservice. Auch in den Sammelmappen fand man nichts, was außergewöhnlich gewesen wäre, höchstens verwunderte die große Ordnung, die Schriftstücke lagen streng chronologisch übereinander, es handelte sich durchweg um dienstliche Korrespondenz aus den letzten Monaten. Ein Blatt fiel allerdings aus der Reihe, es steckte zusammengefaltet im unteren Drittel des Stapels, eine Ecke lugte hervor. Mausch zog es heraus. Heller kniete daneben. Das Papier war beschriftet mit den Buchstaben *T. K.* Mausch faltete es auseinander – Heller wusste sofort, was daraufstehen würde. Der Text war mit Schreibmaschine getippt. Die Überschrift lautete: *Vermächtnis.* Zaschke kam heran, schaute ihnen über die Schulter. Heller erkannte seinen Namen.

Als Nachfolger in meinem Amt wünsche ich meinen Assistenten Alwin Heller. Ein entsprechendes Schreiben an den Polizeipräsidenten befindet sich bei diesen Papieren.
Mein ausdrücklicher Wunsch ist es, von Ermittlungen im Zusammenhang mit meinem Tod unbedingten Abstand zu nehmen.
Sie wären ebenso unnütz wie hoffnungslos.
Mein Geldvermögen fällt an meine Tochter. Es wird ausreichen, um alle Kosten der Bestattung zu bezahlen. Als Bestattungsform wünsche ich die Verbrennung. Eine Bestattung im Grab meiner Frau wünsche ich ausdrücklich nicht! Meine Asche soll in die Donau gestreut werden.
Mein Sachvermögen soll der Müllabfuhr anheimfallen.
Ich schreibe diese Zeilen in völliger Klarheit des Geistes.

Gezeichnet zu Regensburg am 3. September 1978
T. Kolnik

Kolniks Geldvermögen belief sich auf 1275 Mark. Warum so wenig vorhanden war, war unklar, Kolnik hatte ein ordentliches Gehalt bezogen, er hatte nicht in Wertanlagen investiert, keinen aufwändigen Lebensstil gepflegt, sein einziger Luxus waren die Taxifahrten zum Präsidium und zu seiner Wohnung gewesen. Zaschke äußerte die Vermutung, Kolnik habe womöglich Kinder, von denen man nichts wisse, oder er sei dem Wettspiel verfallen gewesen. Über solche Dinge wollte Heller nicht sprechen. Er nahm seine Jacke, beendete den Dienst zwei Stunden früher als sonst, er hatte eine Unmenge an Überstunden, morgen begann sein Urlaub.

Heller mochte keinen Urlaub; Reisen waren ihm zu mühsam, das Organisieren und Packen zu aufwändig, viel besser konnte man fremde Städte und Landschaften ohnehin im Fernsehen studieren. Für gewöhnlich verbrachte er seine freien Tage an der Universität, in der Stadt oder im Kino, dort fühlte er sich wohl.

Ein, zwei Stunden lief Heller ziellos umher. Er kam an den Ausgrabungen vor dem Theater vorbei, römische Fundamente wurden freigelegt, Heller schaute den Archäologen zu, wie sie mit Pinsel und Schäufelchen Schicht für Schicht abtrugen, gelegentlich steckten sie ein Fundstück in eine Plastiktüte, »wie bei uns«, murmelte er und schlenderte weiter. Es war immer noch warm, geradezu heiß, die Leute trugen leichte Sommerkleidung, aber der Himmel leuchtete bereits herbstlich.

Am Blau des Himmels, dachte sich Heller im Gehen, konnte man die Monate ablesen. Im Januar wirkte es dunkel und metallisch; im Mai hoch und leicht; im Juli wie das Meer; und das Septemberblau gab noch einmal alles, während es an den Rändern schon vergilbte. Man müsste den blauen Himmel fotografieren, dachte Heller, einmal im Monat, immer vom gleichen Standort aus, dann könnte man die Blautöne miteinander vergleichen. Man könnte sie einteilen und künstlich erzeugen, man könnte sich dann aprilblaue Hemden und oktoberblaue Autos kaufen, man könnte die zwölf Töne zusammenmischen, und das Ergebnis wäre das Jahresblau, in Fläschchen abgefüllt wäre es ein erstklassiges Geschenk, das Blaue vom Himmel, der Himmel auf Erden.

Heller kam an einem Antiquitätenladen vorbei. Alte Möbel standen in der Auslage, ein Stuhl mit geschwungenen Beinen und rotem Polster, ein

Bild von einer jungen Frau aus einem anderen Jahrhundert, sie trug ein schwarzes Kleid, lächelte. Heller ging weiter, die Seitengasse entlang. An einer Stelle, wo kaum Licht einfiel, sah er sie auf sich zukommen, Charlotte Kolnik im Schatten, die rotbraunen Haare offen, das rechte Auge vom Seitenscheitel verdeckt. Heller wollte grüßen. Als sie den Kopf abwandte, behielt er seinen Gruß gerade noch für sich, ging vorüber, drehte sich um, da war sie bereits abgebogen.

Heller kam nach Hause, freute sich auf sein Zimmer. Dass er keinen Appetit hatte, hatte er wohl nicht deutlich genug gesagt, sonst hätte seine Mutter nicht Bratkartoffeln und Bier hereingebracht. Heller nahm kaum Notiz davon. Er schaute gerade *Die Straßen von San Francisco* im Fernsehen, Mike Stone und Steve Keller verfolgten einen Drogenhändler, die Autos quietschten durch ein Parkhaus, schossen hinaus, Heller stellte sich vor, er würde so mit dem Taunus durch die Altstadt jagen.

Seine Mutter kam wieder, trug das kalt gewordene Essen hinaus, das Bier ließ sie stehen. Sie wusste, in solch einem Zustand hatte sie ihn allein zu lassen, sie war daran gewohnt. Hellers Vater soll genauso gewesen sein, er soll es geliebt haben, stundenlang über Gott und die Welt zu sinnieren, so hatte sie es Heller erzählt. Einmal hatte sie den Vater gefragt, ob er lieber Eintopf oder Suppe zu Mittag haben wollte. »Da hat er mit der Faust auf den Tisch geknallt und ist laut geworden. *Mach, was du willst! Ich habe über die Zukunft Deutschlands nachzudenken,* hat er mich angeschrien. Von da an habe ich ihn nicht mehr mit solchen Kleinigkeiten behelligt.«

Von ihrem Sohn hatte sie keine Ausbrüche zu befürchten. Früher hatte sie ihn oft gestört, manchmal war sie sogar ins Zimmer geplatzt, ohne anzuklopfen. Mittlerweile ließ sie ihn in Ruhe. Sie hatte wohl Angst, er könne es nicht mehr aushalten mit ihr und weggehen, so wie es sich gehört hätte in seinem Alter, aber darüber hatte Heller nie ernsthaft nachgedacht. Auch wenn es ihn Mühe kostete, ihr von seiner Arbeit zu erzählen, auch wenn er unruhig wurde, wenn sie ihre naiven Fragen stellte – im Grunde war er gern bei ihr, der Platz reichte aus, er hatte den Kopf frei für Wichtiges, und manchmal, wenn er sie in der Küche hantieren hörte, wenn er sie nach einem seiner Nachtdienste schlafend im Sessel vorfand, wenn sie mit Fritz, dem Kater, plauderte, dann hatte er sogar das Gefühl, er würde sie lieben.

Heller setzte sich auf das Fensterbrett und schaute nach draußen. Der Spätsommertag ging schwül zu Ende, die Luft drückte. Ein paar Mücken surrten im Zimmer herum, Heller hatte vergessen, das Fenster zu schließen. Er schaltete den Fernseher aus. Über den Dächern und Türmen hatte sich der Himmel rot eingefärbt, weiter oben war er noch blau, die ersten Sterne leuchteten. Auf der Straße hatte sich der Verkehr beruhigt, ein Mofa ratterte vorbei, zwei Jungen in kurzen Hosen trudelten auf ihren Bonanzas nach Hause, Passanten liefen über das Kopfsteinpflaster, die Worte hallten bis zu Heller hinauf. Das Kino machte seine Lichter an, *frischwärts – wie im Fahrstuhl, nur nasser und schöner* stand auf der Cola-Werbung, Besucher kamen, bildeten eine Schlange, die bis auf den Bürgersteig reichte, *Unternehmen Capricorn* lief um 20.15 Uhr, *Mörderbienen greifen an* um 20.30 Uhr, *Unsere Lassy* um 15 und um 17.50 Uhr, in der Nachtvorstellung *Convoy*, Heller hatte ihn schon zweimal gesehen.

Die Straßenbeleuchtung schaltete sich ein. Heller holte sich das Bier und trank es in einem Zug aus. Ohne müde zu sein, legte er sich ins Bett, sah im Halbdunkel an die Holzdecke.

Der Wind fächelte kühl um seine Stirn. Bewegungslos lag er da. Eine Mücke. Von unten Gelächter. Wieso nur hatte Kolnik Ermittlungen abgelehnt? Es war gerade so, als hätte er gewusst, was auf ihn zukam. Hatte er sich mit jemandem treffen wollen in Prag? Hellers Gedanken gingen durcheinander, Kraft, sie zu ordnen, hatte er heute keine mehr. Doch eines war sicher: Gleich morgen würde er, trotz allem, mit den Ermittlungen beginnen – mochte es unnütz sein oder hoffnungslos. Oder gefährlich.

Mit einem formlosen Schreiben an die Verwaltung übertrug Heller seinen Urlaub an Mausch; der konnte ihn gebrauchen, da er gerade mit Hausbau beschäftigt war. Zaschke war einsilbig, Heller führte das auf Kolniks Personalentscheidung zurück.

Heller nahm den schwarzen Hörer von Kolniks altem Apparat in die Hand, wählte, die Wählscheibe brauchte unendlich lange, bis sie von einer Ziffer wieder in ihre Grundposition zurückgekehrt war. Das Gespräch nahm einen unerfreulichen Verlauf, Botschaftssekretär Dr. von Fechenbach ließ sich seine Abneigung, für die Polizei Zusatzarbeit zu leisten, deutlich anmerken, sein Ton war herablassend, »mehr können wir nicht für Sie tun«, schien sein Lieblingssatz zu sein. Zumindest sicherte er zu, sich bei der tschechischen Polizei für die Übersendung der Kugel, des Projektils und einer genauen Tatortbeschreibung einzusetzen – wann dies alles eintreffen würde, sei jedoch schwer zu sagen, eine Ermittlung der deutschen Polizei in Prag sei so gut wie aussichtslos, die tschechischen Behörden lehnten deutsche Amtshilfe in der Regel ab, in der KSZE-Schlussakte sei, wie Heller sicherlich wisse, festgelegt, dass Nichteinmischung in die Belange souveräner Staaten Vorrang habe, Heller könne sich wohl vorstellen, wie man in Prag auf Polizeibeamte aus dem Westen reagieren würde. Hellers Bitte, die Botschaft möge wenigstens bei der Suche nach dem Fotografen Jiři Abel behilflich sein, wurde abgewiesen, polizeiliche Personensuche falle bedauerlicherweise nicht in das Aufgabenfeld eines Botschaftssekretärs, man könne gerne die Kontaktdaten des zuständigen Mitarbeiters beim BND an Heller übermitteln, mehr könne man nicht für ihn tun, insgesamt rate man, aus genannten Gründen, zu »halboffiziellem Vorgehen«.

An dieser Stelle wurde die Verbindung unterbrochen. Für einen Moment stieg Ärger in ihm auf, dann hörte Heller Zaschke vom Essen zurückkommen. Er verließ Kolniks Büro, bat Zaschke, in ein paar Minuten noch einmal in Prag anzurufen und die rasche Ausfertigung von zwei Einreisegenehmigungen zu verlangen.

»Zwei? Wieso zwei?«

»Na, ich denke, du fährst mit?!«

»Den Teufel werd ich tun. Hast du Kolniks Testament nicht gelesen?«

»Zwei habe ich gesagt«, antwortete Heller und spürte, dass er zu harsch klang. »Du kannst es dir ja überlegen«, fügte er milder hinzu.

Zaschke setzte sich an seinen Schreibtisch, schüttelte den Kopf, er rief nicht an, Heller musste es selber tun.

Die Formulare trafen ein paar Tage später ein, aber Zaschke blieb stur, auch den Eilbrief an den BND-Mitarbeiter, dessen Dienstanschrift Dr. von Fechenbach freundlicherweise mitgeteilt hatte, weigerte er sich zu übernehmen, Heller schrieb den Brief selbst, auf Kolniks alter Adler.

Da der BND nicht reagierte, versuchte Heller zwei Tage darauf, an die Telefonnummer des Mitarbeiters zu kommen. Dr. von Fechenbach war verreist, auf Umwegen bekam Heller von einem Kollegen beim BKA die gewünschte Auskunft, mit dem Hinweis auf strenge Geheimhaltung. Heller setzte wieder die Wählscheibe in Bewegung. Er ließ es läuten, mehrmals, wollte auflegen. Da meldete sich doch jemand mit »Ja«, nannte keinen Namen.

Heller vergewisserte sich, ob er richtig verbunden sei, bat höflich um Informationen über das Prager Filmgeschäft Gellert und über eine Person namens Jiří Abel. Der BND-Mann sagte nicht viel, er zog die Pausen in die Länge, Heller hatte ständig das Gefühl, noch genauer erklären zu müssen, am Ende hatte er fast den gesamten Fall dargestellt. Schließlich sagte der Mann langsam, mit tiefer Stimme und einem nicht zu lokalisierenden Dialekt: »Ich werde sehen, was zu machen ist« und legte, ohne Hellers Dank abzuwarten, auf.

Drei Tage später hatte Heller einen grauen Umschlag auf seinem Schreibtisch. In dem formlosen Schreiben stand, mit schwungvoller Handschrift:

Herr Heller, anbei die gewünschte Liste, Hochachtungsvoll.

Darunter eine knappe, ungewöhnliche Unterschrift, eher ein Kürzel, es sah aus wie ein griechisches Zeta, eine Schleife links oben, ein Bauch, ein Haken rechts unten, wie ein sich krümmender Wurm.

Die Liste umfasste zwölf Namen, auch die Jiří Abels des Prager Umlands waren verzeichnet. Leider fehlten die Angaben zum Alter der Personen. Dafür waren die Adressen und Berufsbezeichnungen vermerkt, allerdings auf Tschechisch. Anscheinend um Heller seine kriminalistische Zweitklassigkeit zu demonstrieren, befand sich in dem Umschlag aus Pullach auch eine kopierte Seite aus einem deutschsprachigen Reiseführer. Ein mehrstöckiges Haus war darauf zu sehen, darunter stand:

Thunovská 21
In diesem einstmals prächtigen Barockbau war bis 1945 die Fotofirma Gellert untergebracht. Nach dem Krieg wurde der deutschstämmige Inhaber von den Kommunisten enteignet und aus Prag vertrieben. Heute wird das Gebäude von einer Druckerei genutzt.

Heller radelte zur Universität. In der Slawistik-Abteilung der Universitätsbibliothek nahm er ein tschechisch-deutsches Lexikon aus dem Regal und suchte nach den Übersetzungen der angegebenen Berufe, er schrieb sie in die Liste, die ersten fünf Jiří Abels waren: ein Busfahrer, ein Arzt, ein Elektriker, ein Gelegenheitsarbeiter, ein Fliesenleger. Heller suchte weiter. Er fühlte etwas an seiner Schulter, jemand hatte ihn von hinten angetippt. Das Erste, was er sah, waren ihre dünnen Lippen, es war nicht sicher, ob sie Ironie ausdrückten oder Geringschätzung.

»Studierst du neuerdings Slawistik?«, flüsterte Charlotte Kolnik. Ihre Augen erinnerten Heller an Dreiecke, kleine grüne Lichter funkelten darin.

»Nein. Ich muss etwas übersetzen«, flüsterte Heller zurück.

Sie drehte sich um: »Nimm das Lexikon mit!«

Sie ging an einen Tisch im Lesebereich, setzte sich, Heller folgte ihr. Fünf Minuten später hatte sie alle Berufe übersetzt, und einer davon war tatsächlich eine Spur: Jiří Abel, wohnhaft in Kounická 3, arbeitete als Kameramann in den Prager Barrandov Studios – er hatte etwas mit Fotografie zu tun! Heller wollte zurück ins Präsidium, Charlotte schien auf etwas zu warten, sah ihn spöttisch an.

»Ich wusste gar nicht, dass Sie Tschechisch können«, flüsterte er.

»Kann ich auch nicht. Russisch und Tschechisch sind ja verwandt.«

»Russisch? Ich dachte, Sie studieren Kunst?«

»Was ein guter Marxist sein will … Irgendwann einmal werde ich mir Moskau anschauen … Lass endlich das blöde Sie weg!«

Sie gingen hinaus, schweigend, Heller überlegte sich, wie er sich schnellstmöglich verabschieden konnte, er wollte unbedingt weiterarbeiten.

»Und jetzt gibst du mir einen Kaffee aus«, sagte Charlotte Kolnik, als sie die Bibliothekstür hinter sich zugemacht hatten.

Heller blickte auf die Uhr, er hatte schon eine Ausrede auf der Zunge, da nickte sein Kopf, Charlotte ging vorneweg, das Rotbraun ihres Haarknotens, die Büschel, die ihr in den Nacken hingen.

Er holte ihr einen Kaffee, selbst nahm er Wasser. Sie setzten sich an einen der weiß lackierten Rundtische, die von jeweils vier knallroten Drehhockern umringt waren wie die Sonne von Planeten. Charlotte zündete sich eine Zigarette an. Auch an den Nebentischen saßen rauchende, intellektuell aussehende Studenten, auf einmal fühlte Heller sich unwohl mit seinem blauen Hemd und seinen kurzen Haaren. Charlotte zog an ihrer Zigarette, schaute, ob sie jemanden kannte, sagte nichts, trank nicht, der Kaffeebecher dampfte, Heller wollte ins Büro.

»Ich frage mich, warum man für einen Innenbereich ausgerechnet Kopfsteinpflaster verwendet«, sagte er, als er das Schweigen nicht mehr aushielt. »Wirkt direkt gemütlich.«

»Das kommt vom Wert der Farbe Grau«, sagte Charlotte Kolnik, »passt zum bunten Plastik. Ist eine Antithese, das Idyllische und das Moderne vereinen sich.«

»Fehlt nur noch, dass man hier drinnen Bäume pflanzt und Drucklufttüren installiert«, versuchte Heller einen Scherz.

»Ich fürchte, das wäre dann zu kontrastiv«, antwortete sie gleichmütig, zog an ihrer Zigarette, blies den Rauch in die Luft, wo er sich mit dem Rauch der anderen zu einem diffusen Nebel verband.

Wieder eine Pause.

Heller wusste nicht mehr, was er sagen sollte, über den Fall wollte er nicht sprechen. Er trank sein Glas aus, strich mit dem Zeigefinger an der Tischkante entlang, vergewisserte sich seiner Schlüssel, er wollte weg, aber Charlotte Kolnik hatte den Kaffee immer noch nicht angerührt, anscheinend wollte sie ihn kalt werden lassen, sie rauchte, beobachtete, grüßte gelegentlich, ohne zu lächeln. Heller sah Momentaufnahmen von ihrem Gesicht, die Nase, die Haut, die Augen, dieses Gesicht war nicht zu ergründen, Ernst und Lust lagen darin, es störte Heller, dass er sich kein klareres Urteil bilden konnte; jetzt kam ihr Blick zurück, wurde direkt – es war ihr etwas eingefallen.

»Hör mal!«, sagte sie und grinste, »... du nimmst mich mit!«

Heller sagte nichts. Er betrachtete ein Metallgestell, an dem mit allerlei Schlössern alte Tassen befestigt waren. Im Grunde war es logisch. Vielleicht hatte er deswegen zwei Einreisegenehmigungen beantragt. Natürlich würde er Nein sagen. Charlotte Kolnik hatte bei den Ermittlungen nichts zu suchen. Die Sache konnte schwierig werden, gefährlich, Heller konnte niemanden gebrauchen, dem, wenn es wichtig wurde, die Emotionen durchgingen, sie schien zwar nervenstark zu sein, hatte sogar eine gewisse Souveränität, aber Heller wusste, dass das nicht alles war, dass noch etwas anderes in ihr war, etwas Kompliziertes, Unberechenbares ... außerdem sprachen hundert dienstrechtliche Gründe dagegen.

»Ich habe ein Recht darauf zu erfahren, wer der Mann auf dem Pferd war!«

Kurz hielt er ihren Blick stand, dann schaute er nach draußen, die Bäume, die Gebäude, die Studenten, der Himmel, eine Traube von Fahrrädern befand sich hinter der großen Glasfront, ein Student machte sich an einem davon zu schaffen, er wirkte nervös, es kam Heller verdächtig vor, er wollte schon aufspringen, da sah er den Schlüssel. Er entspannte sich.

»In Ordnung! Aber duzen werde ich Sie nicht! Sie sind eine Zeugin ... und außerdem Hauptkommissar Kolniks Tochter!«

Heller stocherte in seinem Essen herum. Er trug das Tablett zurück, schob es in das Regal, ging hinaus. Am Zeitungsständer machte er halt. Er überflog die Schlagzeilen, nahm das Abendblatt zur Hand, er wollte an etwas anderes denken. Bei der Luftschau im englischen Farnborough war die französische Mirage 2000 erstmals der Öffentlichkeit vorgestellt worden … Nach ungewöhnlich starkem Monsunregen hatte sich in der Gangesebene die schwerste Hochwasserkatastrophe seit dreißig Jahren ereignet … Zum Ende des Fastenmonats Ramadan hatten Anhänger des Ayatollah Chomeini das Fest des Fastenbrechens in eine Großdemonstration gegen den Schah verwandelt … Der Kardinalstaatssekretär Jean Pierre Tessot war von seinem Amt als Präsident des päpstlichen Rates Cor Unum zurückgetreten. Tessot soll dem Heiligen Vater bei der Vergabe von Ämtern wichtige Personalinformationen vorenthalten haben; so sei seiner Heiligkeit nicht zur Kenntnis gebracht worden, dass Pater Giovanni Persegue von Orvieto, einer von Tessots Vertrauten, bei der Ausreise deutscher Kriegsverbrecher von Europa nach Südamerika Ende der vierziger Jahre eine maßgebliche Rolle gespielt habe. Infolge der Beförderung Persegues zum Prosekretär habe sich der Papst getäuscht gefühlt und Tessot ungewöhnlich heftig getadelt. Für die Zukunft beabsichtige Johannes Paul I., intensive Untersuchungen durchzuführen und alle Geistlichen, die gegenüber den Nationalsozialisten Hilfsbereitschaft an den Tag gelegt hätten, durch untadelige Würdenträger zu ersetzen.

Es war Zeit. Heller steckte die Zeitung zurück, ging ins Büro, bereitete die Reise vor. Er telefonierte mit der Dokumentenabteilung, kümmerte sich um zwei Hotelzimmer, besorgte einen Stadtplan, entwarf ein Konzept.

Von den Barrandov-Studios hatte er gehört. Die Kinderfilme, die dort gedreht wurden, kamen im Ersten, die beiden Nachbarsjungen schauten sie gern, *Odysseus und die Sterne*, *Pan Tau*, *Die kleine Meerjungfrau*. Heller wusste, dass die Studios mit dem Westdeutschen Rundfunk kooperierten, wahrscheinlich eine Folge der Entspannungspolitik; also schrieb er auch an den zuständigen Mitarbeiter des Westdeutschen Rundfunks einen Brief – und kam sich dabei vor wie Kolnik, so andächtig tippte er auf der alten Adler.

Es klopfte. Die Techniker kamen herein, brachten die neue Telefonanlage. Sie schraubten herum, steckten Kabel zusammen, testeten Frequenzen. Am Ende stand ein orangefarbenes, abhörsicheres Telefon auf dem Schreibtisch, und als die Männer Heller fragten, sagte er, er würde das alte gerne mit zu sich nach Hause nehmen.

Die Straßenschilder waren vom Tau beschlagen, der Stadtpark glitzerte, die Luft, frisch von der Nacht, fühlte sich anders an als noch vor ein paar Tagen. Es dämmerte.

Heller wartete im Auto, Charlotte Kolniks Wohnung in Sichtweite. Ein gelber Kadett parkte vor ihm, Pink-Floyd-Aufkleber, *dark side of the moon*, schwarzer Hintergrund, Brechung eines Lichtstrahls, Spektralfarben …

Heller zog den Geldbeutel aus der Brusttasche, überprüfte noch einmal, ob er genügend dabeihatte. Er sah wieder nach draußen, musste an die Urlaubsfahrten mit seiner Mutter denken. Jedes Jahr war sie mit ihm, immer Anfang September, in den Bayerischen Wald gefahren. Sie waren durch Wälder mit großen Granitblöcken gewandert, hatten Pilze gesucht, vom Gipfel herunter ins Land geblickt, Kirchen besichtigt, waren in kalte Flüsse gesprungen, über knarzende Dielen gegangen, hatten Knödel aller Art verspeist, auf ihrem Zimmer *Mensch ärgere dich nicht* gespielt oder *Denk fix*.

Irgendwann hatte sich seine Mutter einen Fotoapparat gekauft, extra für den Urlaub. Auf den Bildern, die sie gemacht hatte, leuchteten die Farben, selbst ein Regentag hatte noch etwas Buntes. Aber im Grunde war das einzige Motiv, das sie interessiert hatte, er selbst gewesen. Ein blonder, braungebrannter Junge war er auf den Fotos, sein Lächeln wirkte verlegen. Er hatte kurze Hosen an, Sandalen, manchmal Kniestrümpfe, T-Shirts, die ihm zu kurz waren, seinen alten Rucksack, eine Stoffmütze, eine gelbnasse Regenjacke, einen blauen Pullunder, den sie für ihn gestrickt hatte. Er stützte sich auf einen kurzen Wanderstock, schaute durch einen roten Spielzeugfernseher, trank Afri-Cola, schleckte Eis am Stiel, jagte mit einheimischen Jungen einem Gummiball hinterher, war verschwitzt, streichelte einer Ziege den Kopf, stand neben einem Gipfelkreuz. Hunderte von Bildern hatte seine Mutter gemacht, sieben Alben hatte sie angelegt, manchmal verbrachte sie im Wohnzimmer auf der Couch ganze Nachmittage damit, blätterte darin und lächelte. Die traurigen Momente, die es auch gegeben hatte, in denen sie mit Tränen in den Augen den anderen Familien zugesehen hatte, sie waren vergessen, blieben unfotografiert.

Heller zog den Reißverschluss seiner Lederjacke hoch und runter. Er war zufrieden. Die Kleidung war unauffällig, das kurze, blaue Hemd, die hellbraune Hose, die bequem saß, die Turnschuhe. Am Himmel kreuzten Kondensstreifen über der Stadt, weiter hinten am Horizont schimmerte es rot. Charlotte Kolnik ließ auf sich warten. Vereinbart war halb sieben, es war schon zwanzig Minuten darüber. Heller hatte keine Lust, sich zu ärgern; er genoss das Urlaubsgefühl, die Wehmut, er sah dem Tagesanbruch zu. Als Charlotte um sieben immer noch nicht aufgetaucht war, stieg er aus, um zu läuten. Die Mitbewohnerin wirkte verschlafen, das sei keine Zeit, um harmlose Bürger zu vernehmen, sagte sie barsch, Charlotte sei nicht da, schon seit zwei Tagen nicht, dann schlug sie die Tür zu.

Hellers Stimmung kippte. Wie konnte man nur so unzuverlässig sein!? Anscheinend war ihr der Vater vollkommen egal. Dann eben ohne sie, er musste sie nicht dabeihaben.

Heller setzte sich ins Auto, zog die Rennhandschuhe an. Das Schaufenster der Bäckerei leuchtete hell in den Morgen, die Verkäuferin öffnete die Kasse, gab Geld heraus, sprach den nächsten Kunden an. »Verdammt«, schimpfte Heller leise vor sich hin und holte das Adressbuch aus dem Handschuhfach. Den Namen von Charlottes Kunstdozenten hatte er sich notiert, Professor Dr. Jack Moore, mit zwei O, wie der Darsteller von James Bond. Heller fand die Straße, fuhr hinaus zur Villensiedlung.

Das Haus hatte ein Flachdach, die Fensterrahmen waren weiß, die Holzverkleidung dunkelbraun lackiert. Heller läutete. 7.19 Uhr. Nichts tat sich. Nach ein paar Sekunden drückte er noch einmal auf die Klingel. Schritte, die sich von innen näherten, der Professor machte auf, Gott sei Dank bekleidet, Bademantel, Pantoffeln, rotgetönte John-Lennon-Brille. Heller fragte nach Charlotte, seine Wut hatte er hervorragend im Griff, der Amerikaner würde sie nicht bemerken, ohnehin wirkte der Mann auffällig ruhig, regelrecht sediert, er schlurfte zum Schlafzimmer, ein Raum mit grünem Flokatiteppich und orangenen Kunststoffschränken, auf den Vorhängen rechteckige Muster, die sich schwarz und grün ineinander verschachtelten. Das Balkonfenster war offen, in einer Lavalampe stieg eine schwarzrote Blase hoch, auf dem Boden ein kleiner Antennenfernseher, ein Aschenbecher mit Überresten von Joints. Über einem Plastikstuhl hing ungeordnet Wäsche, ein einzelner Leder-Clog mit Nieten und Holzsohle, im Bett bewegte sich etwas, ein Frauenfuß guckte hervor, ihr Gesicht, stark geschminkt, die künstlichen Wimpern hatten sich am Augenlid halb abgelöst. Der Professor rutschte jetzt nervös mit seinen Pantoffeln hin und her, er fürchtete wohl, die Situation könnte seiner Universitätskarriere schaden. Charlotte Kolnik öffnete die Augen, streckte beide Arme in die Höhe, besah sich ihre dunkelroten Fingernägel, blickte zu Heller, der in der Türe stand und auf die Armbanduhr zeigte.

»Hallo, Heller!«

Heller machte kehrt, verabschiedete sich von Moore nicht, verließ das Haus, lehnte sich, gutgelaunt, an den Taunus. Zehn Minuten später kam sie heraus. Die glitzernde Bluse hatte sie in Bauchhöhe zu einem Knoten zusammengebunden, darunter ein Stück Haut, eine gelbe Schlaghose. Auf ihrer Tasche klebten Prilblumen, ihre Frisur verdeckte halb die Sonnenbrille. Sie stakste seelenruhig zum Auto, setzte sich auf die Beifahrerseite, Heller schlug die Tür zu, sie neigte den Kopf gegen das Seitenfenster, Heller fuhr los. Sie sprachen kein Wort. Nach ein paar Minuten begann er, über die Reiseplanung zu reden. Charlotte Kolnik gähnte, sie hatten die Stadt noch nicht verlassen, da war sie wieder eingeschlafen.

Heller sprühte vor Elan, er war zeitig zu Bett gegangen, seine Mutter hatte ihm ein üppiges Frühstück zubereitet. Er legte sich Fragen zurecht, die er Charlotte Kolnik stellen wollte, und er fand, dass es gute Fragen waren.

Die Landschaft lag vor ihnen, gelegentlich überholte Heller einen Traktor, einmal lag ein totes Tier auf der Fahrbahn.

Vor ein paar Jahren hatte Heller ein Reh angefahren, am helllichten Tag war es urplötzlich vor ihm auf der Fahrbahn aufgetaucht, es hatte in seine Richtung geblickt, er hatte den Aufprall nicht verhindern können. Er hatte gesehen, wie es im Wald verschwunden war. Am Kotflügel hatten Haare und Blut geklebt. Heller hatte sich aufgemacht, das Reh zu suchen, eine halbe Stunde später hatte er ein leises Röcheln gehört, das Tier war halbtot im Dickicht gelegen. Heller war völlig konfus gewesen, er hatte nicht gewusst, was er machen sollte, schließlich hatte er sich überwunden und das Tier mit seiner Dienstwaffe erlöst.

Am Grenzübergang hatten sie keine Probleme. Nicht einmal Kolnik hätte auf den ersten Blick erkannt, dass die Ausweise gefälscht waren, Bierling von der Dokumentenabteilung hatte perfekte Arbeit geleistet, Heller nahm sich vor, ihn nach der Rückkehr dafür zu loben.

Sie fuhren über Land. Die Straßen waren schlecht, in den Dörfern gab es bestenfalls Kopfsteinpflaster, die Schlaglöcher spürte man im ganzen Körper, Hofhunde bellten hinterher, auf Holzmasten waren Lautsprecher angebracht, aus denen wahrscheinlich die Planerfüllung gepredigt wurde. Die Häuser hatten ihre Farbe verloren, der Putz bröckelte, auf einem Ortsschild war der tschechische Name verblasst, die alten deutschen Buchstaben schimmerten durch.

Nach zweieinhalb Stunden gelangten sie auf eine Schnellstraße. Das Überholen war eine Freude, Ladas, Skodas, ostdeutsche und russische Fabrikate, alte Fahrzeuge aus dem Westen.

Kurz vor Pilsen wachte sie auf, kramte in ihrer Handtasche und zog eine Flasche Libella hervor, die sie gierig leertrank. Sie unterhielten sich, sprachen auch über Persönliches, auf Charlottes Frage antwortete Heller ohne Zögern, natürlich wolle er Familie, ein Haus, drei Kinder, seiner Meinung nach sollte man spätestens mit dreißig damit beginnen … wohingegen Charlotte die Welt erkunden wollte, Familie, sagte sie, brauche sie nicht. Jetzt war es soweit, dachte Heller, die ganze Zeit hatte er darauf gewartet, nun konnte er, scheinbar aus dem Gespräch heraus, seine Fragen über Kolnik anbringen.

»Haben Sie eigentlich viele Kindheitserinnerungen an Ihren Vater?«

»Ein paar«, sagte sie und begann zu erzählen. Deutlich in Erinnerung sei ihr noch, dass ihr Vater gerne am kleinen Ecktisch in der Küche saß und Bücher las, man habe flüstern müssen, damit man ihn nicht störte. Auch beim Essen habe man still sein müssen. Außerdem habe sie immer sehr früh schlafen gehen müssen. Einmal sei sie im Sommer, bei schönstem Wetter, im Bett gelegen, noch heute höre sie die Glocken des Abendgebets, hellwach sei sie gewesen und verzweifelt, während unter ihrem Fenster die anderen Kinder gespielt und getobt hätten. Übermäßig streng sei ihr Vater gewesen, Jeanshosen habe sie nicht tragen dürfen, die neue Musik sei verboten gewesen – ansonsten habe er sich selten mit ihr beschäftigt, meistens habe er gesagt, später, wenn er fertiggelesen habe, habe er Zeit, aber gespielt habe er dann doch nicht mit ihr. Ihre Mutter habe den Vater immer verteidigt, seine Nachdenklichkeit komme von den schlimmen Erlebnissen im Konzentrationslager, fast wäre er damals gestorben.

Es habe aber auch Momente gegeben, da sei er lustig gewesen, einmal habe er Zeitungsseiten zusammengeknüllt und sie damit beworfen, Zeitungsschlacht habe er das genannt, man habe Krieg gespielt, bis er, von einer Zeitungskugel getroffen, zusammengesackt sei und gesagt habe, jetzt sei er gefallen. Zwei, drei Mal sei er mit ihr auch zum Schwimmen gegangen. Das Becken habe er jedoch nicht betreten, er habe immer nur von außen zugesehen; sie habe sich damals fürchterlich geschämt, denn ihr Vater war der Einzige im ganzen Schwimmbad in Hemd und Jacke. Aber vielleicht, so habe sie sich damals gedacht, sei dem Vater auch im Sommer kalt, wegen seiner schlimmen Erlebnisse.

»Und manchmal ist er einfach verschwunden, manchmal für mehrere Wochen. Meine Mutter hat dann gesagt, er würde Freunde treffen. Nach solchen Reisen ist er noch nachdenklicher gewesen als sonst … Aber jetzt mag ich nicht mehr«, sagte Charlotte abrupt. »Jetzt bist du dran!«

Also erzählte Heller alles von seinem Vater, was er wusste, auch die Sache mit dem letzten Brief, auch dass er den Vater insgeheim hasste wegen seines Namens, der grässlichen Initialen; und wie verblendet sein Vater gewesen war, bis zuletzt.

Heller bemerkte, dass Charlotte ihm nicht mehr zuhörte, sie schaute teilnahmslos aus dem Fenster. Aber er erzählte weiter, er fand, dass er genau die richtigen Worte traf, er redete über den Extremismus, und dass sie doch alle gleich seien. Plötzlich ging ein Ruck durch Charlotte.

»Also, so was kannst du doch nicht behaupten!«, fuhr sie dazwischen und blickte ihn scharf von der Seite an. »Die Nazis haben Millionen von Menschen umgebracht, Frauen und Kinder, arglose, unschuldige Leute haben sie umgebracht, die sind in den Konzentrationslagern verreckt, das ist Hitlers einziges Ziel gewesen, die Nazis waren entweder Sadisten oder feige Mitläufer, die Leute von der RAF sind doch ganz anders, die haben doch ganz andere Ziele, die wollen die Menschen befreien, die wollen die Welt von der Ungerechtigkeit befreien – dass dabei ein paar Kapitalisten und Ex-Nazis ins Gras beißen, ist doch was anderes als der Holocaust!«

Ihre Stimme klang nicht mehr wie vorher, an ihrer Stirn war eine Ader hervorgetreten, Heller schaute auf die Straße, er hielt es für das Beste, ganz ruhig zu bleiben.

Stille. Doch je länger sie schwiegen, desto mehr hatte er das Gefühl, ein zentraler Punkt sei berührt. Also widersprach er, so vorsichtig wie möglich … es kam zu einem Streit, der sich bis in die Vororte von Prag zog. Heller argumentierte mit Robespierre, den Kreuzzügen, Stalin, seinem Vater, der wegen des Hitler-Virus um Verstand und Leben gekommen sei, die ermordeten Fahrer und Leibwächter der RAF-Anschläge seien übrigens unschuldig gewesen.

Charlotte argumentierte mit der Unterwanderung der Bundesrepublik durch Ex-Nazis, mit ihrem Vater, er sei im Widerstand gewesen, er habe gegen die Nazis gekämpft, die Ideale der Achtundsechziger seien genau dieselben, der Kampf der RAF sei ebenfalls Widerstand, die RAF als Faschisten zu bezeichnen, das sei eine schlimme Verharmlosung des NS-Terrors.

Plattenbauten zogen vorüber, weiß erstrahlten sie im Gegenlicht. Heller und Charlotte schwiegen, bis sie beim Hotel ankamen. Er fand es auf Anhieb, er hatte sich den Stadtplan eingeprägt, die Adresse lautete Kaprova 13. Der Streit machte ihn etwas beklommen, vielleicht hätte er Charlotte Kolnik doch besser zu Hause lassen sollen.

Heller parkte das Auto, holte seine Sachen aus dem Kofferraum, die Tasche mit den Prilblumen nahm er nicht heraus, dann betrat er die Eingangshalle. Überdimensionale Glaskugeln mit grellen Glühbirnen hingen von der Decke herab, angebracht an Dutzenden von Metallstreben. Die Halle wirkte seltsam modern, von außen hatte das Hotel wie ein Bau aus dem vorigen Jahrhundert ausgesehen. Die Dame an der Rezeption hatte ihre Haare zu einem schwarzen Dutt aufgetürmt, sie sprach passabel Deutsch, gab die Schlüssel heraus, beschrieb den Weg zu den Zimmern.

Charlotte folgte Heller in einigem Abstand, sie hatte ihre Sonnenbrille aufgesetzt, nahm sie auch im Fahrstuhl nicht ab. Im dritten Stock stoppte der Lift, die restlichen zwei Etagen mussten sie zu Fuß zurücklegen. Über eine breite Holztreppe, das Geländer verziert mit geschmiedeten Arabesken, gelangten sie nach oben und standen dort vor einer wuchtigen Tür, die nur mit Mühe zu öffnen war. Auf einem Außengang erreichten sie die gegenüberliegende Seite, tief unten war ein quadratischer Innenhof mit Wasserbassin, Büsche und Müllsäcke waren zu erkennen. Sie folgten dem immer schmaler werdenden Gang und standen nach zirka zehn Metern vor einer Tür mit der Aufschrift POKOJ 354 – 355, Heller schloss auf.

Die zwei Zimmer, die er gebucht hatte, waren Teil einer Wohnung, ausgestattet mit Parkettboden und großen Fenstern. Die Zimmer hatten hohe Decken, der Stuck war mit grobem Mörtel ausgebessert, es gab eine Küche mit Gasherd, das Badezimmer war schon vor sehr langer Zeit gefliest worden, der Wannenrand befand sich auf Hüfthöhe, die Heizung verbarg sich hinter einem Gitter, ein Wappen prangte darauf. In dem einen Zimmer standen ein Ohrensessel, ein Schrank, ein Doppelbett, in dem anderen Polsterstühle um einen kleinen runden Tisch sowie ein Sofa.

Heller setzte sich.

»Das also verstehen die Kommunisten unter zwei Einzelzimmern«, sagte er und legte Charlottes Schlüssel auf den Tisch.

Charlotte drehte ihm den Rücken zu und warf ihre Tasche auf das Sofa.

Im Reiseführer hatte Heller gelesen, dass man nach 1945 die großen Bürgerhäuser beschlagnahmt und in öffentliche Gebäude umgewandelt hatte. In die weitläufigen Appartements waren Wände eingezogen worden, damit möglichst viele Arbeiterfamilien Platz fanden – manchmal hatten die Vorbesitzer, wenn sie nicht vertrieben worden waren, ein Zimmer zugewiesen bekommen. Etwas Ähnliches musste auch mit dieser Wohnung geschehen sein.

Heller öffnete ein Fenster. Der Knauf hatte die Form eines Doppeladlers, der Kitt war durchzogen von hundert kleinen Rissen. Unten kurvten ein paar Autos, die Abgase der Zweitaktmotoren stiegen bis zu ihm hinauf. Er machte das Fenster wieder zu. Am liebsten hätte er mit den Ermittlungen auf der Stelle begonnen, doch er war zu müde von der langen Fahrt; wenn er morgen recht früh anfangen würde, wäre alles wieder im Lot. Charlotte Kolnik hatte sich im anderen Zimmer auf das Sofa gelegt. Heller ging hinunter zum Foyer, kaufte in der Hotelbar zwei Flaschen Pils und zwei belegte Brote, sah sich um und war erstaunt, dass im Osten anscheinend dieselbe Mode angesagt war wie im Westen. Er fuhr wieder nach oben, auf dem schmalen Außengang musste er sich an einem älteren Herrn vorbeizwängen, dessen Hut bei diesem Manöver herabfiel, ein paar Zentimeter weiter, und er wäre in die Tiefe getrudelt.

Im Zimmer wollte Heller Charlotte Kolnik die Hälfte seiner Einkäufe anbieten, doch sie war nicht mehr da. Heller wunderte sich, er hätte ihr eigentlich begegnen müssen, aber er beschloss, nicht darüber nachzudenken – wer sich so gut in Kunst und Theorie auskannte, der würde sich auch in einem labyrinthischen Ostblockhotel zurechtfinden. Heller nahm sich einen Aufsatz über Ballistik vor, dann legte er sich schlafen. Er hätte ihr das Bett gerne überlassen, aber sie hatte ja ihre Wahl bereits getroffen – sie wollte ihm wohl keine Gelegenheit bieten, sich freundlich zu verhalten.

Irgendwann in der Nacht, der Mond machte die Vorhänge zu fahlen Rechtecken, hörte Heller im Halbschlaf Schlüssel im Schloss, er hörte, wie Charlotte die Flasche Pils öffnete, wie sie sie in raschen Zügen leertrank, wie sie ins andere Zimmer ging. Dann war Stille, gelegentlich unterbrochen vom Echo eines Zweitaktmotors. Heller wühlte sich in das Kissen. Er malte sich aus, was der Zeuge, Jiří Abel, aussagen würde. Er war zufrieden. Es war sein erster eigener Fall, und morgen hatte er ihn vielleicht schon gelöst.

Das Leitungswasser schmeckte rostig. Heller kippte es weg und ging ans Fenster. Es würde wieder warm werden. Das Hochdruckgebiet war hartnäckig, der Sommer wollte nicht aufgeben. Heller glättete das Bett, zog sich an, blätterte noch eine Weile im Handbuch für Ballistik, legte es auf den Nachttisch. Er trat vor das Sofa. Charlotte Kolnik machte eine unwillige Handbewegung und drehte sich zur Wand.

Heller war froh, er konnte allein agieren. Er ging nach unten, bestellte Brötchen und Tee, aß schnell, deutsche Zeitungen gab es nicht. Gerade wollte er aufbrechen, da trat sie an seinen Tisch, mit Sonnenbrille und Zigarette stand sie da, die Shorts viel zu kurz. Heller ärgerte sich, er hatte unauffällig vorgehen wollen, ohne den Taunus, ohne die Zeichen des Westens, er wollte, dass sie so dezent wie nur möglich auftraten. Jetzt war es zu spät, und auf einen neuen Streit hatte er keine Lust. Er musterte sie kritisch, sie grinste, schwang kurz die Hüften, setzte sich und bestellte Kaffee.

»Dieses Mal trinken Sie ihn bitteschön, bevor er kalt ist!«, sagte er und trommelte mit den Fingern auf die Tischplatte.

Im Oberleitungsbus waren fast alle Sitzplätze belegt, die Leute dösten, lasen Zeitung, ein paar Augen wanderten mit, als sich Heller und Charlotte durchdrängelten. Sie nahmen Platz, eine halbe Stunde später erreichten sie ihr Ziel.

Der Stadtteil bestand aus Plattenbauten, breiten Straßen, Baustellen, Kränen. Auf einer kleinen Grünfläche war ein Kinderspielplatz, die Wippe hatte die Form einer russischen Rakete, ein blonder Junge spielte Kosmonaut, die anderen standen um ihn herum, feuerten ihn an. In einem Brunnen spritzte eine Fontäne in die Höhe, Kinder liefen kreischend durch das herabfallende Wasser, das Licht glitzerte. Daneben stand ein Metallbaum mit runden Glasbirnen als Früchten. Frauen mit toupierten Haaren und hochhackigen Schuhen schoben Kinderwagen, die Straße war neu geteert, die Plattenbauten frisch gestrichen, hier und da hatte man Laubbäume gepflanzt, zwischen Mischmaschinen, Sandhügeln und Betonrohren parkten vereinzelt Autos.

Abel wohnte in dem Gebäude, das Heller als das älteste ausgemacht hatte. Das Flachdach hatte bereits Roststellen angesetzt, das Rot der Balkone war blasser als bei den anderen Häusern.

Vor der gläsernen Eingangstür hing ein großer Aluminiumkasten mit Dutzenden von Briefschlitzen, Namen, Klingelknöpfen. Abels Wohnung lag im fünften Stock. Heller läutete. Zweimal. Da offenbar niemand zu Hause war, machten sie kehrt und gingen zurück zur Bushaltestelle.

»Das hätte man sich auch denken können«, sagte Charlotte Kolnik schnippisch, »der Mann ist auf Arbeit.«

»Ich halte mich an die übliche Vorgehensweise«, antwortete Heller und ärgerte sich, dass ihm nichts Bissigeres eingefallen war.

Eine Dreiviertelstunde später stiegen sie vor den Barrandov-Studios aus. Heller blätterte in seinem Reiseführer, las vor, Charlotte Kolnik schien nicht interessiert zu sein:

Die Barrandov-Studios sind in den 1930er Jahren von Miloš und Vacláv Havel, Onkel und Vater des Prager Schriftstellers (siehe S. 51), gegründet worden. Nach der Machtübernahme durch die Deutschen wurden hier nationalsozialistische Propagandafilme gedreht, nach 1945 Propagandafilme der Kommunisten. In den 60er und 70er Jahren entstanden in den Studios europaweit beliebte Kinder- und Märchenfilme, z.B. die Aschenputtel-Verfilmung Drei Haselnüsse für Aschenbrödel *(in Koproduktion mit der ostdeutschen DEFA).*

Drei Haselnüsse für Aschenbrödel … Hellers Mutter liebte diesen Film, er hatte ihn für sie mit seinem Rekorder aufnehmen müssen, sie hatte ihn derart oft angesehen, dass der Ton leierte – manchmal, wenn Heller nichts Besseres vorhatte, gab er ihren Bitten nach und schaute mit, auch wenn kein Weihnachten war.

Mit dem Schreiben, das Heller vom Westdeutschen Rundfunk bekommen hatte, war es kein Problem, die Studios zu betreten. Sie wurden zu einem Deutschen namens Uhlig geführt, der Mann war unterrichtet und begann, in deutlichem Fränkisch, Konversation zu betreiben; als er Hellers Ungeduld bemerkte, führte er sie endlich durch neonhelle Gänge vor eine Metalltür, auf der »Studio 2« stand.

»Es wird gerade die letzte Folge von *Pan Tau* gedreht.« Uhlig machte die Tür einen Spalt weit auf, so dass man hineinsehen konnte.

»Abel ist der erste Kamera-Assistent.« Er deutete auf einen Mitarbeiter, der neben einer Lampe stand.

»Die Aufnahme beginnt gleich, Sie können noch hinein. Verhalten Sie sich so ruhig wie möglich!«

Uhlig schob sie ins Studio, schloss die Türe von außen.

Sie näherten sich vorsichtig dem Set. Eine Wohnung war nachgebaut worden, mitsamt der Einrichtung, ein Mann mit einer Nickelbrille schlich gebückt durch die Zimmer, ein zweiter Mann, Pan Tau in seinem Nadelstreifenanzug, tänzelte auf Zehenspitzen hinterher. Der Hut, mit dem Pan Tau zaubern konnte, indem er ihn oben antippte und dann mit dem Zeigefinger an der Krempe entlangfuhr, war ihm wohl abhandengekommen, Pan Tau konnte sich nicht klein machen. Stattdessen turnte er geschmeidig durch die Wohnung, blieb immer dicht hinter dem anderen und machte, wie ein Schatten, jede Bewegung mit. Der Mann mit der Nickelbrille war der Verzweiflung nahe, er hörte, dass jemand im Zimmer war, konnte ihn aber nicht fassen.

Die Klappe fiel, der Dreh wurde unterbrochen. Dem Regisseur hatte etwas nicht gefallen, er holte seine Darsteller zu sich, erklärte mit vielerlei Gesten, was er wollte, machte Körperhaltungen und Grimassen nach, schickte die Schauspieler zurück, die Verfolgungsjagd begann von Neuem.

Sechs Mal wurde die Szene wiederholt, sechs Mal gab es Besprechungen, wurden glänzende Stellen in den Gesichtern abgetupft, kehrten alle zum Anfang zurück, testete Abel die Beleuchtung, drehte sie heller oder dunkler. Er war konzentriert, arbeitete mit einer besonderen Langsamkeit, Heller wunderte sich, warum Abel, der wohl der älteste Mitarbeiter war, eine solch zweitrangige Tätigkeit ausübte.

Zweieinhalb Stunden warteten Heller und Charlotte im Hintergrund. Sie saß mit verschränkten Beinen auf einem Stuhl, gemächlich eine Zigarette nach der anderen rauchend, Heller hatte den Eindruck, sie finde Gefallen daran, wie die vorübergehenden Männer ihr auf die nackten Schenkel starrten. Er stand neben ihr, wusste nicht, was er mit seinen Händen anfangen sollte, spielte mit seinem Schlüsselanhänger, schaltete das Licht seiner Quarzuhr ein und aus. Je öfter die schwarzweiße Klappe fiel, desto unruhiger wurde er, am liebsten wäre er hingegangen und hätte sich bei dem Regisseur beschwert, dass er polizeiliche Ermittlungen behindere. Er zwang sich, an etwas anderes zu denken, an Kolnik, an Zaschke, an die Fragen, die er Abel stellen wollte. Da bemerkte er, dass Charlotte offenbar aus ihrer Lethargie erwacht war, sie schrieb russische Buchstaben auf einen Zettel. Heller blickte überrascht zu ihr hinab, Charlotte ignorierte ihn, schrieb weiter, dann winkte sie einen Kabelträger herbei, der mit einem Grinsen herankam, sie lächelte, drückte dem Mann den Zettel in die Hand, mit einer Kopfbewegung bedeutete sie ihm, er möge den Zettel zu Abel bringen. Der Mann hörte auf zu grinsen, trottete zurück. Bei nächster Gelegenheit bekam Abel den Zettel, er schaute zu Charlotte und Heller herüber, irritiert war er nicht, er redete kurz mit dem Kameramann, nahm neue Einstellungen vor. Nach der neunten Wiederholung wurde endlich Pause gemacht, die Szene war wohl durch, das Team ging auseinander. Abel näherte sich.

»Ihr Russisch ist ein wenig deutsch«, sagte er fast ohne Akzent, Heller wunderte sich über Abels Hornbrille, seine Augen, unmittelbar vor ihnen, wirkten hinter den Gläsern meterweit entfernt.

»Womit kann ich Ihnen dienen?«

»Könnten wir das an einem ruhigeren Ort besprechen?«

Abel führte sie in einen nahegelegenen Putzraum, es roch nach Desinfektionsmittel und getrockneten Lumpen. Heller stellte sich und Charlotte vor, diese vorsichtshalber als seine Assistentin. Abel zündete sich eine Zigarette an. Heller erklärte die Umstände, man sei gewissermaßen halbamtlich in Prag, an der Aufklärung des Falles sei der deutschen Polizei überaus gelegen. Abel zog an seiner Zigarette. Heller kramte das Foto hervor, das sie in Kolniks Wohnung gefunden hatten.

»Können Sie zu diesem Mann was sagen?«

Abel betrachtete das Bild, ließ sich Zeit, sein Zeigefinger war vom vielen Rauchen gelb. Seine Haare, vorne grau und schütter, so dass man die Kopfhaut sehen konnte, standen an den Seiten dunkel ab.

Abel blickte auf, Charlotte in die Augen, zwei, drei Sekunden lang, dann drückte er die Zigarette an einem Besenstiel aus.

»Kommen Sie mit!«, sagte er und verließ den Raum.

Hinter dem Kulissenaufbau befand sich eine Tür, sie führte zu einem schwach beleuchteten Treppenhaus. Sie stiegen hinab, man musste achtgeben, um nicht zu stolpern. Immer weiter ging es nach unten, mittlerweile hatten sie den gemauerten Teil des Gebäudes verlassen, das Geländer war nun an Gestein angebracht, fühlte sich feucht an. Sie kamen zum Anfang eines Tunnelsystems, von einem breiten Gang zweigten kleinere ab, ihr Ende verlor sich im Dunkel. In regelmäßigen Abständen waren Lampen angebracht, hinter verrosteten Drahtgittern strahlten sie ein schummriges Licht aus. Heller sah in Charlottes Gesicht, etwas Stolzes lag wieder um ihren Mund, die Lippen presste sie aufeinander, als hätte sie Schmerzen, die es auszuhalten galt, ihre Pupillen flatterten unruhig hin und her, sie hatte Angst.

Abel ging voraus, sie mussten sich anstrengen, ihm zu folgen, einmal war er in der Dunkelheit verschwunden, auf Hellers Rücken breitete sich Schweiß aus, dann sahen sie ihn, Gott sei Dank, wieder. Schließlich blieb Abel stehen, vor einer großen Metalltür holte er einen Schlüssel aus seiner Hosentasche. Er öffnete und machte Licht.

»Das war im Krieg ein Luftschutzbunker. Die Alliierten hatten Interesse, die Studios zu zerstören.«

Wie ein Bunker sah der Raum nicht aus, man hätte ihn für ein Wohnzimmer halten können. Massive Schränke mit Büchern und Filmrollen standen an holzvertäfelten Wänden, dazwischen Dutzende von Schwarz-Weiß-Fotografien in Holzrahmen, auf einem der Bilder erkannte Heller Ski laufende Männer, ein anderes zeigte junge Frauen in Badeanzügen, die vor Jahrzehnten modern gewesen waren, auf einem Steg hielten sie die Beine ins Wasser und lachten. Eine fleckige Couch stand an der Wand, Kissen mit Borten, ein zerschlissener Orientteppich auf den Dielen. Mehrere Stühle reihten sich um einen langen Tisch, Holzfiguren unterbrachen mit ihrem Schatten den Glanz seiner Oberfläche. Am anderen Ende des Raumes war im Halbdunkel ein geöffneter Sekretär, auf dem ein Globus, eine Schreibmaschine und daneben eine weiße Büste standen.

»Möchten Sie einen Kognak?«

Charlotte nickte, ohne Abel anzusehen, ihre Augen waren mit der Umgebung beschäftigt. Heller sagte, er trinke nicht. Abel ging zu dem Globus, klappte ihn auf, entnahm eine Flasche und zwei Gläser, schenkte ein, kam zurück.

»Dieser Ort hat einen gewissen Vorzug ...«

Abel deutete mit dem Zeigefinger nach oben.

»Der große Bruder ist hier unten blind und taub.«

Er drehte sich um, öffnete einen Kühlschrank, fünfziger Jahre, schätzte Heller. Im Innern wurden Flaschen, Konserven und ein Stapel Filmdosen sichtbar.

»Bis vor zwanzig, dreißig Jahren …«

Abel sprach nicht weiter, seine Hand suchte etwas, schob Filmdosen beiseite, jetzt fuhr er fort: »… hat man Filme auf Nitrozellulose gedreht. Irgendwann löst sich dieses Material auf, es wird spröde, bekommt Löcher, zerfällt zu kleinen Krümeln. Bei übermäßiger Temperatur können sich solche Filme entzünden und sogar explodieren. Berühmte Originale wie *Metropolis* – das ist diese Rolle hier – oder *Panzerkreuzer Potemkin* – das ist diese hier – würden in Flammen aufgehen, wenn man sie bei zu hoher Temperatur aufbewahren würde. Im Jahr 1897 ist es in einem Pariser Kino zu einer solchen Katastrophe gekommen. Die Beleuchtung der Projektoren funktionierte damals mit offenem Kalklicht. Die Flamme kam dem Film zu nahe, setzte ihn in Brand, es gab eine Explosion, die Kulissen fingen Feuer, in wenigen Minuten brannte alles lichterloh, 140 Menschen sind umgekommen, darunter auch die jüngste Schwester von Kaiserin Sisi.«

Abel erzählte rasch und beiläufig, er war in die Hocke gegangen, streckte seinen Arm tief in das Kühlschrankinnere. Von ganz hinten fingerte er eine Filmdose hervor, die mit einem kleinen Vorhängeschloss gesichert war. Er entriegelte das Schloss, eine bräunliche Spule kam zum Vorschein. Abel zog eine Leinwand von der Holzdecke herab, öffnete eine Tür, fuhr ein Gestell heraus, auf dem ein Filmprojektor stand. Er legte die Spule ein, seine Handgriffe waren präzise, seine kleinen Augen hinter den Gläsern wirkten ernst und konzentriert.

»Was ich Ihnen nun zeigen werde, wird Ihre Fragen beantworten«, sagte er und nahm einen Schluck Kognak. Dann rückte er Heller und Charlotte Stühle zurecht und bat sie, Platz zu nehmen. Er schaltete das Licht aus. Heller hörte Charlotte atmen. Er war nicht nervös, er fühlte sich wie im Schießstand nach dem zehnten, elften Magazin, eine zugespitzte Wahrnehmung war es, eine Klarheit, die eher einer Benommenheit glich, er spürte, dass die Wahrheit unmittelbar vor ihnen lag.

Nach ein paar Sekunden Finsternis sprang das Gerät an, und ein helles Rechteck surrte auf die Leinwand, im Lichtkegel tanzte Staub.

Flecken und Staubfäden huschen über die Leinwand. Jetzt beginnt der Film, schwarzweiß, ohne Ton. Offiziere in grauen Uniformen mit Adlern auf den Oberarmen, Schildkappen, sie beugen sich über eine Karte, deuten mit ihren Fingern, die Bewegungen sind unnatürlich schnell, man sieht die Männer von unten, sie wirken groß, dämonisch, die Gesichter streng, maskenhaft. Die Kamera schwenkt. Andere Offiziere, im Hintergrund, einer davon in Großaufnahme, wieder von unten, mit verschränkten Armen blickt er auf das, was sich vorne am Tisch ereignet. Er hat ebenfalls eine graue Uniform an, auf der Kappe ein Totenkopf, auf dem Kragen die SS-Runen, die Nase krumm, eine runde Drahtbrille, die Augäpfel treten hervor, die Lippen dunkel, beinahe schwarz. Er bewegt sich nicht, stolz und aufrecht steht er da. Jetzt lächelt er unvermittelt in die Kamera, dann geht er ein paar Schritte nach vorn, nähert sich einem Mann in schwarzer Uniform, dichtes, dunkles Haar, wulstige Lippen, auf der Wange eine Narbe, ein Schmiss, die Szene bricht ab.

Prag, der Hradschin in Schwarzweiß, darüber der Veitsdom mit seinen gotischen Spitzen. Auf der Karlsbrücke verkehren, schnell, Bürger mit damals modischen Anzügen und Fahrrädern, in einem Gässchen zwängen sich die Häuser aneinander, das Blau des Himmels erscheint als helles, flächiges Grau, Obstbäume blühen, blenden weiß von der Leinwand. Nacht. Lichtstrahlen, die sich kreuzen, in denen für Momente Flugzeuge aufscheinen. Weit hinten weiße Blitze, die schimmern und vergehen, in raschem Wechsel, ein Gewitter in Zeitraffer, die Aufnahme bricht ab.

Kriegsbilder, anders, als man sie von den Wochenschauen her kennt, der Film stottert, Bildteile zucken oder verfinstern sich, Flecken schießen ins Licht und verschwinden, kommen an anderer Stelle wieder. Und doch wirken die Aufnahmen inszeniert, wie ein Schauspiel. Panzerfahrzeuge gleiten mächtig und leicht durch das Gelände, in der Ferne schwebt Feuer, Granaten zertrümmern den Boden, gehen auf wie Blüten, Männer ducken sich schattenhaft hinter einer zerschossenen Hauswand, stürmen hervor, sprengen eine Brücke, stehen stramm, recken die dreckigen Gesichter nach vorn, zerfurchte Hände teilen sich Zigaretten, große Augen, die sehnsüchtig in die Weite starren, vorüberrauschende Kübelwagen, Häuser, die zu Flammen werden, der Mann mit der Brille, sein rechter Arm oben, er zeigt in eine Richtung, die Soldaten gehorchen, laufen los, springen geordnet auf einen Lastwagen, er blickt in die Kamera, lacht triumphierend, die Aufnahme bricht ab.

Ein Dorf. Holzhäuser. Im Hintergrund eine Hügelkette. Bäume und Felsen, ein Fluss, die Felssteine darin, dann wieder das Dorf. Die Bewohner dicht aneinandergedrängt hinter einer Absperrung, von Soldaten mit Maschinengewehren werden sie zurückgehalten, sie bewegen sich nicht, schauen nur. Ein Tisch, Hände mit Spielkarten, die Adern treten dunkel aus der schmutzigen Haut. Ein nackter Oberarm, auf der Innenseite der Buchstabe A, die Blutgruppentätowierung der SS, knapp darüber der aufgekrempelte Ärmel. Vier Männer sitzen an dem Tisch, drei von ihnen mit Uniformhosen und Stiefeln, sie halten Gläser in der Hand, rauchen Zigaretten, schmettern Karten auf die Tischplatte, einer von ihnen ist Kolnik, seine Haare glänzen blond, kleben am Kopf, er ist braungebrannt, ungewaschen, das Gesicht mager, die Haltung gerade, Schweißperlen hat er auf der Stirn, die Schildkappe mit dem Totenkopf liegt neben seinem Unterarm, er prostet einem anderen zu, Gutleb, er sagt etwas in die Kamera, lacht, schüttelt den Kopf, jetzt der Dritte, der Mann mit der Drahtbrille, auch er ungewaschen, verwildert, die dünnen, schwarzen Haare hängen strähnig in sein Gesicht, Ruß auf Wange und Stirn, die Augäpfel treten hervor, die Lippen dunkel, er schlägt eine Karte auf den Tisch, der vierte Mann steht auf, schaut weg, ein langer Mantel mit Schlammspritzern, die hell abstechen. Die Einstellungen sind kurz und verwackelt, die Kamera schwenkt zwischen den Männern hin und her. Sie unterbrechen das Spiel, ein Soldat kommt herbei, salutiert, öffnet den Mund, macht Meldung. Ein Dorfbewohner, gebückt nähert er sich dem Tisch, streckt, mit gesenktem Blick, seinen Arm nach vorne, eine Geige, er reicht in Gutlebs Richtung eine Geige, Gutleb holt aus, ballt die rechte Hand zu einer Faust, schwingt sie durch die Luft, schlägt damit in die Handfläche der Linken, dann beugt er sich zu dem Dorfbewohner herunter, nimmt das Instrument entgegen, blickt in die Kamera, gerührt, präsentiert die Geige den anderen, hält sie nach oben, lacht, die Szene bricht ab.

Ein anderer Dorfbewohner, ängstlich steigt er über die Absperrung, seine Jackenärmel sind zu kurz, den Hut hält er in beiden Händen, er wird an den Tisch geführt, der Mann mit der Drahtbrille wendet sich, ohne aufzustehen, dem Dorfbewohner zu, redet auf ihn ein, belehrt ihn, mit den Fingern verdeutlicht er den Sinn seiner Worte, der Dorfbewohner blickt nach unten, erwidert nichts, nach einiger Zeit streckt er, zögerlich, seine Hand aus, zieht eine Karte aus dem Stapel, den Kolnik ihm hinhält, der Dorfbewohner zeigt die Karte dem Offizier mit der Brille, dieser bricht in Gelächter aus, die anderen lachen mit, der Dorfbewohner geht zurück, den Kopf gesenkt, die anderen hinter der Absperrung starren ihn an, die Aufnahme bricht ab.

Wieder die vier Männer, der Bebrillte spricht zu den Soldaten, seine Haltung militärisch streng, man sieht ihn von unten, er ähnelt einem Heerführer. Als er zu Ende geredet hat, schaut er in die Kamera, sekundenlang, bedeutend, dann wieder ein Grinsen, die Kamera schwenkt auf Gutleb, Geige und Bogen in der Hand, daneben Kolnik, der eine Pistole hat, und der Mann mit dem Mantel.

Die Dorfbewohner werden in die Holzhäuser getrieben, die Soldaten wirken nervös, sie schießen mit ihren Gewehren in die Luft, die Kamera wird immer unruhiger, das Bild zittert. Kein Dorfbewohner auf der Straße, die Soldaten vernageln Türen und Fenster, schütten eine Flüssigkeit an die Hauswände, die Aufnahme bricht ab, das Bild stürzt zu Boden, Grashalme und Erde, sekundenlang, jetzt schwenkt die Kamera wieder nach oben, Kolnik und Gutleb gestikulierend, lachend, der Bebrillte ist nicht mehr bei ihnen, Soldaten treiben Frauen in ein großes Holzhaus, Soldaten reißen Kinder aus den Armen ihrer Mütter, Soldaten schicken die Kinder in das Haus, das Bild wackelt, schwenkt nach unten, schwenkt hinauf, Soldaten stecken mit Flammenwerfern die Häuser in Brand, die Bäume, die Fuhrwerke, Soldaten schreien, sind außer sich, die Häuser brennen, die Flammen lodern unnatürlich schnell, als ob sie auf das ganze Land übergreifen wollen, das Bild zuckt. Dann Gutleb, er streicht den Bogen auf der Geige hin und her, er schließt genussvoll die Augen, er spielt, dass man die Musik zu hören glaubt, Kolnik, er springt herum, seine Soldatenstiefel überkreuzen sich wie bei einem russischen Volkstanz, der Bebrillte ist nicht dabei, der Mann mit dem Mantel steht daneben, regungslos, im Mund eine Zigarette. Flammen schlagen hoch, ein Mann steigt aus einem Fenster, Rauch quillt hervor, als er auf dem Erdboden steht, wird er niedergeschossen, er sackt zusammen, die Aufnahme bricht ab.

Niedergebrannte Häuser, nur eines unversehrt, das Holzhaus, in das man die Frauen und Kinder getrieben hat, ein paar Soldaten kommen heraus, ohne Uniformjacken, die Hemden aufgeknöpft, die Hosenträger baumeln, die Männer feixen in die Kamera, das Bild wackelt, die Aufnahme bricht ab. Kolnik stochert mit einer Reitgerte in der Asche, neben einem Bettgestell kauern zwei Gestalten, eine verkohlte Frau, ihre Arme halten ein Mädchen umschlungen, die verbrannten Gesichter, die verbrannten Hände, Bildfetzen, die Bäume, Feuerreste zwischen eingestürzten Dachbalken, ein Wagen mit verdeckten Scheinwerfern, aneinandergelehnte Gewehre, grinsende Soldaten, der strahlende Himmel, alles schnell, verwackelt, schwarz, schwarz, schwarz, die Spule flattert, das Licht, Abel schaltet das Licht an.

Als ich nach Prag kam, war ich neunzehn. Es war nicht üblich bei uns, vom Land in die Stadt zu gehen. Aber ich musste es tun, denn ich hatte nur ein Ziel, ich wollte Filme drehen. Den ersten Film meines Lebens habe ich in einem Wanderkino gesehen, *Der Zirkus* von Charlie Chaplin, tagelang habe ich an nichts anderes mehr gedacht. Also bin ich nach Prag gegangen, und ich hatte Glück, Ferdinand Gellert hat mich als Lehrling angestellt, sein Fotostudio war das größte in der Stadt. Es waren schöne Zeiten, ich habe das Fotografieren mit allen Kameras gelernt, die es damals gegeben hat, auch das Filmedrehen hat man bei Gellert gelernt. Er war ein guter Mensch, einmal hat er zu mir gesagt: *Zehn Teile sind Talent. Neunzig Teile sind Fleiß. Wenn du diese neunzig Teile hast, dann bist du bei hundert, dann wirst du Bilder machen, die den Jungen gefallen, selbst wenn du alt bist.* Ich habe gearbeitet und gelernt, Tag und Nacht, schöne Zeiten waren das. Dann kam '39. Die Nazis übernahmen die Macht, sie haben Juden und Tschechen vertrieben, sie haben ihren Besitz gestohlen. Einige von meinen Kollegen waren auf einmal verschwunden, sie sind nie wiedergekommen, man hat uns gesagt, sie sind ausgewandert nach Palästina. Dem Geschäft ist es gut gegangen, wir mussten doppelt so viel arbeiten wie vorher, die Deutschen haben viele Fotos gebraucht, Fotos für Ausweise, für das Militär, von ihren Familien. Die Prager sind lieber zu Czagek oder zu Horák gegangen, die Deutschen sind zu uns gekommen, und viele wollten, dass ich sie fotografiere.

Ich habe die Filme von Leni Riefenstahl gesehen, ich war besessen von ihrer Kunst! Die Politik war mir gleichgültig, mir ist es nur ums Filmen gegangen, und die Art, wie die Riefenstahl die Menschen aufgenommen hat, hat sich in meinem Kopf festgesetzt. Ich wollte Bilder machen wie sie, ich habe mit allen Motiven geübt, bis ich es beherrscht habe, bis die Dinge größer ausgesehen haben, als sie waren. Ich habe gelernt, dass aus jedem Gegenstand, wenn Winkel, Licht und Schatten stimmen, etwas Besonderes werden kann, etwas Magisches, und dieses Prinzip habe ich bei meinen deutschen Kunden angewendet, sie waren begeistert und haben mich weiterempfohlen. Eines Tages betrat ein SS-Mann mit Brille das Geschäft, er fragte nach mir, war höflich, fast charmant. Er hat sich als Obersturmbannführer Hagen Lotter vorgestellt, er wollte, dass ich ein paar Passfotos von ihm mache. Dabei ist es nicht geblieben, immer wieder wollte er von mir fotografiert werden, in der Felduniform, in der Ausgehuniform, im Auto, auf dem Tennisplatz, beim Schwimmen, bei der Jagd, für eine SS-Zeitschrift. Der Mann hat fließend Tschechisch gesprochen und noch sieben andere Sprachen, Herr Gellert hat mir gesagt, dass er ein Freund von Konrad Henlein ist, eine große Karriere hat ihm bevorgestanden, aber dann hat er bei einer Feier zu viel getrunken und eine Frau totgefahren. Es hat einen Prozess gegeben, seine einflussreichen Freunde haben ihm geholfen, der Lotter ist ohne Strafe davongekommen, aber Prag hat er verlassen müssen. Später hat er mir davon erzählt, ich erinnere mich an seine Worte: *Lieber tausendmal tot als einmal gefangen,* hat er gesagt und dabei gelacht. Schließlich ist er Propagandachef in Bratislava geworden, doch man hat meinen können, dass er sein Amt von Prag aus verrichtet, so oft war er hier, und immer wieder hat er sich fotografieren lassen, immer von mir, manchmal war ich fast nur für ihn und seine Freunde da, alle hat er sie zu mir geschickt.

Einer von ihnen war der Mann, den Sie suchen – das Foto, das Sie mir gezeigt haben, es stammt von mir. Ich erinnere mich gut: Der Lotter hatte Geburtstag, er hat seine Freunde zu einem Jagdausflug eingeladen, es war der Tag der Arbeit, ich hatte frei, aber der Lotter wollte, dass ich mitkomme, er hat gut gezahlt. Es war ein schöner Frühlingsmorgen, in offenen Autos sind wir durch die Dörfer gefahren, Frauen waren dabei, sogar ein Gast aus Italien, wir haben Sekt getrunken, das Essen war reichlich, der Gutleb hat auf der Harmonika gespielt, man hat getanzt und gesungen. Der Lotter hat Präsente verteilt, jedem hat er eine Uhr geschenkt, auch für mich hatte er eine dabei, eine Fliegeruhr, von meinem Gehalt hätte ich mir so etwas nie leisten können.

Am Nachmittag habe ich Fotos gemacht, von jedem, der dabei war. Das Bild, das Sie mitgebracht haben, war ein wenig mühsam, der Kolnik hat partout auf einem Pferd fotografiert werden wollen, es hat lange gedauert, bis das Tier endlich ruhig war. Der Kolnik war gut gelaunt, er hat Witze gemacht, aber das Foto hat er sehr ernst genommen, kurz vor der Aufnahme hat er sich rasiert, obwohl ich ihm gesagt habe, es würde auf dem Bild keinen Unterschied machen, und jedes Mal, wenn ich an der Einstellung etwas habe verändern müssen, hat er sich gekämmt oder an seinen Stiefeln herumgeputzt. Er hat gesagt, er ist Polizist, ich habe sofort gewusst, dass er von der Gestapo war. Er hat mir ein gutes Trinkgeld gegeben, und als er ein paar Tage später das Bild bei uns im Laden abgeholt hat, hat er unbedingt mit dem Lotter telefonieren wollen, er hat sich tausendmal bei ihm für das Foto bedankt.

Der Lotter wollte bei der Landpartie mit seinem Jagdhund fotografiert werden, er hat gesagt, es ist sein Lieblingshund. Er hat mit ihm gespielt, hat Stöckchen geworfen, es war ein sehr zutrauliches Tier, alle haben wir ihm Leckereien gegeben. Das ist dem Hund nicht bekommen, während der Aufnahme hat er immerzu gewinselt und hat nicht gehorchen wollen. Der Lotter hat getobt, aber je mehr er gebrüllt hat, desto erbärmlicher hat der Hund gewinselt ... bis der Lotter seine Waffe geholt und den Hund erschossen hat. Es war mucksmäuschenstill. Dann hat der Lotter gesagt, er ist es gewohnt, dass man ihm gehorcht, ganz ruhig hat er das gesagt, als ob nichts gewesen wäre.

Dann hat er nach einem Kürschner geschickt, der sollte den Hund so präparieren, wie der Lotter ihn für das Foto haben wollte. Dann hat die Jagd angefangen, sie haben Hasen erlegt, Rehe und Hirsche, ich sehe sie noch vor mir, ausgeblutet sind sie dagelegen, in einer Reihe, überall waren Fliegen. Der Lotter hat ohne Unterlass geredet, er war einer von denen, die sich selbst am liebsten hören. Dem Italiener hat er in allen Einzelheiten gezeigt, wie man ein Tier ausweidet, aber der Mann war empfindlich, er hat sich geekelt, doch der Lotter hat gesagt, dass er nur herschauen soll, später kann er es selbst ausprobieren.

Dann ist der Hund gebracht worden, *bitte, jetzt kannst du uns fotografieren,* hat der Lotter zu mir gesagt. Alle möglichen Ansichten hat er ausprobieren wollen, die anderen waren schon ungeduldig, und als wir endlich losgefahren sind, hat der Lotter den präparierten Hund einfach stehen lassen.

Irgendwann kam er wieder zu mir, er wollte, dass ich Filme drehe, die Lagebesprechung ist einer davon, er hat mir einen Passierschein für den Hradschin besorgt, wo sich die hohen Herren getroffen haben, er hat sie alle persönlich gekannt. Vor Kriegsende ist er ein paar Monate ausgeblieben, Herr Gellert hat gesagt, der Lotter kämpft an der Front, es steht nicht gut. Im Frühjahr '45 war er dann wieder da, er wollte, dass ich noch einen

Film mache, von Prag, weil er die Stadt so vermisst. Als der Film fertig war, hat er ihn aber nicht anschauen wollen; stattdessen hat er mir vorgeschlagen, mit ihm an die Front zu gehen, ich sollte den Krieg filmen, in seiner Einheit, es wäre eine großartige Möglichkeit, hat er gesagt, ich würde zu einem der besten Kriegsfilmer des Reiches aufsteigen, seine Truppe würde gegen Partisanen kämpfen, er würde mir die Gelegenheit geben, eine Gerichtsverhandlung aufzunehmen, ganz Prag würde den Film sehen.

Ich weiß nicht, warum ich sein Angebot angenommen habe; das Geld, das er mir geboten hat, war nicht der Grund … vielleicht wollte ich wissen, ob man den Krieg genauso schön aussehen lassen konnte wie den Frieden.

Aber mein Film hat den Krieg zu einem Kunstwerk gemacht. Ein solcher Film ist nichts als Lüge! Als ich mit den SS-Leuten in dem Dorf angekommen bin, wo man die Partisanen vermutet hat, wollte ich nicht mehr filmen. Aber ich habe ständig daran denken müssen, wie der Lotter seine Pistole an den Kopf des Hundes gehalten hat, wie er abgedrückt hat … es wäre mir nicht anders ergangen! Also war ich gehorsam, ich habe die Aufnahmen gemacht, ich habe mich überwunden wie jemand, der gezwungen wird, Dreck zu fressen, meine Hände haben gezittert, ich konnte die Kamera nicht mehr halten, sie ist auf den Boden gefallen. Da ist der Lotter auf mich los, wie ein wildes Tier ist er zu mir her und hat mir die Pistole an den Kopf gehalten, *du filmst das!*, hat er mir ins Ohr geflüstert und ein *Bitte* dazugezischt, das war fürchterlich.

Die Offiziere haben mich verspottet, der Kolnik und der Gutleb, die ich als anständige Leute kennengelernt hatte, haben sich amüsiert, der Lotter ist neben mir gestanden, ich habe weitergefilmt, ich habe alles mitangesehen. Als es zu Ende war, hat er was zu mir gesagt, das steckt wie ein Dorn in meiner Erinnerung: *Du kannst uns dankbar sein*, hat er gesagt und dabei gelacht, *eine solche Gelegenheit wirst du nie wieder bekommen.* Dann hat mir jemand mit etwas Hartem ins Gesicht geschlagen. Aufgewacht bin erst wieder auf der Ladefläche eines Lastwagens, eingezwängt zwischen Sachen, die die Deutschen erbeutet hatten. Mein Kopf hat sich angefühlt, als würde er platzen. Die Kamera lag neben mir, der Film war drin, sie hatten ihn noch nicht herausgenommen.

Ich habe mich ohnmächtig gestellt und einen günstigen Moment abgewartet, dann bin ich vom fahrenden Wagen gesprungen, mitten in der Nacht. Nach zwei Tagen voller Hunger, Durst und Angst bin ich zu den Partisanen gestoßen. Ich habe mich ihnen angeschlossen. Ich habe ihnen nicht gesagt, dass ich für die Deutschen gearbeitet hatte.

Die Russen haben das Land erobert, meine Einheit wurde in die Rote Armee aufgenommen. Man hat Leute gebraucht, die Kameras bedienen konnten, und ich habe mich gemeldet. Alles Mögliche musste ich filmen, die Häftlinge im Konzentrationslager, die Fahrzeuge und Waffen, die Deputierten in ihren neuen Amtsstuben, die Aufmärsche. Dann habe ich davon gehört, dass man den deutschen Kriegsverbrechern den Prozess macht. Immer wieder bin ich zu den Verhandlungen gegangen, doch der Lotter und seine Leute waren bei den Angeklagten nicht dabei. Jemand hat mir gesagt, der Lotter ist in Süddeutschland bei der amerikanischen Militärverwaltung untergekommen. Einen Mann, der mehrere Sprachen kann, hat man dort sicher gut gebrauchen können.

Die Monate sind vergangen, gelegentlich sind Nazis, die im Westen untergetaucht waren, an das Land ausgeliefert worden, in dem sie Verbrechen begangen hatten. Eines Tages habe ich in der Zeitung die Bilder vom Lotter, Gutleb und Kolnik gesehen! Man hat ihnen den Prozess gemacht, und ich habe mich als Zeuge gemeldet. Sie sind auf der Anklagebank gesessen, der Lotter hatte einen eleganten Anzug an, ich habe ihm in die Augen geschaut, Reue habe ich nicht gesehen. Der Gutleb saß in der Mitte, er hat sich aufrecht gehalten, hat die ganze Zeit gelächelt, nur beim Kolnik ist der Blick öfter zu Boden gegangen, er hat ganz anders gewirkt als damals.

Der vierte Mann war nicht dabei, ich denke, er ist im Westen oder in Südamerika. Ich habe ausgesagt, was ich erlebt hatte, andere Zeugen sind aufgetreten, die Deutschen sind zu lebenslanger Zwangsarbeit in einem Bergwerk verurteilt worden.

Aber das Urteil war mir nicht genug, ich habe keine Ruhe gefunden, ich wollte die Deutschen noch einmal sehen, ich wollte sie schwach sehen, in Häftlingskleidung, bei der Zwangsarbeit. Also bin ich in das Gefangenenlager gefahren und habe mich nach ihnen erkundigt, aber sie waren nicht mehr da. Man hat mir gesagt, dass Beamte gekommen sind, zwei Tage lang sind die Deutschen verhört worden. Danach sollen sie in ihrer Baracke ein Fest gefeiert haben, Lieder sollen sie gesungen haben, deutsche und tschechische, der Gutleb soll auf der Mundharmonika gespielt haben, dem Hitler sollen sie gehuldigt haben und dem Stalin, zu einem Wachmann haben sie gesagt, sie gehen wieder in den Westen.

Der Wachmann hat gesehen, wie sie einen Schwur geleistet haben, mit feierlichen Gesichtern und Schnaps, und der Lotter soll den Satz gesagt haben, den ich schon einmal von ihm gehört hatte: *Lieber tausendmal tot als einmal gefangen!* Am nächsten Tag sind sie abtransportiert worden, wohin, das hat mir keiner sagen können.

Den Film habe ich dem Gericht nicht übergeben. Ich wollte meine Zusammenarbeit mit den Nazis geheimhalten, als Kollaborateur hätte man mich sicher inhaftiert. Also habe ich das mit dem Film für mich behalten, jahrelang. Ich habe ihn im Keller versteckt, ich wollte nicht daran erinnert werden. Es war die Zeit, in der ich sehr erfolgreich war, ich war einer der gefragtesten Kameramänner im Fernsehen, ich habe bei den Olympischen Spielen in Tokio gefilmt, ich habe mit den wichtigsten Regisseuren des Landes gedreht.

Dann kam der Prager Frühling. Die Menschen sind gegen das Regime aufgestanden, sie wollten Freiheit, sie sind durch Prag gezogen. Ich habe gehört, wie die Demonstranten vor den Studios geschrien haben. Ich habe gerade eine Szene gedreht, in der ein Kommunist einer armen Frau etwas zu essen gibt, obwohl er selber hungert – ich war schon wieder dabei, einer Lüge ein schönes Gewand zu schneidern! Mitten im Dreh habe ich die Studios verlassen und bin hinaus zu den Demonstranten.

Damals ist mir auch der Film wieder in den Sinn gekommen. Ich habe ihn hervorgeholt, er war in einem schlechten Zustand. Ich habe ihn gesäubert und angeschaut, nach dreiundzwanzig Jahren habe ich ihn das erste Mal angeschaut, und mir ist dabei etwas klar geworden: Die Opfer haben zumindest das Recht, dass man von ihnen erzählt!

Ich habe eine Kopie gemacht und sie ans Fernsehen gegeben, man hat eine Dokumentation drehen wollen. Dann ist der Aufstand niedergeschlagen worden. Viele gute Leute wurden entlassen und verhaftet, Idioten haben ihre Posten bekommen. Die Filmidee wurde begraben. Die Kopie ist verschwunden, man hat kein Interesse mehr gehabt an diesen fünfzehn Minuten Geschichte, ich glaube, man wollte verhindern, dass die Leute sagen: Ihr seid auch nicht anders!

Auch gegen mich ist man vorgegangen, man hat mich als Oppositionellen eingestuft, ich habe nicht mehr filmen dürfen. Und dennoch war ich glücklich, endlich war ich kein Kollaborateur mehr! Seitdem habe ich diesen Raum zu meinem Reich umgebaut, hier unten gibt es kein Regime, hier gibt es nur Filme und ihre Wahrheiten – echte oder falsche …«

Abel schwieg. Seine Augen waren noch kleiner geworden hinter den dicken Gläsern, er stand da, gefasst, aufrecht, als ob er auf etwas wartete.

Heller war unfähig zu sprechen, starrte vor sich hin. Ein Gedanke durchzuckte seinen Kopf ... Das Bekennerschreiben, es konnte nicht echt sein! Gutleb und Kolnik ermordet ... da musste es einen Zusammenhang geben.

Charlotte hatte nichts von ihrem Kognak getrunken, bewegungslos fixierten ihre Augen Abel.

»Ich habe nun alles erzählt«, sagte der.

Er legte den Film zurück in den Kühlschrank, ging zur Metalltür. Sie folgten ihm. Wie lange sie in dem Raum gewesen waren, Heller wusste es nicht. Als sie das Studio wieder betraten, blendeten sie die Lichter. Niemand war mehr da. Das nachgebaute Wohnzimmer war verlassen, Heller überlegte, was er zum Abschied sagen könnte, er wollte schnellstmöglich weg von hier.

Uhlig kam mit einem großen Zeitungsstapel, den er mit den Händen gegen sein Kinn presste.

»Ich habe Sie schon die ganze Zeit gesucht«, sagte er zu Abel. »Haben Sie den Herrschaften Ihre Katakomben gezeigt? Hier sind die Zeitungen der letzten drei Monate.«

Uhlig stellte den Stapel vor Abels Füßen ab. Dieser blickte verlegen zwischen Heller und Uhlig hin und her.

»Haben Sie vielen Dank ... ich brauche die Zeitungen jetzt nicht mehr. – Warten Sie! Ich habe Ihnen etwas versprochen.«

Abel drehte sich um, ging an der Kamera vorbei, schob einen Vorhang beiseite und beugte sich über eine Tasche, er zog einen Hut heraus, eine schwarze Melone. Er setzte sie sich auf den Kopf, klopfte mit den Fingern darauf und strich, so wie Pan Tau, über die Krempe.

»Ich würde gerne zaubern können«, sagte er und blickte theatralisch nach oben. »Vieles würde ich ungeschehen machen.«

Dann legte er den Hut auf Uhligs Zeitungsstapel.

»Nochmals vielen Dank«, sagte er zu ihm. Er sah Charlotte in die Augen, während er ihr die Hand schüttelte, verneigte sich und verließ den Raum.

Uhlig nahm den Hut.

»Das ist die Melone aus der ersten Staffel«, sagte er. »Abel hat sie von Šimánek bekommen … und jetzt bekommt sie mein Sohn!«

Im Bus mussten sie stehen. Charlotte hielt sich an einer Schlaufe fest, sah aus dem Fenster. Heller überlegte, was er sagen sollte, etwa: Das mit Ihrem Vater tut mir leid, ich kann nachempfinden, wie Sie sich fühlen, mein Vater ist auch ein Nazi gewesen … Nichts davon würde er sagen! Heller tastete nach seinen Schlüsseln. Der Bus nahm eine scharfe Kurve. Charlotte klammerte sich am Griff fest, Heller schwankte kurz.

Als sie ausgestiegen waren, fragte Charlotte unvermittelt, ob er noch mitkomme. Er wusste nicht wohin, aber er sagte: »Ja«. Über Kopfsteinpflaster marschierten sie durch die Altstadt, vorbei an parkenden Autos, braungrauen Hausfassaden, schadhaften Doppelglasfenstern, Karel-Gott-Plakaten. Sie fanden ein kleines Lokal, suchten sich einen Platz in der hintersten Ecke, taten, als studierten sie die Speisekarte. Mithilfe des Reiseführers bestellten sie Bramborák und böhmische Knödel, sie warteten, ohne viel zu reden, aßen gedankenverloren, Charlotte stocherte im Essen herum, rauchte danach ihre Schachtel leer.

Das Bier schmeckte hervorragend, Heller bestellte zweimal nach, es half, den Zustand zu ertragen. Schließlich tranken sie aus, bezahlten. Heller merkte beim Aufstehen, dass er leicht beschwipst war. Im Hotelzimmer fand Charlotte noch eine Zigarette in ihrer Reisetasche, sie setzte sich damit an den Küchentisch, zog Block und Stifte hervor, begann zu zeichnen, Heller sagte »Gute Nacht«. Er legte sich sofort ins Bett. Nach einiger Zeit fiel er in einen nervösen Schlaf, mehrmals unterbrochen von Fehlzündungen eines Zweitaktmotors, in Bildfetzen tauchte immer wieder Kolnik vor ihm auf.

Als Heller aufwachte, weil er auf die Toilette musste, saß Charlotte noch immer am Küchentisch und hantierte mit ihren Stiften, sie nahm Heller nicht wahr. Er ging zurück ins Bett, träumte von Lautsprechern, aus denen kyrillische Buchstaben schwebten, von aufgekrempelten Ärmeln, von orangeroten Hüten, von einer Weltkugel, die Kolnik in der Mitte auseinanderschnitt, um ein paar Pilsflaschen hervorzuholen. Einmal schreckte er im Traum auf – Charlotte stand, vom Küchenlicht erhellt, vor ihm, nackt, die Augen traurig, der Mund geöffnet, die Sommersprossen, sie waren nicht zu erkennen, und doch waren sie da, die feine Welle der Nase, die Lippen, sie bewegten sich, flüsterten etwas, Heller verstand es nicht, sie bewegten sich erneut, *tröste mich,* sagten die Lippen, Heller konnte nicht antworten, Charlotte beugte sich zu ihm, sah ihn an, sie schlüpfte unter die Decke, presste sich an seinen Körper.

Kopfschmerzen. Heller wachte auf, er brauchte einen Schluck Wasser. Er ging in die Küche. Mit dem Oberkörper lag sie auf dem Tisch und schlief, unter der rechten Gesichtshälfte ein aufgeschlagenes Buch, Hellers Ballistik-Handbuch, sie musste es von seinem Nachttisch genommen haben. Heller trat näher, sah die Zeichnung, ein Bettgestell, zusammengesetzt aus Peitschen und Gewehren, darin gefangen zwei Geigen, die kleinere lehnte an der größeren, diese neigte sich mit ihrem Hals darüber, die Schalllöcher waren Tränen, das Holz an manchen Stellen verbrannt, im Hintergrund ein riesiges Pferd, eckig, die Perspektive so, dass man glaubte, es von unten zu betrachten.

Charlotte wachte auf.

»Die Waffe«, murmelte sie.

Heller wusste nicht, was sie meinte.

»Mit welcher Waffe hat man ihn ermordet?«

Heller schaute auf das Handbuch.

»Das darf ich Ihnen nicht sagen.«

Charlotte fuhr hoch, vollkommen wach.

»Du bist ein Arschloch!«, schrie sie ihn an.

Dann brach sie in ein hartes Gelächter aus, schlug sich mit den Handflächen auf die Wangen, ließ die Stirn auf den Tisch sinken. Als sie ihr Gesicht wieder hob, waren ihre Augen feucht.

Heller stand da und fasste sich an die Schläfe. Charlotte rannte hinaus.

»7,65 Millimeter«, rief Heller ihr hinterher. »Infrage kommen Walther, CZ27 oder Beretta.«

Charlotte kam zurück. Sie nahm das Handbuch, wischte sich die Tränen weg und las vor:

»CZ27 … nach dem Ersten Weltkrieg tschechische Militär- und Polizeipistole. Hergestellt in Prag. Fand im Zweiten Weltkrieg in großer Stückzahl (455 000) bei Wehrmacht, Polizei, SS und Organisation Todt Verwendung. Nach dem Krieg Weiterproduktion durch die ČSSR bis 1955. Version mit Schalldämpfer. Dienstwaffe des tschechoslowakischen Geheimdiensts.«

Heller kannte die Passage, er wollte sagen, dass man daraus keine Schlüsse ableiten könne, derart alte Waffen seien oft sehr weit verbreitet. »Wir werden da hingehen, zum Geheimdienst!«, sagte Charlotte und stürzte aus der Wohnung. Heller holte sie auf der Treppe ein, er versuchte sie umzustimmen, sagte, dass mit der Tatortbesichtigung zu beginnen sei, dass ansonsten die ganze Planung durcheinander gerate, dass man nicht einfach zum Geheimdienst fahren könne – keine Reaktion.

In der Hotelhalle sagte Charlotte, Heller solle warten. Sie betrat eine der Telefonzellen. Heller bestellte sich ein Glas Wasser, trank es aus. Charlotte telefonierte, zupfte an ihren Haaren, Heller bestellte ein Brötchen, ein zweites Glas Wasser, Aspirin würde es wohl nicht geben.

Sie legte auf.

»Dein Zaschke ist ein netter Kerl«, sagte sie und steckte sich die Sonnenbrille ins Gesicht. »Steh auf! Wir müssen zur Bubenečská 55.«

Heller setzte sich die Sonnenbrille auf. Charlotte ging schnell, sie marschierte regelrecht, ab und an blieb sie stehen und schaute in Hellers Stadtplan.

Das Haus Nummer 55 war eine Villa im Stil der zwanziger Jahre, gesichert durch einen schwarzen Metallzaun mit lanzenartigen Spitzen, schnörkelloser Fassade, die Fenster quadratisch und geviertelt, die beiden Eckflügel zurückgesetzt, der Eingang wuchtig. Im Garten ein gepflegter Rasen, gestutzte Sträucher, Säulen und barocke Blumentöpfe, die Blüten strahlten in den prächtigsten Farben. Vor dem Tor stand ein Wachmann in Uniform.

Sie gingen, auf der anderen Straßenseite, bis zur Höhe der Villa und setzten sich auf die Bank einer Bushaltestelle.

»Die Vorgehensweise ist, vom kriminologischen Standpunkt aus gesehen, absolut falsch«, sagte Heller, wobei er das Gefühl hatte, seine Gedanken und seine Worte würden in verschiedene Richtungen driften. Charlotte schenkte ihm keine Beachtung, sie schaute hinüber. Plötzlich erhob sie sich und steuerte auf den Wachmann zu. Sie baute sich vor ihm auf und begann, auf ihn einzureden, russisch, Heller verstand kein Wort. Sie sprach fließend, wahrscheinlich hatte sie sich vorher alles zurechtgelegt, das Wort »Pistole« hörte Heller heraus. Etwas Wütendes lag in ihrer Stimme, Lotters und Kolniks Namen fielen, Charlotte hatte sie seltsam betont, ihre Hände gingen dabei in Richtung Brust. Der Wachmann, ein slawisch aussehender Mann mit markanten Wangenknochen, großer Nase und dünnem, schwarzem Oberlippenbart, antwortete knapp, den Blick streng auf die andere Straßenseite gerichtet.

»Es ist möglich«, übersetzte Charlotte für Heller, »aber nicht jetzt.«

Heller trat ein wenig beiseite und schaute durch das offenstehende Tor in das Innere des Anwesens. Der Wachmann lachte laut auf. Mit einer dunklen, vom Tabak rau gewordenen Stimme sagte er etwas und deutete auf den Halfter an seiner Hüfte.

»Er ist befugt, Gewalt anzuwenden. In dem Gebäude befinden sich weitere Wachleute.«

In der Tat hatte Heller den Eindruck, als bewegten sich Personen hinter den Fenstern, als wäre eine Armada von Wachmännern nur dazu da, Eindringlinge wie sie abzuwehren.

Sie hofften, dem Wachmann lästig zu werden, vielleicht würde er dann eine Ausnahme machen. Nach ein paar Minuten ging er tatsächlich in die Villa, Heller dachte schon, sie würden nun eingelassen, aber da kam der Mann mit zwei Klappstühlen zurück, die er Charlotte und Heller, übertrieben freundlich, anbot.

Charlotte drehte sich beleidigt um, sie gingen wieder zur Haltestelle, warteten. Busse hielten an, Leute stiegen aus und ein, Busse fuhren los, stinkend und laut, eine knappe Stunde ging das so, Heller wunderte sich, dass ihm seine Untätigkeit behaglich vorkam. Charlotte starrte mit hoch erhobener Nase hinüber, sie strich sich die Haare aus dem Gesicht, mit einer Entschiedenheit, die kompromisslos und kämpferisch wirkte. Der Wachmann rief mehrmals herüber, Charlotte sagte, er wolle wissen, woher sie kämen, wie lange sie blieben, wie alt sie seien, aber es schienen keine ernstgemeinten Fragen zu sein.

Heller hatte Kopfschmerzen. Er fragte Charlotte nach einer Aspirin. Statt zu antworten, zog sie Zigarettenpapier aus der Tasche und bröselte grünbraunen Tabak darauf, drückte ihn fest, rollte das alles zusammen, fuhr mit der Zunge darüber, zündete den Joint mit einem Feuerzeug an.

Heller wollte protestieren, die Sache konnte ins Auge gehen, in kommunistischen Ländern war man bei der Drogenbekämpfung rigider als im Westen, er hob den Finger, da fühlte er schon die Zigarette zwischen seinen Lippen.

»Das wird dir guttun«, sagte Charlotte, und Heller atmete ein, er musste ja einatmen, der Rauch schmeckte süß, Heller dachte an Kolnik, an Kolnik im Büro, an Kolnik in Uniform, er hätte ihn ohrfeigen können und anschreien: »Warum …?« – Dann breitete sich Ruhe in seinem Körper aus. Heller musste lachen, Charlotte nahm den Joint, zog daran, gab ihn wieder Heller. Drüben stand der Wachmann, er brüllte, hier habe noch nie jemand Einlass gefunden, schloss das Tor mit einem schrecklichen Quietschen, Heller musste lachen. Ein grünes Monster wuchtete heran, wirbelte Staub auf über dem Teer, Charlotte zerrte Heller am Ärmel, sie stiegen ein, Heller ließ sich auf einen Sitz fallen.

»Fahren wir halt zu deinem beschissenen Tatort«, sagte Charlotte, die plötzlich neben ihm saß. Das Monster brach auf, dröhnte durch die Stadt. An der Haltestelle Parukářka stiegen sie aus. Heller hatte keine Kopfschmerzen mehr, nur die Zunge war pelzig, und er fühlte ein merkwürdiges Prickeln in sich.

Der Tatort befand sich am östlichen Ende des Parukářka-Parks, zwischen der Straße Jeseniova 18 und dem Buschwerk der angrenzenden Grünfläche. Sie durchquerten den Park, an dessen Ende die Jeseniova-Straße begann. In der Straße wechselten sich moderne Betonbauten mit alten Bürgerhäusern ab. Die Nummer 18 war ein schmutziges, dreistöckiges Haus mit hohem Schornstein, es handelte sich um eine Brauerei, ein blecherner Bierkrug hing über dem Eingang, daneben ein Schild mit aufgezeichnetem Bett, in der Luft lag Malzgeruch, Leute gingen aus und ein, Geschirrklappern aus einem offenen Fenster.

Von dem Haus neben der Gaststätte bröckelte der Putz ab, ältere Schichten kamen zum Vorschein, an einer Stelle war ein verblasstes Bild zu erkennen: Eine junge Frau mit einer Blume in der Hand lehnte an der linken Seite eines Ziffernblatts, auf der rechten Seite stand ein Gerippe mit Sense, lauernd und grinsend, darunter, kaum zu entziffern, in verschnörkelter Jugendstilschrift der Spruch *tempus fugit*.

Auf dem Parkplatz, genau an der Stelle bei der Laterne, wo laut Bericht der Prager Polizei die Leiche um halb drei Uhr nachts von einem Passanten gefunden worden war, parkten zwei Autos, die restlichen Stellplätze waren frei. Heller schlug vor, noch eine Runde zu drehen, doch als sie zurückkehrten, standen die Autos immer noch dort.

»Ausgerechnet hier müssen sie parken«, schimpfte Heller. Dann zwängte er sich in den knappen Raum zwischen den Fahrzeugen, bückte sich, die Kopfschmerzen waren wieder da. Mit seiner Taschenlampe beleuchtete er den Asphalt. Blut- und Schmauchspuren waren nicht mehr zu sehen, nichts verriet, dass hier ein Mord geschehen war. Ohne einen genauen Bericht der Prager Kollegen war es sinnlos, weiterzumachen.

Ein Raubmord war es nicht, dachte Heller, Kolniks Portemonnaie war nicht gestohlen worden. Dass man seine Leiche von woanders hergeschleppt hatte, war unwahrscheinlich, dafür war der Platz zu öffentlich. Warum war Kolnik überhaupt auf dem Parkplatz? Er war mit dem Zug unterwegs, einen Wagen hatte er nicht. Der Schuss war von vorne abgefeuert worden … vielleicht hatte Kolnik in ein Auto steigen wollen. Da offenbar nur ein einziger Schuss gefallen war, konnte man annehmen, dass es sich um einen geübten Schützen handelte, auch der Schalldämpfer deutete auf Professionalität hin.

Im ballistischen Bericht wurde die Schussentfernung auf maximal vier bis fünf Meter taxiert; die Tat hatte sich zwar in der Nacht ereignet, aber sie hatte unter der Laterne stattgefunden, man konnte davon ausgehen, dass Kolnik seinen Mörder gesehen hatte ... vermutlich hatte er ihn gekannt ... vermutlich hatte er sogar gewusst, worauf er sich eingelassen hatte.

Sie betraten das Gasthaus. Ein hagerer Mann hantierte an einem Bierfass, aus der offenen Gastzimmertür drang Stimmengewirr. Sie sprachen ihn an, es war der Wirt, er konnte ein bisschen Deutsch, anscheinend von früher. Heller stellte seine Fragen, während der Wirt weiter Schläuche am Fass befestigte, Leute strömten herein. Der Prager Polizei habe er schon alles erzählt, sagte er. Der ermordete Deutsche habe nur für eine Nacht bleiben wollen. In dem Reisepass mit dem Visum habe der Name *Alwin Heller* gestanden, aber laut Polizei sei das ein falscher Name gewesen. Heller ließ sich nichts anmerken, er fragte weiter. Der Gast habe sich sehr unauffällig verhalten, sagte der Wirt, er habe nicht gegessen, nicht getrunken, nicht telefoniert, sich mit niemandem getroffen. Er habe im Voraus bezahlt, und zwar viel mehr, als für eine Übernachtung verlangt werde. Gekleidet habe er sich nicht sehr vornehm, wie einer aus dem Westen habe er nicht ausgesehen.

Der Wirt richtete sich auf. Mehr könne er nicht sagen, er habe zu arbeiten.

Heller wollte ihm schmeicheln, fragte, woher er so gut Deutsch könne. Der Mann antwortete, die Vorbesitzer waren Deutsche, er sei damals Laufbursche gewesen bei ihnen. Die Familie habe Kolnik geheißen. Nach dem Krieg seien sie vertrieben worden.

Charlotte zuckte zusammen. Heller schaute sie an, ihr Gesicht war wieder regungslos. Heller wollte nach den Kolniks fragen, nach Lotter und nach Gutleb, da kam eine aufgebrachte Frau angelaufen, im Befehlston sprach sie auf den Wirt ein, der zog die Schultern hoch, schüttelte den Kopf und folgte ihr dann ins Gastzimmer, wo ein lautes Durcheinander herrschte, Heller linste durch den Türspalt, der Wirt stand hinter dem Tresen, eine Traube von Gästen umlagerte ihn, sie streckten ihm ihre leeren Gläser entgegen und schrien »pivo, pivo, pivo«.

Charlotte wollte nach draußen, unbedingt. Sie durchquerten wieder den Park, Charlotte rannte geradezu, doch je mehr sie sich entfernten, desto langsamer wurde sie.

Es war nicht zu fassen, Kolnik hatte Hellers Reisepass kopiert ... er hatte eine Straftat begangen, nur um nach Prag zu kommen. Vielleicht hatte Heller doch recht gehabt mit dem, was er zu Zaschke und Mausch gesagt hatte, vielleicht hatte Kolnik eine plötzliche Sehnsucht nach seiner alten Heimat befallen, und der Mord war purer Zufall gewesen. Aber warum hatte er dann nur einen Tag hierbleiben wollen? Was hatte er sonst noch vorgehabt? Auch wenn Heller keinen Beweis hatte – irgendjemanden hatte Kolnik hier getroffen ... seinen Mörder.

Sie fuhren zum Hotel zurück. Heller blickte während der Fahrt nach draußen, Charlotte saß ihm gegenüber und zupfte an ihren Fingern. Manchmal, wenn sie hinaussah, ließ er seinen Blick über ihr Gesicht gleiten, die rotbraunen Haare, die sie ständig zurückstreichen musste, die grünen Augen, die weiße Haut mit den Sommersprossen. Sie stiegen aus, Heller vergewisserte sich, ob er die Schlüssel hatte, die gläserne Drehtür schob ihn in die Eingangshalle.

»Sie rufen sofort Zaschke an! Die Nummer haben Sie ja!«

»Und was soll ich ihm erzählen? Dass du im Dienst Joints rauchst?«

»Sie bitten ihn, Wohnort, Alter und Beruf aller Personen namens Hagen Lotter zu überprüfen. Er weiß dann Bescheid.«

Charlotte ging in eine Telefonzelle, blickte noch einmal zu Heller herüber, wählte. Über dem Rezeptionsschalter war ein Schwarz-Weiß-Fernseher angebracht, Nachrichten auf Tschechisch, es ging um den Bürgerkrieg im Libanon, man sah Soldaten, zerschossene Betonwände, zerbombte Autos, Rauchsäulen über der Stadt, dahinter der Himmel, das Meer. Dann der amerikanische Präsident Carter, neben ihm die Staatschefs aus Israel und Ägypten, sie standen vor ihren Landesflaggen, lachten, Heller blickte gebannt auf den Fernseher, bis vor kurzem hatten sich Israel und Ägypten erbittert bekämpft.

»Ich soll in zehn Minuten nochmal anrufen«, sagte Charlotte, die plötzlich neben ihm stand. Sie setzten sich an einen Tisch. Drei Gäste mit Koffern verließen das Hotel, bestiegen ein Taxi. Am Tresen saß ein Mann im Anzug und mit Hut, er wandte ihnen den Rücken zu.

Nach zehn Minuten ging Charlotte erneut zum Telefon, das Gespräch dauerte nicht lang.

»Es gibt zwei Hagen Lotter, aber sie sind zu jung, um infrage zu kommen, der eine ist 26, der andere 49.«

»Sehr gut«, sagte Heller und blickte, so wie Kolnik es gemacht hätte, wissend zur Seite, doch sofort bereute er diese Pose. Auf der Treppe nach oben kam ihnen ein Hund entgegen, Charlotte streichelte ihn. Als sie vor ihrer Tür standen, war irgendetwas anders, Heller spürte das. Er war im Begriff, den Schlüssel ins Schloss zu stecken, er berührte die Tür … sie ging von alleine auf. Er schaute Charlotte an, erinnerte sich, wie hastig sie aufgebrochen waren – hatte er vergessen abzuschließen? Er wunderte sich über diesen Fehler, eigentlich war er die Zuverlässigkeit in Person. Er gab der Tür einen Stoß. Charlotte betrat vor ihm das Zimmer. Im Ohrensessel saß ein Mann im Anzug, lässig die Beine übereinandergeschlagen. Charlotte sprang erschrocken zurück, rempelte Heller an.

»Ich muss mich entschuldigen«, sagte der Mann höflich, mit tschechischem Akzent, »ich wollte Ihnen nur etwas vorbeibringen. Ich darf mich vorstellen, mein Name ist Petr Sládek, ich bin zuständig für Sicherheit und Informationen. Sie sind vor ein paar Stunden mit einer Bitte an unser Amt herangetreten, die ich Ihnen nun erfüllen möchte.«

Sein Lächeln war außergewöhnlich breit, goldene Backenzähne glänzten hervor, er reichte Heller drei Klarsichthüllen mit Papieren.

»Ich hoffe, Sie fassen es nicht als Unverschämtheit auf, dass ich in Ihr Hotelzimmer eingedrungen bin; das Hotel befindet sich in Staatsbesitz, und da ich dem Staat diene, bin ich es gewohnt, hier ein- und auszugehen.«

Heller starrte auf die Blätter. Die schreibmaschinengetippten Buchstaben schimmerten blau und verschwommen durch den Kunststoff, auch Passbilder waren zu erkennen.

»Wir haben vom tragischen Tod Ihres Herrn Vater gehört«, wandte sich Sládek an Charlotte, »ich möchte Ihnen in aller Form mein Beileid bekunden. Allerdings möchte ich betonen, dass unsere Behörde jegliche Tatbeteiligung von sich weist – auch die Behörden anderer Staaten benutzen diesen Pistolentyp, übrigens auch Ihr Bundesnachrichtendienst. Die CZ27 ist eine beliebte Waffe, es gibt keinen Beweis, dass bei der Tat genau diese Pistole in Gebrauch war; und wenn es zutreffend wäre, dann spräche dies ja gerade gegen eine Verdächtigung, wie sie von Ihnen, verehrte Dame, unserem Wachpersonal gegenüber geäußert worden ist … wir wären ein schöner Geheimdienst, wenn wir Polizisten aus dem Westen mit unserer Standardwaffe ermorden würden – nur weil sie unser Land nicht ganz legal bereisen.«

Sládek räusperte sich, dann fuhr er fort, seine Eloquenz war erstaunlich, die Äußerungen ähnelten geradezu offiziellen Verlautbarungen, und Heller empfand, trotz der Umstände, die tiefe Stimme und den melodiösen Akzent als überaus angenehm.

»Die von Ihnen gewünschten Informationen habe ich mitgebracht, sie kommen der Realität näher als irgendwelche Verdächtigungen. Es handelt sich um drei Lebensläufe, welche die betreffenden Personen bei den damals zuständigen Ämtern eingereicht haben. Nach der Zerschlagung dieser Ämter sind die Unterlagen an uns übergegangen.« Sládek deutete mit dem Finger auf den Reichsadler mit dem Hakenkreuz.

»Mit gutem Recht erforschen Sie gerade die Umstände, die zur Ermordung Ihres Vaters geführt haben. Dass in diesem Zusammenhang die beiden anderen Personen, Gutleb und Lotter, eine Rolle spielen, ist uns nicht bekannt, es erscheint uns auch zweifelhaft. Dennoch wollen wir Sie bei der Aufklärung des Verbrechens unterstützen, soweit es in unserer Macht steht.

Aus diesen Unterlagen geht manches hervor, das für Sie von Interesse sein könnte; auch Kenntnisse für die Zeit nach 1945 bin ich gerne bereit, soweit möglich, Ihnen zur Verfügung zu stellen: Der Aufenthalt der drei Personen in dem tschechoslowakischen Gefangenenlager, von dem Jiří Abel Ihnen berichtet haben dürfte, hat bis zum Jahr 1950 angedauert. Dann folgte die Entlassung, das heißt, nur Ihr Vater und Herr Gutleb wurden entlassen, sie übersiedelten nach Westdeutschland. Herr Lotter, der als Anführer des SS-Kommandos eine längere Haftstrafe zu verbüßen hatte, verstarb in dem Lager im Dezember 1952 an einer Blutvergiftung, die Sterbeurkunde ist anbei … Mehr Auskünfte …«, Sládek nahm seinen Hut, erhob sich und machte Anstalten zu gehen, »… kann ich Ihnen leider nicht erteilen … nicht weil wir nicht wollen, sondern weil wir keine weiteren Erkenntnisse haben. Ich hoffe, mit diesem Entgegenkommen mein willkürliches Eindringen wieder gutgemacht zu haben.«

Sládek ging in Richtung Tür, an Charlotte vorbei, dabei rempelte er sie versehentlich an.

»Ich wünsche Ihnen trotz allem einen schönen Aufenthalt in Prag. Die Unterlagen können Sie behalten, wir benötigen sie nicht mehr. Nur bitte ich Sie, beim Konsum von illegalen Stoffen etwas zurückhaltender zu sein, nicht dass wir Sie auch noch inhaftieren müssen.«

Er verließ das Zimmer. Charlotte und Heller blieben verblüfft stehen. Man konnte dem Abdruck im Sessel beim Verschwinden zusehen, durch die gekippten Fenster tönte Straßenlärm. Heller zog die Unterlagen behutsam aus den Folien. Die Passfotos zeigten Gutleb, Lotter und Kolnik, jeder mit Krawatte, Schirmmütze und Reichsadler, militärisch streng blickten sie im Halbprofil, Heller kannte den Ausdruck von seinem Vater. Sie waren etwa im selben Alter wie in Jiří Abels Film, wahrscheinlich stammten diese Fotos ebenfalls von ihm. Lotters Sterbeurkunde war auf Tschechisch verfasst, ohne Bild, ohne Kreuz, ganz unten der Schriftzug eines Beamten.

Kolniks Lebenslauf datierte vom 4. Januar 1945, er war auf Deutsch. Unter dem Datum stand *Zu Beförderungszwecken*, ausgefertigt worden war das Papier in Bratislava. Kolnik war am 12. April 1917 in Prag geboren worden, im Krankenhaus in der Konevova 9. Sein Vater hieß Karl Theodor Kolnik, war Brauer und Gastronom. Seine Mutter, eine geborene Hettlinger, hieß Gerda Veronika, beide evangelisch. In der Zeile für Geschwister war ein Strich. Kolnik hatte das Staats-Gymnasium in Prag besucht, die Matura hatte er im Jahr 1937 erhalten, danach Studium der Rechte an der Deutschen Universität Prag von 1937 bis 1941. Aufnahme in die Sudetendeutsche Partei am 1. Februar 1938. Eintritt in die NSDAP am 15. Mai 1939. Eintritt in die Gestapo am 1. August 1940 als Kriminalassistent. Mehrere Beförderungen, Aufstieg zum Kriminalsekretär, Aufnahme in den SD am 1. Oktober 1942, Verbindungsoffizier zur Wehrmacht, Verbindungsoffizier zur Aktion Bernhard, Beförderung zum Kriminalkommissar, Verbindungsoffizier zum Sonderverband Brandenburg, Übertritt in die SS-Einheit Siegfried im Januar 1945.

Charlotte war ans Fenster getreten. Sie berührte mit den Fingern das Glas, Heller hörte ein Schluchzen. Er ging zu ihr, überlegte, ob er seine Hand auf ihre Schulter legen sollte.

»Die Operation Bernhard war ein riesiges Fälschungsmanöver«, sagte er schließlich. »Die SS hat mithilfe von jüdischen KZ-Häftlingen säckeweise Pfundnoten gefälscht, man wollte der englischen Wirtschaft auf diese Weise Schaden zufügen; die Blüten waren ziemlich gut, selbst britische Experten haben sich täuschen lassen.«

Heller machte eine Pause – während des Krieges war Kolnik Verbindungsoffizier für eine der größten Fälschungsaktionen gewesen, die es je gegeben hatte, und nach dem Krieg hat er Fälschungen aufgedeckt …

»Die jüdischen Häftlinge haben perfekt gearbeitet. Aber manche haben einen Hinweis auf den Scheinen versteckt, die Büroklammern, mit denen die Bündel zusammengehalten wurden, durchlöcherten das britische Wappen – ein Engländer hätte so etwas nie getan. Am Ende des Krieges hat die SS die Druckplatten in einem österreichischen See versenkt, und mit den übriggebliebenen Blüten haben einige ihre Flucht finanziert.«

Heller hätte noch mehr erzählen können, aber er war nicht sicher, ob Charlotte ihm zuhörte. Wahrscheinlich war Kolnik für die Gestapo als Fälschungsexperte ausgebildet worden; nach dem Krieg konnten die Amerikaner einen solchen Spezialisten gut gebrauchen, in diesen Dingen waren die Alliierten nicht wählerisch, auch die Konstrukteure der deutschen Vergeltungswaffen oder die Wissenschaftler des Uranprojekts waren, nachdem der Krieg beendet war, überaus begehrt gewesen, die Amerikaner wie die Russen hatten alles unternommen, um die eigenen Rüstungsprogramme voranzubringen, der Kampf um die Vorherrschaft hatte begonnen; dass die deutschen Raketen-Ingenieure eine Technik entwickelt hatten, durch die viele Zivilisten umgekommen waren, war weder für Moskau noch für Washington ein Problem.

Wenn Hellers Annahme stimmte, dann hatte Kolnik nach dem Krieg seine alten SS-Kollegen enttarnt und verraten; entweder war er besonders skrupellos gewesen – oder er hatte ein schlechtes Gewissen gehabt und wollte seine Schuld wiedergutmachen, als Kriminalbeamter … Heller war geneigt, das Letztere für die Wahrheit zu halten.

Charlotte stand immer noch am Fenster, atmete gegen die Scheibe. Heller sah sich das nächste Papier an. Lotters Werdegang war ähnlich, allerdings war er Kolnik meistens um ein, zwei Jahre voraus gewesen. Er war am 3. Juli 1916 in Prag geboren, hatte am selben Gymnasium wie Kolnik die Matura erhalten, hatte an der Deutschen Universität Maschinenwesen studiert. In der SS war er rasch aufgestiegen, war vom Oberschützen zum Hauptsturmführer befördert worden, war Propaganda-, Vermittlungs- und Ausbildungsoffizier gewesen, seit dem 10. September 1944 hatte er die SS-Sondereinheit Siegfried als Obersturmbannführer angeführt, am 28. November 1944 war ihm *für heldenhaftes Verhalten vor dem slawischen Feinde* das Eiserne Kreuz verliehen worden …

Heller wollte zu Gutleb weiterblättern, da sprang ihm der Beruf von Lotters Vater in die Augen: *Inhaber eines Uhrengeschäfts* – er sah wieder alles vor sich: den Parkplatz, das Wirtshaus, die Allegorie, eine junge Frau mit einer Blume, den Sensenmann, das Ziffernblatt, *tempus fugit.*

»Kolnik und Lotter waren Nachbarn … sie waren Jugendfreunde!«

Charlotte neigte ihren Kopf zur Seite.

»Sei endlich still«, sie wollte schreien, brachte aber nur ein Flüstern zustande. »Ich muss mich erinnern!«

Dann starrte sie wieder aus dem Fenster.

»Wir müssen nach Hause«, sagte sie nach einer Weile und drehte sich um, ihr Spiegelbild verschwand von der Scheibe.

Am Himmel jagten Wolken. Die Leute hatten sich warm angezogen, waren wie erlöst von einem überlangen Vergnügen. Nass glänzende Blätter klebten an Straßenrändern, auf Bänken, auf Autos, man hätte stundenlang dem Regen zusehen können.

In der Ablage auf dem Schreibtisch fand Heller die Ausfertigung seiner Beförderung, er wusste nicht recht, ob er sich freuen sollte. Zaschke murrte nur, als Heller sich für seine Hilfe bedankte, setzte sich und telefonierte. Mausch war noch im Urlaub, Heller hätte ihn gebrauchen können, er gönnte ihm aber noch zwei Tage, dann würde er ihn kommen lassen. Inzwischen war der Computer eingetroffen, den Heller angefordert hatte. Die Datensichtstation nahm den halben Bürotisch ein, mit der Tastatur würde sich Heller erst anfreunden müssen.

»Absoluter Vorteil des Geräts ist die Geschwindigkeit«, hatte der Mann von der Technik gesagt. »Eine Personenanfrage wird innerhalb von einer Minute verarbeitet, der Informationsspeicher hat die Kapazität von dreihundert Aktenordnern.«

Heller war zufrieden. Ein neuer Wind wehte im Kommissariat, gerade jetzt, nach dieser Reise, wollte er sich von Kolnik abheben. Nur die Kästen der Bandspeichereinheiten störten ihn etwas, man hatte sie direkt vor das Fenster gestellt, Heller würde die Techniker, wenn er sie demnächst in der Kantine traf, um einen anderen Ort bitten müssen, irgendwie hatte er das Gefühl, es komme zu wenig Licht ins Büro.

Zwei Stunden zuvor hatte Heller Charlotte an der Universität abgesetzt. Sie müsse etwas für ihre Doktorarbeit tun, hatte sie gesagt, sie brauche ein paar ungestörte Tage.

Auf der Rückfahrt hatte sie geradezu euphorisch von ihrer Kindheit erzählt, gelegentlich hatte Heller Schwierigkeiten, der Chronologie ihrer Geschichten zu folgen.

Als sie klein war, hätten sie außerhalb der Stadt gewohnt, in einem alten, herrenlosen Schloss, man habe dort mehrere Vertriebenenfamilien einquartiert. Eng sei die Unterkunft gewesen, im Winter habe man gefroren, im Sommer geschwitzt, zu essen habe es immer nur Brot und Kartoffeln gegeben; oft habe sie davon geträumt, einer anderen Zeit anzugehören, Herrin auf diesem Schloss zu sein, mit Dienern, Kleidern, großen

Zimmern, Banketts. Aber schön sei es trotzdem gewesen, überall habe sie sich herumgetrieben, jeden Winkel habe sie erkundet. Auf dem Dachboden habe sie ein Versteck gehabt, ihre Familie habe dort ein paar Quadratmeter zugeteilt bekommen, täglich sei sie oben gewesen, um zu spielen. Einmal habe sie ein loses Brett hochgehoben, da sei eine kleine Kiste zum Vorschein gekommen, metallene Platten, Ausweise und Briefe seien darin enthalten gewesen, die Papiere habe sie zum Malen verwendet. Dann sei ihre Mutter gestorben, und bald darauf seien sie weggezogen, das Versteck habe sie vergessen.

Hier war Charlotte verstummt. Heller hatte zwar mehrfach versucht, auf die kleine Kiste zurückzukommen, aber vergeblich, Charlotte wich ständig aus. Nach der Ankunft wäre er am liebsten weiter zu dem Schloss gefahren, das Dorf lag ja nur dreißig Kilometer nördlich, aber Charlotte hatte gezögert, eine plötzliche Laune, die Heller nicht begriff, sie habe zu arbeiten, sie befinde sich im Rückstand, abends müsse sie eine Lesung besuchen, Martin Walser würde sein neues Werk vorstellen, eine Novelle, die alles andere von ihm in den Schatten stelle, das dürfe sie nicht verpassen, sie brauche wieder ihre alten Gewohnheiten.

Heller ließ nicht locker. Er schlug vor, am besten gleich nach der Lesung hinzufahren, sie könnten dort übernachten, dann könnten sie so früh wie möglich den Dachboden inspizieren und gegen Mittag wieder zurück in der Stadt sein. Aber auch diese Lösung hatte ihr nicht gefallen, erst nach einigem Zureden hatte sie schließlich genickt, war ausgestiegen, die Treppe hinaufgelaufen und, ohne sich umzudrehen, in der Universität verschwunden.

Heller tippte die fälligen Berichte. Dann setzte er sich auf sein Fahrrad und ließ sich in die Stadt hinunterrollen. Er genoss den Nieselregen auf seinem Gesicht. Er fuhr Richtung Wochenmarkt, dort stellte er das Fahrrad ab, mischte sich unter die Leute. Regenschirme überall, der Menschenverkehr zwischen den Ständen stockte, Heller musste lange anstehen, es war ihm gleichgültig. Heller fand es angenehm, einmal nicht nachzudenken, sein Blick ruhte sich aus auf den Dingen, auf den nassen Hüten, auf den Bauersleuten mit ihren kräftigen Händen, auf fetten Würsten und Gemüse. Er kaufte Käse und Honig für seine Mutter, schlenderte weiter in die

Altstadt, nach Hause wollte er nicht. Er betrachtete die alten Gewölbe, die gotischen Fenster, sah auffliegende Tauben, abgelaufene Parkuhren, schließlich stand er vor der Auslage einer Buchhandlung. Er ging hinein und nahm das Buch, von dem Charlotte gesprochen hatte, aus dem Regal, *Ein fliehendes Pferd*. Er kaufte es, kehrte zu seinem Fahrrad zurück, fuhr an die Universität. Im Lesesaal fiel ihm ein, dass ihm Charlotte über den Weg laufen könnte. Doch sein Platz hinter den Buchreihen war abgelegen, hier war er nicht so leicht zu sehen. Er vergewisserte sich und blickte durch die Regale, nur vereinzelt schlurfte ein Student vorüber, ansonsten war es vollkommen ruhig.

Draußen loderte rot der Efeu am Beton, Heller schaute noch einmal durch die Buchreihen, dann begann er zu lesen. Es ging um Urlaub, um ein zufälliges Wiedersehen, um einen, der Bücher las … wenn die Geschichte ein Film wäre, dachte Heller, dann würde er wohl kaum ins Kino gehen. Vielleicht sollte er sich doch lieber etwas anderes holen. Aber er zwang sich weiterzulesen, und allmählich fand er hinein, er glaubte sogar, in dem spießigen Lehrer Halm sich selbst zu erkennen. Eine eigenartige Abneigung gegen sein geliebtes, verdammtes Pflichtgefühl beschlich ihn, welches ihn immer dasselbe tun ließ. Vielleicht sollte er einmal ausprobieren, ein anderer zu sein? Das Gegenteil seiner selbst? Konnte er so etwas überhaupt? Anders sein? Konnte er so sein wie dieser Klaus Buch, lebenshungrig und skrupellos? Was, wenn er als Theodor Kolnik geboren wäre? Wäre er dann auch schuldig geworden? Hätte er auch ein Dorf angezündet? Gemordet?

Heller las weiter, es begann ihn zu interessieren, und einmal, als er kurz aufblickte, wurde ihm bewusst, dass er sich die junge Helene die ganze Zeit als Charlotte vorgestellt hatte.

Damit Charlotte alles optimal verfolgen konnte, wählte Heller die zweite Reihe vorne und setzte sich in die Mitte, den Platz neben sich hielt er frei. Er las noch ein paar Seiten, musterte die hereinkommenden Leute, der Raum füllte sich. Man trug gedämpfte Farben, sah gebildet aus, kaufte an einem Tisch Walsers Buch, hielt Ausschau, flüsterte. 19 Uhr.

Der Inhaber der Buchhandlung betrat den Raum, dahinter Walser. Sie stiegen auf die kleine Bühne, der Schriftsteller setzte sich an den Lesetisch, der Buchhändler begann seine Begrüßung, brachte seine Freude zum Ausdruck. Das Licht wurde gedimmt, Walser rückte seine Lesebrille zurecht, justierte die Lampe, nahm einen Schluck Wasser.

Charlotte war immer noch nicht da. Heller wurde unruhig. Walser überprüfte die Merkzettel in seinem Buch. Er blickte in die Runde, das Publikum wirkte gespannt, man hörte auf zu flüstern, es war zehn nach sieben. Hoffentlich war ihr nichts zugestoßen!

Walser sagte, er freue sich ganz besonders. Hätte Heller ihr Personenschutz geben sollen? Walser sagte etwas über seine Anreise, die Leute mussten lachen. Sie würde diese Lesung doch nicht freiwillig … Walser sagte, er erinnere sich sehr gerne an diese Stadt. Heller wollte nach draußen, aber er saß in der Mitte. Walser sagte, er habe in dieser Stadt – für die, die es noch nicht wüssten – zwei Semester an der Philosophisch-Theologischen Hochschule studiert.

Es war zum Verrücktwerden, wieso musste diese Frau ständig alles anders machen, als man es erwartete? Walser lächelte, er habe das Bier sehr geschätzt, die Donau, den Dom, den Grant der Leute. Heller schaute immer wieder in Richtung Eingang. Walser sagte, den ständigen Nebel habe er gehasst, deswegen sei er auch wieder fortgezogen. Die Tür war zu, alle Plätze waren besetzt, bis auf den einen neben Heller. Walser räusperte sich, er begann zu lesen, gleich den Anfang, Heller tat sich, obwohl er den Text kannte, schwer zu folgen, Charlotte, Kolnik, Gutleb, die Autobombe, die Kugel, der Film, Lotter, Abel, Sládek, der Wirt, der Tod, Heller schwitzte, Walser machte den Mund auf und zu, in Hellers Kopf ein Gewitter. Walser blätterte um, Walser nippte am Wasserglas, es war Hellers erster Fall, und er hatte versagt, Charlotte mit einer Schusswunde zwischen den Augen, Charlotte aufgedunsen im Fluss, wie ein Anfänger hatte sich Heller verhalten, er schwitzte, Walser justierte das Mikrophon, sein Mund bewegte sich auf und zu, draußen musste es irgendwo frische Luft geben, aber Heller saß fest, wie im Gefängnis saß er fest, ich muss gehen, dachte er immer wieder, endlich stand er auf, zwängte sich durch die Reihe, Unruhe, Kopfschütteln, Heller rannte zum Ausgang, sein Hemd klebte, die kühle Luft, die Nacht – da sah er, ein paar Meter weiter, einen roten Punkt, die Umrisse einer Person, er ging hin, das Gewitter verzog sich, »Hallo Heller«, ihre Mädchenstimme, die Haare über dem rechten Auge, sie lächelte, während sie an der Zigarette zog, Heller wusste nicht, ob er sich ärgern sollte oder freuen.

Kurz vor zehn waren sie da. Sie fanden die Gaststätte sofort, das Schild mit der Aufschrift »Fremdenzimmer« war beleuchtet, Heller hatte sie angemeldet.

Überall parkten Autos, die Leute drängelten vor dem Eingang, im Saal stampften Bässe, vor dem Gasthaus stand ein Baum, in dessen Krone bunte Papierstreifen flatterten.

»Kirchweih«, sagte Heller verdrießlich, während Charlottes Körper anfing, sich zum Takt der Musik zu bewegen. An den Leuten vorbei gingen sie hinein. In der Küche herrschte Hochbetrieb, Teller mit dampfenden Würsten, Braten, Knödel, die Bedienungen flogen hin und her.

Der Wirt reagierte barsch, die Wirtin legte den Schöpflöffel beiseite, bedeutete ihnen mitzukommen. Sie stieg eine enge Holztreppe hinauf, öffnete die Zimmertüren, über Hellers Bett hing ein buntes Marienbild, er fühlte, wie Charlotte zurückschreckte, das Kissen war im Verhältnis zum Bett riesig, auf dem Nachtkästchen stand eine Waschschüssel, die Schränke stammten aus der Vorkriegszeit. Musik drang durch das Fenster, vibrierte auf dem Dielenboden weiter, Heller bangte um seinen Schlaf, ertappte sich bei dem Gedanken, Charlottes fensterloses Zimmer gegen das seine eintauschen zu wollen, aber er ließ es sein, aus Tempotaschentüchern würde er sich Ohrstöpsel drehen. Er warf seine Sachen auf das Bett, morgen, in aller Früh, würde es losgehen, Heller konnte es kaum erwarten.

»Ich zieh mich noch schnell um, dann können wir«, sagte Charlotte, nachdem die Wirtin gegangen war. Heller verstand nicht, Charlotte wiegte sich im Rhythmus, Heller spürte ein plötzliches Grummeln in der Magengegend … er hasste es zu tanzen! Den obligatorischen Tanzkurs in der zehnten Klasse hatte er nur mit dem allergrößten Widerwillen durchgestanden, beim Abschlussball hatten alle beobachten können, wie linkisch er sich auf der Tanzfläche bewegte, über Nacht war ihm auch noch ein riesengroßer Pickel auf der Nase gewachsen. Heller hasste es, aus dem Takt zu kommen, er hasste es, ständig auf seine Füße achten zu müssen, er hasste seine kalten, schwitzigen Hände. Das Tanzen war einfach nicht seine Sache.

Charlotte kam aus ihrem Zimmer, mit grün schillerndem Oberteil, einer rot-orangekarierten Schlaghose und hochhackigen Schuhen, stark geschminkt, ein Grinsen im Gesicht. Sie nahm ihn an der Hand, sagte, er solle endlich das blöde Sie weglassen, zerrte ihn die Treppe hinunter, einen Gang entlang, in den Saal. An der Decke drehte sich ein Discoball, Zigarettennebel waberte über den Köpfen, vorn tanzten Schlaghosen, Jacketts, Hemden, Oberlippenbärte mit Blusen, Kleidern, Schals, Locken.

Lichter blitzten auf, Charlotte schrie etwas, Heller verstand kein Wort, ihm wurde übel, nicht der Discoball drehte sich, es drehte sich der Saal, das ganze Dorf, Heller war der Einzige, der stillstand, der Einzige, der das Drehen abbremste, Charlotte sprang auf die Tanzfläche, ihre Umrisse verschoben sich, sie winkte Heller zu sich.

Endlich gelang es ihm, loszukommen, er quetschte sich aus dem Saal, erreichte sein Zimmer, das Dröhnen, das Bett, die Ruhe. Er legte sich hin, glitt in einen tiefen Schlaf, kurz unterbrochen durch ein Kichern und Flüstern, das aus Charlottes Zimmer kam.

Heller erwachte. Setzte sich auf den Bettrand. Dann läutete der Wecker. Er schlug mit der Handfläche auf den Knopf, er war stolz, dass sein Körper so exakt funktionierte. Er schlüpfte in seine Sachen und stellte sich vor Charlottes Tür. Er nahm sich zusammen und beschloss, dass ihm das Kichern und Flüstern gleichgültig war. Er klopfte an, niemand öffnete. Er drückte die Klinke, niemand im Zimmer, das Bett unberührt. Heller ging nach unten, die Wirtsfrau putzte den Flur, deutete mit dem Kinn in Richtung Gaststube. Heller ging hinein, Charlotte saß über eine Zeitung gebeugt am Tisch, in den Haaren glitzerten Schnipsel, vor ihr ein Marmeladenbrot, eine Zigarette, Kaffee.

»Bist wohl kein Tänzer«, sagte sie, etwas blass, ihr Gesicht von Schminke verschmiert, die Kleidung noch dieselbe wie gestern, es stank nach abgestandenem Rauch und Schnaps. Heller war erleichtert. Er verzichtete auf das Frühstück, drängte Charlotte zur Eile. Sie holte ihre Männerjacke, dann verließen sie das Wirtshaus.

Draußen parkten noch ein paar Autos, da und dort sah man Spuren der vergangenen Nacht auf dem Asphalt, Heller schüttelte den Kopf, Charlotte lachte. Das Schloss lag etwa fünf Minuten entfernt, Heller wollte, trotz seiner Ungeduld, zu Fuß hingehen. Viel Holz war an den Häusern aufgeschichtet, man hatte vorgesorgt für den Winter, auf den Planen hatten sich Wasserpfützen gebildet.

Das Schloss war in Sichtweite. Die Fenster waren von innen mit Brettern vernagelt, die Zwiebeltürme wurden, je näher man kam, immer wuchtiger, auf der Nordseite lag ein verbarrikadiertes Eingangstor. Heller umkreiste das Gelände. Hinter dem Schloss gab es einen verwilderten Garten, früher musste es ein barocker Park gewesen sein, mittlerweile hatten sich Bäume und Sträucher überall vermehrt, auf dem Plateau stand zwischen Birken und Buchen ein Astrolabium aus Stein. Sie gingen weiter, gelangten in den Innenhof.

»Hier habe ich mit den Jungs Fußball gespielt«, sagte Charlotte, »... zwei habe ich heute Nacht wiedergetroffen.«

Heller hörte nicht hin, er wollte sich Zugang ins Gebäude verschaffen. Da das Schloss unbewohnt war und, Hellers Nachforschungen zufolge, dem Staat gehörte, war es ihm als Polizeibeamten erlaubt, ohne Durchsuchungsbeschluss hineinzugehen, ähnlich gelagerte Fälle hatte es schon gegeben.

An einem der Fenster war ein Brett lose, mit einem Ruck riss Heller es herunter, kletterte hinein, nach ihm Charlotte. Lichtstreifen fielen durch die Ritzen auf den Boden, die Luft war stickig.

Charlotte ging voraus, Heller knipste seine Taschenlampe an, leuchtete ihr den Weg. Sie kamen an kunstvoll verzierten Kaminen vorbei, Ziegelsteine und Reste von verkohltem Holz lagen darin. Tapeten hingen herunter, dort, wo einst Spiegel und Bilder angebracht waren, sah man helle Flecken an der Wand. Unzählige Räume gab es, die größeren waren durch Bretterverschläge unterteilt worden, an einer Stelle war die Decke teilweise eingestürzt, man konnte durch das Loch in die obere Etage sehen, in einem anderen Zimmer war ein Kristalllüster herabgelassen, daneben ein Schuh, abgesprungene Emaille.

»Sobald es sich eine Familie leisten konnte, ist sie sofort ausgezogen«, flüsterte Charlotte.

Sie kamen an der Schlosskapelle vorbei, Marmorreste und Scherben waren auf dem Boden zerstreut, zwei Heiligenfiguren fehlten die Köpfe, an der Decke ein verblasstes Fresko, hinter dem Altar alte Grabplatten. Über eine breite Treppe gelangten sie ins zweite Stockwerk.

»Hier haben wir gewohnt«, flüsterte Charlotte und deutete auf eine Tür, dann ging sie rasch weiter. Sie rüttelte am Lauf der schmalen Holztreppe, die zum Dachboden führte, blieb regungslos stehen, mehrere Sekunden, endlich tastete sie sich nach oben. Gemeinsam öffneten sie die Falltür, der Geruch von Staub und morschem Holz stob ihnen in die Nase. Ein paar Dachziegel waren verrutscht, Sonnenlicht flutete herein, ein riesiger Küchenschrank türmte sich auf, die verglasten Türen zerbrochen, schwarze Fahrräder ohne Reifen, löchrige Metalleimer, ein Schlitten, Puppenwagen, Kisten. Charlotte versuchte sich zu orientieren. Auf einmal lief sie los, ohne darauf zu achten, wohin sie trat. Unter einer Dachschräge stoppte sie, bückte sich, eine Büchse mit Rattengift warf sie zur Seite. »Hier ist es!«, rief sie und steckte ihren Zeigefinger in einen Zwischenraum. Hellers Arm fuhr nach vorne, er hielt sie an der Schulter zurück, leuchtete auf die Stelle … keine Staubschicht bedeckte hier den Boden.

»Jemand war vor uns hier!«

Heller kniete sich hin, klopfte gegen das Brett, zog es in die Höhe. Innerhalb des Mauerwerks, das den Boden trug, gab es einen Hohlraum, etwa einen halben Meter lang, darin ein Stapel alter Zeitschriften.

»Die Kiste ist weg«, flüsterte Charlotte.

Heller dachte an die letzten Tage zurück … Sládek, wie er Charlotte im Vorübergehen leicht gerempelt hatte!

»Die Jacke«, sagte Heller so leise wie möglich.

Charlotte blickte ihn fragend an, im Schein der Lampe waren ihre Augen ganz hell, sie zog die Jacke aus und gab sie Heller. Er leuchtete in die Taschen, griff hinein, zog ein winziges Metallteil hervor, die drei dünnen Stifte sahen aus wie Fühler von Insekten. Er legte seinen Zeigefinger an die Lippen, ging zum Schornstein, öffnete die rostige Tür, warf die Wanze hinein, machte wieder zu.

»Die haben uns die ganze Zeit abgehört?!«

»Ich hoffe, der Bass hat ihnen das Trommelfell zerrissen.«

Heller ging zu dem Versteck zurück.

»Ich hab da eine Idee«, sagte Charlotte.

Sie holte den Stapel mit den Zeitschriften heraus, nahm eine davon in die Hand, ein Modeheft aus den Fünfzigern, sie blätterte die letzte Seite auf. Eine Zeichnung war zu sehen, in der Mitte verschnörkelte Buchstaben, Sütterlin, mit Bleistift geschrieben, drumherum bunte Blumen, Skizzen von Menschen, Kleidern, Tieren.

»Das waren meine ersten Malversuche«, sagte Charlotte. »Hier oben war mein Reich.«

Heller schaute skeptisch auf die Zeichnungen, wie sollten sie damit weiterkommen?

»In der Kiste waren auch alte Briefe und Ausweise. Die Ausweise waren durchgestrichen oder in der Mitte zerschnitten. Sie waren mit der Hand geschrieben, in Sütterlin. Auf ihren Einkaufszetteln hat Mama auch so geschrieben; es war eine verbotene Schrift, hat sie gesagt, aber die Buchstaben haben mir gefallen, sie waren so geheimnisvoll. Also habe ich Pergamentpapier darübergelegt und mit einem Bleistift die Wörter abgepaust, immer auf die letzten Seiten von Mamas alten Modeheften, dort war genügend Platz.«

Heller lenkte den Schein der Taschenlampe auf Charlotte. Er zog den Stapel zu sich, sah sich eine letzte Seite an, Heft für Heft versuchte er nun, die Schriftzüge zu entziffern. Eigentlich hätte er den Fund sichern und ins Präsidium bringen müssen, aber er musste es hier und jetzt tun, er konnte nicht warten. Achtundvierzig Zeitschriften waren es, voll von Petticoats, Bleistiftröcken, Caprihosen, Cocktailkleidern. Schauspielerinnen erkannte Heller wieder, die Ziemann, die Bardot, die Froboess. Hatte er eine Zeitschrift durch, reichte Charlotte ihm die nächste, auf fast allen letzten Seiten befanden sich diese kleinen Kunstwerke, Heller musste an Kolnik denken, an die Skizzen in den Akten.

Glücklicherweise hatte Charlotte mit Vorliebe diejenigen Unterschriften abgepaust, die leserlich waren. Heller übertrug die Namen und Wörter in sein Heft, auch ein paar italienische waren darunter. Die Zeichnung eines Adlers, der in die Sonne fliegt, hatte den Reichsadler zum Vorbild gehabt, es war deutlich zu erkennen; Heller erlaubte sich einen kleinen

Scherz und meinte, Charlotte habe das Fälschen wohl von ihrem Vater geerbt, aber sie lachte nicht darüber, sie studierte die Darstellung einer Frau, die auf Knien ein Bäumchen einpflanzte, das Bild sah aus wie das auf der 50-Pfennig-Münze.

Es war klar, Kolnik hatte in der Nazi-Zeit Pässe und Dokumente gefälscht, die Ausweise in der Kiste mussten Fehlversuche gewesen sein, offensichtlich gab es nicht wenige davon, in diesen Dingen war Kolnik ja pedantisch. Aber wieso hatte er sie aufbewahrt? Hatte er geglaubt, sie eines Tages noch brauchen zu können? Als Druckmittel vielleicht oder als Pfand für seine Freiheit? Oder hatte er es einfach nicht geschafft, seine Vergangenheit abzuschütteln? Vielleicht musste er immer ein paar Bruchstücke seines alten Lebens um sich haben, wie in seinem Büro, wie in seiner Wohnung. Womöglich war es die gleiche Paradoxie, welche Täter zum Tatort zurücktrieb und Brandstifter zum Feuer, das sie gelegt hatten. Und gleichzeitig hatte sich Kolnik ein neues Leben zusammengefälscht. Die Urkunde in seinem Büro war wohl eine Lüge gewesen, genauso das Gerede vom Widerstand.

Heller schrieb und schrieb, er war völlig versunken, gelegentlich blickte er zu Charlotte hinüber. Schließlich legte er das letzte Heft beiseite. In seinem Notizblock standen 147 Wörter: 24 italienische, 80 deutsche, 43 Namen. Heller überflog sie kurz, markierte ein paar davon mit dem Kugelschreiber, er tat dies nur, um exakt zu sein … der Name, auf den es ankam, hallte schon, seitdem er ihn entziffert hatte, wie ein Echo in seinem Kopf: *Siegfried Toller* – das musste er sein, *Sondereinheit Siegfried* … Heller musste an Abels Film denken, an das Eiserne Kreuz seines Vaters, und auf einmal hatte er die Szene aus der Nibelungensaga vor Augen, der düstere Hagen stößt dem heldenhaften Siegfried von hinten einen Speer in den Rücken – nur war es hier umgekehrt, Hagen Lotter gab es nicht mehr, er lebte jetzt als Siegfried Toller weiter … mit einem Wortspiel versuchte er also, ein anderer zu sein.

»Was du wissen willst, wirst du in keinem deiner Handbücher finden«, sagte Oberleutnant Neuhaus. »Auch auf den herkömmlichen Karten ist der Ort nicht verzeichnet.«

»Aber du wirst mir doch …«

»Nur unter der Bedingung, dass dieses Gespräch nicht stattgefunden hat! Wenn bekannt wird, dass ich die Polizei über Bundeswehrgeheimnisse informiere, dann kann ich die nächsten zehn Jahre Patronenhülsen aufsammeln.«

An einer der Säulen blieben sie stehen, setzten sich auf die oberste Stufe der Treppe, hier waren sie vor dem Regen geschützt. Das Wasser tropfte vom Dachvorsprung herab, in den Kuhlen des Marmors bildeten sich kleine Pfützen. Unten wälzte sich die Donau gemächlich an der Hügelkette vorüber, die Regentropfen prasselten auf die Wasseroberfläche, ein Frachtschiff glitt langsam heran. Niemand sonst war bei diesem Wetter hier oben, Neuhaus hatte den Treffpunkt deswegen vorgeschlagen.

»Ein bisschen was muss ich dazu erklären«, sagte er und zog den Reißverschluss bis zum Kinn hoch. »Die Bundesrepublik ist im Jahr 1955 der Nato beigetreten, man hat die Bundeswehr aufgebaut, es war die Zeit der Wiederbewaffnung. Das Wichtigste am Kriegführen sind aber nicht die Waffen … das Wichtigste sind die Informationen! Eine besonders hochwertige Möglichkeit der Informationsbeschaffung sind die Fernmeldesektoren, das ›FmSkt‹ auf deinem Zettel ist die Abkürzung dafür. Ihre Einrichtung ist im Luftwaffenstellungsbefehl Nr. 79 aus dem Jahr 1960 angeordnet, Mitte der sechziger Jahre sind sie errichtet worden, an grenznahen Orten im Osten der Bundesrepublik, in der Regel auf einem Berg, die Sache hat Milliarden verschlungen. Wenn dein Mann in Kötzting wohnt, dann arbeitet er im Fernmeldesektor F auf dem Hohen Bogen, das ist im Bayerischen Wald …«

»Zufälligerweise kenne ich die Gegend.«

»Auf diesem Berg befindet sich ein Abhörturm, kennst du den auch?«

Heller schüttelte den Kopf.

»Der Turm wurde ’65 gebaut. Er ist um die achtzig Meter hoch. Offiziell heißt das Ganze ›Nato-Horchposten‹, wir sagen ›Wanze des Westens‹ dazu. Es sind deutsche, französische und amerikanische Truppen dort stationiert, vor allem Techniker und Funker. Sie haben die Aufgabe, den Funkverkehr jenseits der Grenze, also Sprechfunk, Radarsignale, Fernschreibverkehr und so weiter, flächendeckend zu erfassen und zu protokollieren, in verschlüsselter Form werden die Informationen dann an die vorgesetzten Dienststellen weitergeleitet. Du kannst dir vorstellen, dass in diesem Sektor für alle dort Tätigen die strengste Geheimhaltungsstufe gilt, selbst ihren Frauen dürfen die Kollegen nichts erzählen. Dabei herrscht da oben auf dem Hohen Bogen die absolute Langeweile! Die Leute sitzen vor ihren Bildschirmen und Peilsendern, hören den ganzen Tag den Luftraum ab, lassen das Band mitlaufen, schreiben Berichte, ansonsten spielen sie Karten. Unten in der Kaserne haben sie zum Zeitvertreib sogar eine Sauna und eine Kegelbahn eingebaut. Wenn mal ein hohes Tier vorbeikommt, dann räumen die Kollegen die leeren Flaschen weg, rücken sich die Uniform zurecht und stehen schön gerade; wenn die Luft wieder rein ist, geht der Trott von vorne los. Das einzige Mal, dass die Leute da oben was Interessantes erlebt haben, war damals am Ende des Prager Frühlings, auf einmal haben sie kein Tschechisch mehr gehört, sondern Russisch, die Regierung in Prag hatte noch keine Ahnung, da wussten wir schon längst Bescheid, dass die Sowjets einmarschiert waren. Das muss man den Funkern übrigens lassen, die können alles, was da drüben so gesprochen wird, auch Polnisch, Ukrainisch und weiß der Teufel was.«

Das Frachtschiff war nun direkt unter ihnen, das Wasser dahinter kräuselte sich weiß. Heller hatte kalte Hände.

»Wie komme ich da hinauf?«, fragte er.

»Nicht so einfach! Ich kann dir eine Telefonnummer geben … aber von mir hast du sie nicht! Du nimmst ein Amtshilfeformular mit und sagst dem Chef da oben, was du auf dem Herzen hast. Wenn er einen guten Tag hat, dann wirft er dich nicht sofort hinaus. Pack ihn bei der Ehre, sag ihm, dass dein Mordfall ohne seine Hilfe niemals gelöst werden kann, das wirkt vielleicht.«

Die Planen auf dem Schiff verdeckten die Fracht, in ein paar Minuten würde es am Hafen anlegen und die Ladung löschen.

Heller zögerte.

»Ist es möglich, dass die Tschechen jemanden in die Abhöranlage eingeschleust haben?«

»Einen Spion meinst du? Das kannst du vergessen. Das Militärpersonal wird auf Herz und Nieren geprüft, bevor es auf den Berg kommt. Auch die Zivilangestellten … erst recht die Zivilangestellten! Dein Mann hat vielleicht jemanden umgebracht, aber ein Spion ist er sicher nicht.«

»Bei Guillaume hat man das auch nicht für möglich gehalten …«

»Der war aber kein Militär, das ist ein Unterschied.«

Neuhaus klopfte Heller auf den Oberschenkel und stand auf. »Ist deine Fragestunde jetzt beendet? Dann würde ich gerne zurückfahren.«

Als sie die Treppe hinuntergingen, hätte Heller vor Glück in die Luft springen können – einen so erfolgreichen Tag hatte er schon lange nicht mehr gehabt! Ein paar Stunden zuvor hatte er den Namen gefunden, den er brauchte! Und bevor er hierhergefahren war, hatte er ihn in den neuen Computer eingegeben, es war ein Vergnügen gewesen mitanzusehen, wie das Gerät arbeitete, zwei oder drei Minuten hatte der Apparat gebraucht, dann war, grün flimmernd, das Ergebnis angezeigt worden:

Verkehrsdelikte Siegfried Toller
geb. 07.03.1916 (Ausweis)
Zivilangestellter Bundeswehr: FmSkt HB, Volkshochschulleiter Kötzting (eigene Angaben)
Trunkenheit am Steuer: 23.06.1972 (1,4 mg/g), Bußgeld 40 DM
Trunkenheit am Steuer: 05.12.1975 (2,0 mg/g), Führerscheinentzug 2 Wochen

Nur die italienischen Wörter, die er notiert hatte, hatten Heller zu schaffen gemacht, es wollte sich kein rechter Sinn ergeben, *Vielen Dank für die feine Arbeit* war das einzig Zusammenhängende, das er nach einer Stunde herausgefunden hatte, der Rest war unverständlich, das Wort *Dank* kam ein zweites Mal vor, ansonsten waren es Vokabeln wie *Kampf, echt, Meer, Existenz,* das lateinische *anima,* der Ortsname *Orvieto.* Doch Heller konnte es verschmerzen, endlich hatte man einen Verdächtigen, man war ihm auf den Fersen, Heller musste nur noch die Hand nach ihm ausstrecken.

Er verabschiedete sich von Neuhaus und stieg in den Wagen. Hätte er nicht noch einiges zu erledigen gehabt, er wäre auf der Stelle zum Hohen Bogen gefahren, doch auch so war es in Ordnung, so konnte er die Vorfreude auf seinen Erfolg noch ein paar Stunden länger genießen.

Heller startete den Motor und stellte die Scheibenwischer an. Dass der Beifahrersitz leer war, fühlte sich ungewohnt an.

Reichlich aufgekratzt war Charlotte auf der Rückfahrt vom Schloss gewesen, eine Nebensächlichkeit nach der anderen hatte sie erzählt, ihre Doktorarbeit über die Farbe Rot, die flämischen Maler, Andy Warhol ... ihren Vater hatte sie mit keinem Wort erwähnt. Heller hatte sie zu ihrer Wohnung gefahren, sich für ihre Hilfe bedankt, er hatte gesagt, er würde sich melden ... wenn er Toller überführt hatte. Ja, er würde das tun, vielleicht schon übermorgen, er könnte mit ihr etwas trinken gehen, die Lösung des Falles musste ja gefeiert werden, er könnte sich mit ihr unterhalten, zur Not auch über Martin Walser oder die Farbe Rot ... Heller fuhr los. Der Kies knirschte unter den Reifen ... wie konnte er nur an so etwas denken – sie war das glatte Gegenteil von ihm!

Heller bog auf die Teerstraße ein. Der Regen trommelte auf die Windschutzscheibe, die Straßen waren wie ausgestorben. Nasse Autos standen vor den Häusern, die Schirme glänzten, ein Hund schüttelte sich das Fell trocken, über den Dächern wurde es dunkel. Heller parkte im Hof. Er schloss auf, ging den Flur zu seinem Büro entlang, er fand es schön, der Einzige im Haus zu sein. Er setzte sich auf Kolniks Stuhl – nein: auf seinen, telefonierte mit Oberstleutnant Wolf, dessen Nummer Neuhaus ihm gegeben hatte, der Mann hatte wenig Zeit, wollte Näheres gar nicht wissen, er gab Heller einen Termin für den nächsten Tag. Heller legte auf. Mit allergrößter Sorgfalt füllte er das Amtshilfeformular aus. Danach notierte er in seinem Notizblock die Sätze, die er dem Oberstleutnant gegenüber vorbringen wollte: »In Ihrer Einrichtung arbeitet der mutmaßliche Kriegsverbrecher und Mörder Siegfried Toller.«

Es hatte aufgehört zu regnen. Über den Bergen hing Dunst, die Straßen trockneten allmählich. Heller wartete an der Schranke, die Oberstleutnant Wolf ihm genannt hatte. Pünktlich um Viertel vor zehn Uhr kam ein Jeep, um ihn abzuholen. Sie fuhren steil bergan, der Fahrer trug Uniform, er erzählte ihm, dass die Mannschaftsbusse einen Spezialantrieb bräuchten, ansonsten würden sie einen Kilometer weiter oben nicht mehr vom Fleck kommen. Der Fernmeldeturm blitzte gelegentlich durch die Bäume, Heller hatte ihn schon vorher von der Landstraße aus gesehen, einmal erschien er ihm wie ein Schwert, das bis zur Hälfte im Bergrücken steckte.

Der Hohe Bogen war ein außergewöhnliches Naturgebilde. Im Grunde handelte es sich um ein kleines Massiv, die beiden äußersten Gipfel waren die höchsten, dazwischen gab es mehrere kleine. Wie ein mächtiger Schiffsrumpf überragte er die anderen Berge, dahinter lag die Tschechoslowakei. Heller hatte sich kundig gemacht, der Name des Berges stammte keineswegs von seiner sichelförmigen Gestalt, sondern von den mittelalterlichen Grafen von Bogen, die dort oben eine Burg errichtet hatten. Nach dem Zweiten Weltkrieg, als die Grenzen neu gezogen wurden, sollte der Berg mitsamt den umliegenden Gemeinden der ČSSR zugeschlagen werden, ein Bittgesuch der katholischen Kirche bei den Amerikanern hatte dies gerade noch verhindern können.

Der Jeep passierte mehrere Schranken. Metallmasten ragten in die Höhe, mit Parabolantennen bestückt, Stacheldraht umzäunte das Gelände. Vor einem Tor stand Wachpersonal, der Fahrer hielt an, ein scharfer Ostwind wehte. Der Fernmeldeturm warf seinen Schatten auf Heller, ein riesiger, schwarzer Keil, der in den Berg gerammt worden war. Unten war der Bau relativ breit, hatte Fenster, dann verjüngte er sich, bis, in etwa zwanzig Metern Höhe, eine wuchtige Plattform aufgesetzt war, fensterlos und rund, bestehend aus drei Ebenen. Dann folgte ein dünneres Segment, die Spitze, rillenartig gegliedert, wie der Hinterleib eines Insekts.

Als alle Papiere überprüft waren, konnte Heller passieren, das Tor schloss sich mit einem metallischen Geräusch.

Militärfahrzeuge parkten auf dem Areal, drei kuppelartige Betongebäude, deren Funktion sich Heller nicht erschloss, umsäumten das Gelände,

Stacheldrähte auf den Dächern, Dutzende von Antennen, Mannschaftsgebäude, eine Holzbaracke, aufgerollte Kupferleitungen, überall Metalltüren, Schilder, Warnhinweise.

Von einem Uniformierten wurde er abgeholt, über eine Metalltreppe gelangten sie in ein Vorzimmer. Heller setzte sich und wartete, der Soldat stand neben ihm, Bedienstete gingen vorüber, alle in Uniform, Bleistifte und Stenoblöcke in den Händen. Das Tageslicht fiel spärlich durch die kleinen Fenster, draußen kämpfte eine Tanne gegen den Wind. Die Neonlampe flackerte, an der Betonwand hing eine Uhr, es war kurz vor zehn. Als der Minutenzeiger an die oberste Stelle tickte, wurde die Tür geöffnet, Hellers Name wurde ausgerufen. Er betrat ein weiteres Vorzimmer, der Bürotisch war riesig, aber außer einer Schreibmaschine stand nichts darauf. Eine Frau mit Ohrstöpseln warf Heller einen Gruß zu, dann tippte sie weiter. Heller legte ihr das Amtshilfegesuch vor. Sie ignorierte es, tippte weiter. Nach ein paar Minuten schien sie fertig zu sein. Sie erhob sich und trug das Formular ein Zimmer weiter, kam zurück, setzte sich wieder und tippte. Es dauerte noch etwa zehn Minuten, bis die Tür des Zimmers sich öffnete. Ein leicht zur Seite geneigter Mann in Uniform kam auf Heller zu, Heller unterdrückte den Salutierreflex, der ihm einstmals eingetrichtert worden war.

»Hauptkommissar Heller?«, fragte der Mann höflich und versuchte, seiner Haltung etwas Strammes zu verleihen, »Oberstleutnant Wolf, wir haben telefoniert.«

Wolf legte Heller die Hand auf den Rücken und führte ihn in sein Büro. Die Nato-Flagge hing über dem Schreibtisch, daneben die Flaggen der USA, Großbritanniens, Frankreichs und der Bundesrepublik. Wolf setzte sich lässig auf eine Ecke des Schreibtischs und bat Heller, auf einem Stuhl Platz zu nehmen. Heller schüttelte den Kopf, er stand lieber. Aus einer Thermoskanne goss Wolf Kaffee in eine Tasse, reichte sie Heller, der das schöne Blumenmuster auf dem Porzellan bewunderte.

»Zucker?«

Heller lehnte ab, Wolf behielt die Tasse in der Hand.

»Sie ermitteln also in einem Mordfall. Ich werde Ihnen, soweit ich kann, gerne behilflich sein, im Grunde sind wir ja, nicht wahr, Kollegen.«

Heller wollte so knapp wie möglich sagen, worum es ging, aber jetzt, wo der Oberstleutnant derart leutselig vor ihm saß, hatte Heller das Gefühl, er könne ruhig ein wenig ausführlicher sein. Wolf hörte geduldig zu, wobei er sich mehrmals am Kinn kratzte. Heller war gerade dabei, die Sache mit Lotters falschem Namen zu erklären, da klopfte es an der Tür. Die Sekretärin machte einen Spalt weit auf, bat Wolf, hinauszukommen. Dieser verließ den Raum mit einem Lächeln, die Tasse nahm er mit.

Heller konnte durch die Tür hören, dass der Oberstleutnant telefonierte, wobei er selbst wenig sprach, gelegentlich steuerte er Zustimmungsfloskeln bei. Fünf Minuten später kam Wolf wieder, streng blickend, ohne Kaffee.

»Wie Sie sich sicher denken können, Herr Heller, fallen unsere Personalangelegenheiten unter das Militärgeheimnis. Ich muss Ihnen daher mitteilen …«

»Aber Sie haben doch gerade noch …«

»… dass Sie Ihre Zeit vergeuden.«

»Ich ersuche Sie um Amtshilfe!«

»Das bleibt Ihnen unbenommen, tun Sie, was Sie für richtig halten.«

»Es geht um einen Mordfall, in dem Ihr Herr Toller …«

»Rechtssachen aus Ihrem Bereich sind für uns nicht von Belang. Wir sind eine Einrichtung eigenen Rechts, wir stehen außerhalb Ihrer Zuständigkeit.«

»Sie decken hiermit einen Kriegsverbrecher und Mordverdächtigen!«

»Von solchen Vorwürfen bitte ich Abstand zu nehmen! Legen Sie Ihre Beweise den betreffenden Stellen vor, diese werden dann die nötigen Schritte einleiten. Und nun bitte ich Sie, mich zu entschuldigen. Ihr Jeep wartet bereits, ich wünsche Ihnen viel Erfolg bei Ihren Ermittlungen, auf Wiedersehen.«

Im Rückspiegel wurde der Berg immer kleiner. Heller hatte Mühe, sich auf das Fahren zu konzentrieren. Wolfs plötzliche Verhaltensänderung musste mit dem Telefonanruf zusammenhängen. Mit wem hatte er gesprochen? Mit den Tschechen wohl kaum – es sei denn, sie steckten alle unter einer Decke, aber das mochte Heller nicht glauben. Höchstwahrscheinlich war es ein Vorgesetzter von Wolf. Gewiss ging es darum, einen Skandal zu verhindern; falls herauskommen würde, dass dort oben, an einem solch sensiblen Ort, ein tschechischer Spion sein Unwesen trieb, dann würden Köpfe rollen, der von Wolf als Erstes, und sicher auch der von seinem Anrufer! Anfang des Jahres hatte Verteidigungsminister Leber wegen einer viel harmloseren Abhörsache zurücktreten müssen. Seit der Guillaume-Affäre befand sich Deutschland im Verfolgungswahn, überall vermutete man Spione … doch dort, wo sie tatsächlich waren, wurden sie offenbar übersehen.

Als Heller mit seinem Taunus langsam die Anhöhe hinauffuhr, holten ihn die Erinnerungen ein: der Bauernhof dort unten im Tal; das Dorf, das sich an den Berg lehnte, das bei schönem Wetter beinahe südlich wirkte; der Berggipfel mit seinen Mauerresten aus dem Mittelalter; die alte Kirche mit dem Brunnen, in den Heller immer Kieselsteine geworfen hatte; der Krämerladen mit dem bunten 10-Pfennig-Eis; die Autowerkstatt mit den roten Zapfsäulen, »selbst tanken, sie sparen 5 Pfennig« – es fühlte sich an wie Heimat.

Die Pension hatte einen weißen Anstrich bekommen. Die Marienstatue oben am Dachgiebel gab es noch, der Kaugummiautomat hatte Rost angesetzt. Auch der Besitzer war gealtert, dick war er geworden, seine großen Hände waren fleckig. Heller bekam das Zimmer, das er von früher kannte, doch die Einrichtung war der Zeit angepasst worden: Furniermöbel, Teppichboden, moderne Tapete. Er legte sich auf das Bett und dachte über die nächsten Schritte nach. Es klopfte.

Heller strich sein Hemd glatt, es musste der Wirt sein, vielleicht war noch etwas auszufüllen. Er öffnete – Charlotte! Mit Männerjacke, Blumentasche und gescheiteltem Haar stand sie vor ihm, ihre Augen ohne Ironie, grußlos trat sie ein.

»Deine Mutter meinte, du würdest hier sein«, sagte sie und setzte sich auf das Bett. Heller war sprachlos, er hatte seiner Mutter nur gesagt, er würde ein paar Tage wegfahren, Ermittlungen, irgendwo im Bayerischen Wald. Charlotte blickte zu Boden. Für einen kurzen Moment dachte Heller, sie sei seinetwegen gekommen. Charlotte hob den Kopf, die Sommersprossen in ihrem Gesicht, der Ernst um ihren Mund ... sie hatte ihm etwas zu sagen.

»Damals hat es ein schreckliches Gewitter gegeben.«

Sie blickte aus dem Fenster.

»In der Nacht. Ich habe Angst gehabt und nicht einschlafen können. Ich wollte ins Bett zu meinen Eltern. Ich bin durch die Küche gegangen. Ihre Tür war angelehnt. Ich habe durch den Spalt geschaut. Ich hab gesehen, wie sie miteinander geschlafen haben. Ich hab mich nicht bewegen können, auch nicht umkehren, es hat gedonnert und geblitzt, ich bin dagestanden und habe zugeschaut, mehrere Minuten lang ist das so gegangen. Der Papa hat nur ein Hemd angehabt. Dann war auf einmal Ruhe. Dann hat der Papa laut zu schnarchen angefangen, das Gewitter war direkt über uns, ich habe nicht mehr atmen können. Endlich hat sich meine Mutter bewegt. Sie hat sich zu ihm gedreht, hat seinen linken Hemdsärmel nach oben geschoben, ganz langsam, es hat ausgesehen, als ob sie etwas suchen würde. Dann ist sie erschrocken, ist zusammengezuckt, dann hat sie weggeschaut und in meine Richtung geblickt, aber sie hat mich nicht gesehen, ganz starr ist sie gewesen.

Ich habe mich gezwungen zurückzugehen, ich habe die halbe Nacht unter meiner Decke verbracht und gebetet ...

Der Papa hat nie sein Hemd ausgezogen, er hat immer gesagt, er hat im Konzentrationslager eine Nummer eingebrannt bekommen, wie ein Stück Vieh, hat er gesagt, er will nicht, dass wir sie sehen! ... Seit dieser Nacht war die Mama ganz anders. Sie ist nicht mehr ins Dorf gegangen, sie hat sich verkrochen. Sie ist immer fröhlich gewesen, aber dann nicht mehr.

Ein paar Wochen später bin ich von der Schule heimgekommen. Das ganze Schloss war in Aufruhr, die Leute sind bei der Treppe zum Dachboden gestanden, dort wo wir hinaufgegangen sind. Ich habe mich nach vorn gedrängelt. Meine Mama ist auf dem Boden gelegen, ihre Lippen waren blau. Der Arzt ist gekommen, er hat sie untersucht. Als er gegangen ist, hat er dem Papa einen sonderbaren Blick zugeworfen.

Der Papa hat sich tagelang eingeschlossen. Einmal habe ich durchs Schlüsselloch geschaut, ich habe gesehen, wie er sich ins Gesicht geschlagen hat.

Er hat mir damals gesagt, die Mama hatte eine Blutvergiftung, wir müssen jetzt zu zweit durchs Leben … Ich hatte diese Geschichte vergessen, verdrängt. Erst jetzt ist sie wieder aufgetaucht. Und heute weiß ich, *woran* meine Mutter gestorben ist … sie hat sich vergiftet! Mit einer Kapsel von der SS hat sie sich vergiftet. Und ich weiß auch, von wem sie diese Kapsel hatte.«

Pilze suchen ist fast wie Verbrechen aufklären«, sagte Heller und marschierte vorneweg. »Man muss sich zuerst gut überlegen, wo man sucht. Vorsichtig schaut man in alle Richtungen, schiebt das alte Laub weg, und wenn man einen gefunden hat, muss man prüfen, ob es der Richtige ist.«

Heller verließ die Forststraße und stapfte in den Wald. Er konnte sie riechen, die Steinpilze, Maronen, Birkenpilze, Pfifferlinge, Brätlinge. Zwischen dem Geruch der Rinden, der Baumstümpfe und der bemoosten Steine sonderten die Pilze etwas ab, das es nur in diesen Tagen gab. Der Wald hatte sich mit Wasser vollgesogen, jetzt, wo es wieder wärmer geworden war, dampfte die Feuchtigkeit nach oben. Septemberlicht rieselte durch die Baumkronen, hinterließ Schattenspiele auf den Stämmen, Spinnfäden flirrten durch die Luft, Insektenschwärme senkten sich schwerelos nach oben, nach unten.

Sie müsse auf andere Gedanken kommen, hatte Heller zu Charlotte gesagt, und er wüsste auch schon wie. Sie hatte genickt, halb gelangweilt, halb interessiert, Heller hatte schon mit einem Nein gerechnet. Dann hatte er in seinem Koffer gekramt und ihr eine seiner Hosen gegeben, einen Gürtel, ein Hemd, dicke Wollsocken, seine Turnschuhe. Er hatte sich über ihre Gehversuche in den zu großen Schuhen amüsiert, und als sie sich im Spiegel betrachtet hatte, hatte sie ebenfalls lachen müssen.

Wenn die Menschheit einmal unterging, im Dritten Weltkrieg, in der atomaren Verstrahlung – die Natur würde nichts davon merken, sie würde weiterwachsen und weitersterben wie schon immer seit Anbeginn der Welt; es lag der Natur nichts an den Bestrebungen des Menschen, sie war gleichgültig und stoisch, ganz besonders der Wald.

Charlotte schien diesen Frieden jetzt zu spüren, die stille Erhabenheit der Bäume. Anfangs hatte sie noch geschimpft, wenn ein Zweig, den sie weggedrückt hatte, ihr zurück ins Gesicht schlug, und für Pilze hatte sie keinen Blick. Aber mit Hellers Hilfe – er hatte ihn schon vorher gesehen, war jedoch absichtlich vorbeigegangen – fand sie einen stattlichen Steinpilz, der weder Schneckenfraß noch Schimmelbefall aufwies. Heller drehte ihn heraus, säuberte ihn von den Fichtennadeln, steckte ihn in den Beutel.

Er inspizierte die Umgebung, und es dauerte nicht lange, schon hatte er den nächsten, auch Charlotte wurde fündig, nach kurzer Zeit war die Tasche halb voll.

Weiter oben am Berg kamen sie zu einem Granitfelsen, der hoch aufragte, ganz in der Nähe erklangen Geräusche, rhythmisch hallten sie durch den Wald. Sie stiegen höher und sahen ein paar Männer, wie sie sich an einem Baumstamm abmühten, in gleichgroße Teile zerlegt lag er vor ihnen, mit Schlegeln holten sie aus und hämmerten abwechselnd auf Keile, die in der Rinde steckten. Wenn die Keile tief genug eingedrungen waren, spaltete sich das Holz, die Hälften krachten auseinander. Dann wurden die Stücke von zwei Jungen hochgestemmt, zu einem Stapel geschleppt, hinaufgeworfen. Ein Mädchen sammelte die Zweige ein und häufte sie aufeinander, die Mutter befand sich weiter hinten, mit einer kleinen Axt schlug sie die Zweige von der Krone des gefällten Baumes ab, ein älterer Mann verteilte, was man nicht verwenden konnte, mit einer Heugabel über den Waldboden.

»Ein schönes Bild«, sagte Heller.

»Absolute Kitschpostkarte«, sagte Charlotte verächtlich und ging weiter.

Mit der Zeit wurde sie sicherer, sie entfernte sich, Heller verlor sie aus den Augen, dann stießen sie wieder aufeinander, lächelten, redeten nur das Nötigste.

Ganz oben, man konnte sie durch die Baumstämme sehen, stand eine Kirche. Heller erinnerte sich, es war eine Wallfahrtskirche, zusammen mit seiner Mutter war er damals in einer Prozession hinaufgepilgert, drückend heiß war es gewesen, während der Messe wäre er beinahe eingeschlafen; um sich wach zu halten, hatte er mit einem Kronkorken etwas in das Holz geritzt, seinen Namen oder ein Wort, das ihm damals wichtig war, er wusste es nicht mehr.

Ein Stück unterhalb der Kirche war eine Hütte, Heller ging hinein und gab dem Wirt die Tasche mit den Pilzen, bekam dafür eine Flasche Bier. Sie stiegen hoch, Heller öffnete die schwere Holztüre, schritt das Kirchengestühl ab, Charlotte wartete draußen. Auf einer Bank direkt unter dem Marienbild fand er die Stelle tatsächlich, seine Initialen, *A.H.*, glattgerieben von der Zeit standen sie neben anderen eingeritzten Zeichen. Heller bekreuzigte sich mit Weihwasser und ging wieder hinaus.

Charlotte lehnte an der Tür, sein Hemd hatte sie auf Brusthöhe zu einem Knoten zusammengebunden, darunter die Haut, der Nabel, Heller musste an ihre erste Begegnung denken.

»Religion ist wohl auch wie Pilze sammeln?«, spottete sie.

Heller rann Weihwasser in die Augenbraue.

»Wer suchet, der findet«, antwortete er und deutete auf das Gipfelkreuz.

Die letzten Meter musste man klettern. An einer schwierigen Stelle reichte Heller Charlotte die Hand, sie schüttelte den Kopf. Schnaufend kamen sie oben an, Heller spürte ihre Wärme, sah auf das zusammengeknotete Hemd, schaute schnell zur Seite. Sie setzten sich unter das Kreuz, freuten sich über den weiten Blick. Im Tal schlängelte sich der Fluss durch die Felder, am Horizont lag schemenhaft eine Stadt. Der Himmel war wolkenlos, ein Habicht kreiste weit oben, Blätter wehten herab, trudelten in den Abgrund. Sie schwiegen, tranken das Bier, teilten sich einen Apfel. Charlotte griff in ihre Blumentasche und kramte Tabak hervor.

»Willst du?«

Heller schaute nach unten und schüttelte den Kopf.

Keine Geräusche, kein Wind, die Welt lag da und schlief.

Charlotte blies den Rauch in die Luft. Der Habicht war weiter geflogen. Heller suchte nach ihm, brauchte eine Weile, bis er ihn gefunden hatte, ein winziger Punkt über dem Tal, schon war er verschwunden.

»Ob er uns erwartet?«

Heller hob einen kleinen Stein auf. Er wog ihn in der Handfläche, dann warf er ihn hinunter.

»Ich glaube, er wartet schon lange.«

Ruckartig blieb Heller stehen, mit dem Kopf deutete er zum Taunus hinunter. Ein Mann bückte sich hinter dem Kotflügel, nur sein Kopf war zu erkennen, es sah aus, als machte er sich am Wagen zu schaffen. Als sie näher kamen, erhob er sich, kontrollierte seine Schnürsenkel, zog das linke Hosenbein über den Wanderschuh und ging, freundlich grüßend, an ihnen vorbei. Sie stiegen ein und fuhren los.

Ein Traktor war lange vor ihnen, am Straßenrand stand ein Mann mit nur einem Arm, wahrscheinlich ein Kriegsversehrter, seinen leeren Ärmel hatte er hochgeklappt und oben an der Schulter festgesteckt, in der Hand, die ihm geblieben war, hielt er eine Zigarette.

Tollers Haus lag am Ortsrand, es war das letzte in der Straße, dahinter begann der Wald. Herrschaftlich sah es aus, die breite Eingangstreppe verjüngte sich nach oben hin, auf den Absätzen zu jeder Seite ein Marmorlöwe, oben, über dem Eingang, ein kleiner Turm mit Zinnen. Der Rasen kurz, die Sträucher geschnitten, weiter hinten eine große Garage mit Platz für drei Autos.

Am Eisengitter blieben sie stehen, stiegen aus. Heller läutete. Nichts, kein Diener in Livree, kein überraschter Hausherr. Sie schauten sich um. Nichts war zu hören, die Jalousien waren heruntergelassen, der Hundezwinger leer, im Postkasten die Zeitungen der letzten drei Tage.

Sie gingen zurück zum Wagen, Heller nahm seinen Notizblock zur Hand, blätterte, dann kehrte er um.

Die Stadt schmiegte sich an einen Hügel, die Straßen waren eng und steil, man holperte über Kopfsteinpflaster. Die Kirche umgeben von dicken Mauern, dann der Fluss, dann eine Wohnsiedlung. Sie fuhren eine Anhöhe hinauf, erreichten die Schule.

Gymnasien wie dieses waren in den letzten Jahren an vielen Orten errichtet worden, alle sahen sie gleich aus, Flachdach, rechteckiger Beton. Beim Betreten der Schule schlug ihnen dieser typische Geruch entgegen, Heller kannte ihn von früher, man konnte nicht sicher sein, ob es der Linoleumboden war, das Putzmittel oder die Ausdünstungen der Schüler und Lehrer.

Sie gingen zum Informationskasten, die Räume der Volkshochschule waren im dritten Stock. Das Treppenhaus schmückten die Werke der

Kunst-AG, Heller fand die bunt bemalten Gipsfiguren, die verschachtelten Körper, die Augen aus Holz und Eisen hässlich, aber Charlotte besah sich manches genauer und flüsterte Fachbegriffe vor sich hin: Grattage, Pastos, Polychromie.

Heller war nervös. Im dritten Stock zog sich ein Gang in die Länge. Nach den Toiletten folgten zwei Büros, Namensschilder neben den Türen, auf einem stand – Heller deutete mit dem Finger darauf – *Siegfried Toller, VHS-Leiter.*

Heller klopfte. Seine Hände waren kalt, er sah auf seine Schuhe, klopfte noch einmal. Fichtennadeln hatten sich an den Schnürsenkeln verfangen, Heller ahnte, niemand würde öffnen, er lauschte, auch im nächsten Büro war niemand. Ein Gang zweigte links ab, aus dem vordersten Raum erklangen Gitarrentöne, aus dem zweiten drangen italienische Vokabeln, lehrerhaft und laut.

»Hier ist er drin!«, flüsterte Heller und holte tief Luft. Er klopfte an, die Tür ging schon im nächsten Moment auf, eine kleine Frau stand da mit runder Brille und Mittelscheitel, Heller stellte sich vor, zeigte seinen Ausweis, blickte ihr über die Schultern, auf dem Pult drehten sich die Spulen eines Tonbandgeräts, »ero in vacanza al mare, per fare il bagno«, dann kam die Pause, in der man die Wörter nachzusprechen hatte, die Kursteilnehmer schauten zur Tür. Heller unterdrückte seine Enttäuschung und bat die Dame für ein kurzes Gespräch nach draußen.

Charlotte deutete in Richtung Toiletten, »ich warte beim Auto auf dich«, sagte sie.

»Darf ich um Ihren Namen bitten?«, fragte Heller die Frau, sie wirkte verschreckt, die großen grauen Augen hinter der Brille suchten nach einer Erklärung.

»Elfriede Gerlach.«

Heller notierte.

»Frau Gerlach, ich werde Ihnen einige Fragen stellen. Sie sind angehalten, sie wahrheitsgemäß zu beantworten. Haben Sie verstanden?«

Die Frau nickte.

»Wo kann ich Herrn Toller finden?«

»Herr Toller ist im Urlaub.«

»Seit wann?«

Sie zögerte.
»Seit gestern.«
»Wissen Sie, wohin er gefahren ist?«
»Nein, das weiß ich nicht, er ist kurzfristig abgereist.«
»Kurzfristig?«
Sie überlegte.
»Den Fortgeschrittenenkurs hat er auf nächste Woche verlegt.«
»Macht Herr Toller öfter so überstürzt Urlaub?«
»Herr Toller hat berufliche Verpflichtungen. Außerdem ist er ein reisefreudiger Mensch, zwischen seinen vier Wänden hält er es nicht lange aus, sagt er immer.«
»Wohin fährt Herr Toller für gewöhnlich?«
»Öfter nach Wien. In Berlin ist er schon ein paar Mal gewesen, in Rom … die großen Städte eben.«
Heller notierte.
»Ist Ihnen in der letzten Zeit etwas Ungewöhnliches an Herrn Toller aufgefallen?«
»Nein.«
»Denken Sie bitte nach.«
»Herr Toller war wie immer.«
»Was heißt das?«
»Herr Toller ist ein angenehmer Mensch, er hat Humor, ist gesellig, er ist immer so!«
»Immer?«
»Na ja, er kann auch anders, wie jeder Mensch halt.«
»Können Sie das erläutern?«
»Wenn die Dinge mal nicht so laufen, wie er will, dann kann er schon mal heftig werden.«
»Zum Beispiel?«
Sie überlegte.
»Die Schule ist erst vor ein paar Jahren gebaut worden; nach ihrer Fertigstellung wurden uns zwei Räume weniger zugestanden als abgemacht. Herr Toller ist in der Nacht zum Landrat gefahren, hat ihn aus dem Bett geklingelt und zur Rede gestellt – am nächsten Tag haben wir die fehlenden Räume dazubekommen. So hat Herr Toller es uns erzählt, und ich

glaube, es stimmt, der Herr Landrat hat bis heute großen Respekt vor ihm.«

Heller notierte.

»Wie viele Sprachen spricht Herr Toller?«

»Herr Toller ist sprachbegabt, er kann Italienisch, Französisch, Englisch, Tschechisch, Russisch, Polnisch, Ukrainisch … und Rumänisch, glaube ich.«

»Spricht Herr Toller Dialekt?«

»Nein, er spricht Hochdeutsch, er ist nicht von hier.«

»Von woher stammt er?«

»Er ist Flüchtling, Sudetendeutscher.«

»Wissen Sie etwas über seine Zeit vor 1945?«

»Im Krieg war er Soldat, danach war er in Gefangenschaft, ich glaube, bei den Amerikanern, das hat er mir einmal erzählt, auf einem Fest, da kommt er gern ins Reden.«

»Was können Sie sonst noch über Herrn Toller sagen?«

»Hat er etwas ausgefressen?«

Heller blickte die Frau ernst an, hielt die Pause aus, so wie er es gelernt hatte, sie schaute weg.

»Herr Toller ist überall bekannt und beliebt, er setzt sich ein, leitet ehrenamtlich die VHS, organisiert Benefizkonzerte, Bildungsreisen, Ausflüge, er ist ein Freund der schönen Künste … Ich kann mir nicht vorstellen, dass jemand etwas Schlechtes über ihn sagen kann.«

»Verfügt Herr Toller über ein größeres Vermögen?«

»Über den Kontostand von Herrn Toller bin ich nicht unterrichtet.«

»Ich will es so formulieren: Ist Herr Toller über seine Verhältnisse hinaus wohlhabend?«

»Na ja, er hat zwei schöne Autos und ein großes Haus, wenn Sie das meinen. Er hat einen guten Beruf, angeblich hat er auch geerbt.«

Heller notierte.

»Wie ist Herr Toller gekleidet?«

»Meist mit Anzug, warum?«

»Wie genau?«

»Er trägt eben Anzug, ist das nicht genau genug?«

»Trägt er sein Jackett auch im Sommer?«

»Sie stellen Fragen! Allmählich muss ich …«
»Trägt er sein Jackett auch im Sommer?«
»Wenn es heiß ist, zieht er es natürlich aus!«
»Und das Hemd?«
»Das zieht er natürlich nicht aus!«
»Ich meine, krempelt er die Ärmel nach oben, wenn es heiß ist?«
»Wie bitte?«
»Haben Sie einmal Herrn Tollers entblößte Oberarme gesehen?«
»Ich fürchte, ich kann Ihnen nicht …«
»Haben Sie auf seinem linkem Oberarm eine Tätowierung bemerkt?«
»Eine Tätowierung?«
»A, B, AB oder 0?«
»Nein, das habe ich nicht! Wenn er so etwas hätte, hätte ich es höchstwahrscheinlich bemerkt. Herr Toller ist, sagen wir einmal, gut gebaut, er schwitzt sehr schnell und trägt fast immer kurzärmelige Hemden. Sind Sie jetzt zufrieden?«
»Sind Sie da ganz sicher?«
»Ganz sicher!«
In Hellers Kopf stürzte etwas zusammen, ihm wurde heiß … womöglich war es doch der Falsche! Es wäre auch zu schön gewesen, gleich am Anfang, noch dazu mithilfe eines Computers …
»Nur eine Narbe hat er am Oberarm.«
»Eine Narbe?«
»Herr Toller erzählt oft von seinem Jagdunfall, beim Säubern des Gewehrs ist ihm einmal ein Schuss losgegangen; nur ein paar Zentimeter weiter rechts, und ein anderer würde bei uns den Laden schmeißen, so sagt er immer.«
Also doch! Heller ließ sich nichts anmerken.
»Haben Sie zufälligerweise ein Foto von Herrn Toller?«
»Ja, hab ich«, sagte die Frau, sie ging in den Unterrichtsraum zurück und kam mit einer Broschüre zurück. Sie blätterte, deutete auf ein Schwarzweißbild. Kahlköpfig war er geworden, feist … aber es gab so gut wie keinen Zweifel, er musste es sein, die großen, hervortretenden Augen hinter der Brille, die gekrümmte Nase, die dunklen Lippen, es war der Mann, der die SS-Einheit angeführt hatte. Hagen Lotter.

Heller nahm die Broschüre an sich.
»Haben Sie vielen Dank, Sie haben mir sehr geholfen!«
»Dürfte ich vielleicht wissen, worum ...«
Heller überlegte kurz, was er sagen sollte. An der Wand hingen, mit Reißnägeln befestigt, Bilder von Rom, das Kolosseum, das Forum Romanum, der Engelspalast.
»Herr Toller wird beschuldigt, jemanden angefahren zu haben, in betrunkenem Zustand ... bei Wiederholungstätern gehen wir in solchen Fällen sehr genau vor. Haben Sie vielen Dank, auf Wiedersehen!«
Ihre Augen zweifelten, sie wollte noch etwas sagen, doch Heller beeilte sich, nach draußen zu kommen, er hätte vor Begeisterung tanzen können! Er lief zum Auto, Charlotte war noch nicht da, er lehnte sich an die Fahrertür, wartete. So enttäuschend die Ermittlungen heute begonnen hatten, so grandios waren sie schließlich verlaufen, er hatte alles richtig gemacht, sein Plan war aufgegangen, er musste nur noch herausfinden, wohin Toller gefahren ist, dann würde er ihn haben. Heller hielt sein Gesicht in die Sonne, noch stand sie über dem Dach, in ein paar Minuten würde sie dahinter verschwunden sein. Seine Lederjacke speicherte die Wärme, er machte die Augen zu, genoss den Erfolg.
Charlotte ließ sich Zeit.
Vielleicht sollte er hineingehen und sie holen?
Sie würde doch nicht auf einer Schultoilette einen Joint ...
Heller setzte sich in Bewegung. Nach wenigen Schritten sah er sie, grinsend lief sie auf ihn zu.
»Ich glaube, wir haben ihn«, sagte er stolz.
Sie lachte ihn geheimnisvoll an ... sie hatte doch etwas geraucht!
»Ich habe ein Geschenk für dich«, sagte sie und öffnete ihre Blumentasche, hielt sie Heller unter die Augen, ein Haufen zusammengeknüllter Zettel befand sich darin.
»Was ist das?«
»Das hab ich aus seinem Büro.«
»Sie sind in sein Büro ...!?«
»Der Schreibtisch war leider abgeschlossen, also hab ich mir den Papierkorb vorgenommen. Da waren Unmengen von kleinen Papierschnipseln drin, und da habe ich mir gedacht ...«

»Das ist illegal! Wir haben keinen Durchsuchungsbeschluss!«

»Jetzt bleib mal locker … ich bin ja reingegangen, nicht du. Kannst mich gern verhaften deswegen.«

Heller schnaubte durch die Nase, bedeutete ihr, ins Auto zu steigen.

»Das ist unverzeihlich«, sagte er, als sie schon eine Weile gefahren waren. »Sie haben Glück, dass ich ein neugieriger Mensch bin … sonst würde ich Sie tatsächlich auf der Stelle verhaften!«

Um halb sieben waren sie in der Pension. Von der Wirtin ließen sie sich Bier, Wurstbrote und eine Rolle Tesafilm geben, dann zogen sie sich auf Hellers Zimmer zurück. Charlotte kippte den Inhalt der Tasche auf dem Teppich aus, sie knieten neben dem Papierhaufen, begannen zu sortieren.

Nicht zerrissen, lediglich zerknüllt waren:

- ein leerer Briefumschlag ohne Absender, adressiert an

```
Herrn Siegfried Toller
Volkshochschule Kötzting
```

abgestempelt am 19. August in Nürnberg, auf der Briefmarke der Rattenfänger von Hameln, mit Flöte und Spitzschuhen, gefolgt von einer Kinderschar;

- eine Werbung für Pastellfarben, *Farbe ist Leben, Preisnachlässe bis zu 30 Prozent*;

- ein Kostenvoranschlag des Elektrogeschäfts Schmandt für die Anschaffung neuwertiger Kassettenrekorder, bei der Abnahme von fünf Geräten gab es zehn Prozent Rabatt, das Logo der Firma war eine rote Glühbirne;

- ein Schreiben der Busfirma Eisenreich, die Fahrt in die Wachau würde 495,90 DM kosten, man bedankte sich für das bisherige Vertrauen und würde sich freuen, wenn die VHS das Angebot annähme.

Zerrissen, aber leicht zusammenzufügen waren eine noch nach Spiritus riechende Matrizenkopie mit englischen Grammatikübungen sowie ein Schreiben auf Italienisch, abgeschickt vom Hotel Sistina in Rom, offensichtlich eine Reservierungsbestätigung, ausgefertigt vor zwei Tagen.

»Jetzt wissen wir, wo er sich aufhält«, sagte Charlotte, während sie die beiden Papierteile aneinanderhielt. Heller nahm sie, klebte sie sorgfältig zusammen und steckte das Blatt in eine Hülle.

»Leider muss ich Sie loben für die Straftat«, sagte er und versuchte, mürrisch zu klingen. Sie machte mit den kleineren Papierschnipseln weiter.

»Wenn man etwas so oft zerreißt«, sagte Charlotte »dann hat man was zu verbergen.«

Auf den meisten Schnipseln waren mit Schreibmaschine geschriebene Wörter zu erkennen, die meisten unvollständig, ganze Sätze fanden sich kaum. Über hundert Schnipsel waren es, Heller und Charlotte verglichen jeden einzelnen mit den anderen; wenn zwei Teile zusammenpassten, klebten sie sie mit Tesafilm aneinander. Die Kirchturmuhr schlug acht.

»Ich glaube, es ist ein Brief«, sagte Charlotte. »Hier steht *ehr geeh*. Das wird wohl *Sehr geehrter* heißen.«

Mechanisch arbeiteten sie weiter, gelegentlich tranken sie einen Schluck Bier, dann versenkten sie sich wieder in das Puzzle. Heller musste daran denken, wie er in diesem Zimmer mit seiner Mutter *Mensch ärgere dich nicht* oder *Denk fix* gespielt hatte. Allmählich taten ihm die Knie weh, er stand auf, lockerte die Beine, rieb sich die Augen. Da winkte ihn Charlotte zu sich, auf einem Stück Papier stand *tter*. Das könne vieles bedeuten, tat Heller skeptisch, insgeheim war er sich aber sicher, zu welchem Wort die Buchstaben gehörten. Er kniete sich wieder hin.

Nach und nach vervollständigte sich das Blatt, am Ende fügte sich eines zum andern. Als der Brief, bis auf ein paar Lücken, wiederhergestellt war, legten sie ihn vorsichtig auf den Tisch, betrachteten ihn eine Weile, prosteten sich zu. Heller las vor.

Regensburg, den 18. August 1978

Sehr geehrter, lieber Lotter!

Es ist sehr lange her, daß wir voneinander gehört haben. Immer habe ich in dieser Zeit unseren heiligen Schwur im Herzen getragen, habe ich unser Gelöbnis aufs Innigste befolgt: Ehre, Treue, Freu   haft, Schweigen! Das hatten wir uns geschworen, zeitlebens ei   alten.   aß ich nun zu diesem Schritt gezwungen werde, liegt an zweierlei: Ich erachte unsere Gesinnung von damals nicht für vergebens; aber dennoch, die Zeiten änd   ch, und wir ändern uns mit ihnen. Ich kann in meiner gege   ation

keinen Wert mehr auf eine Bindung legen, die ic   mals,
als junger, biegsamer Mensch, in einem Hochgefühl
eingegangen bin. Ich bin ein anderer geworden, als ich
in diesen Zeiten, in denen wir Dich als unseren Führer
ansahen, gewesen bin. Heute übersteigt meine Lie   usik
alles andere, was mir wichtig war. Kurzum: Ich benötige
n Kauf eines Instruments eine gewisse Menge Geldes.
Da das Stück von erlesenem, historischem Wert ist, reichen
meine bescheidenen Mittel bei weitem nicht aus. Ich   so
bitten, Teile Deiner Einkünfte, die du aufgrund Dein   ten
in nicht geringem Maße verdienen wirst, an mich, Deinen
getreuen Helfer von damals, abzutreten - ich dachte
hierbei an den maßvollen Betrag von 20.000 DM. Andernfalls
müßte ich, bedauerlicherweise, Dein Tun vor und nach dem
Kriegsende einer breiteren Öff   it vorstellig machen -
da ich über entsprechende Kont   rfüge, würde ein solcher
Schritt einigermaßen schnell und gr   ich erfolgen. Ich
bitte Dich also, mir eine solche Handlung, die mir selber
nicht angenehm wäre, zu ersparen und mir zügig den oben
genannten Betrag in Form eines Schecks an die nachfolgende
Adresse zu senden.

Hochachtungsvoll und nach wie vor der Deine,

Friedrich

Dr. Friedrich Gutleb
Geschwister-Scholl-Gymnasium
Hans-Sachs-Straße 1
8400 Regensburg

Der Mond tauchte immer wieder im Rückspiegel auf. Manchmal verbarg er sich hinter Wolken oder Bergketten, deren Anwesenheit kaum zu erahnen war, aber schnell kehrte er wieder, Richtung und Größe ständig verändernd, »der Spielball der Nacht«, sagte Charlotte, und als Heller fragte, von wem das Zitat stamme, sagte sie, von der berühmten Malerin Charlotte von Kolnik.

Auf der Autobahn herrschte wenig Verkehr. Die Urlaubszeit war vorüber, sie blieben auf der Überholspur. Am Brenner machten sie Pause, tranken Kaffee, dann fuhr Heller weiter durch die Nacht.

Abel hatte Recht gehabt. Gutleb, Kolnik, Lotter ... sie hatten im Gefangenenlager einen Treueschwur geleistet, wahrscheinlich hatten sie, um freizukommen, den Tschechen ihre Dienste angeboten. Lotter war dabei am weitesten gegangen, er hatte sich als Agent anwerben lassen, die Tschechen mussten großes Interesse daran gehabt haben – dass er nun für die Kommunisten arbeitete, musste Lotter gleichgültig gewesen sein, Hauptsache er war frei. Drei Jahrzehnte später hatte Gutleb versucht, ihn zu erpressen – Gutleb hätte wissen müssen, dass so etwas tödlich sein konnte. Lotter hatte eine Bombe an Gutlebs Wagen anbringen lassen, vielleicht hatte er es sogar selbst getan, vielleicht hatte er sogar dabei zugesehen, wie sein alter Freund in die Luft gesprengt wurde ... Und Kolnik? Spätestens seit der Durchsuchung von Gutlebs Wohnung musste er gewusst haben, dass nur Lotter hinter dem Anschlag stecken konnte; er hatte auch gewusst, dass das Bekennerschreiben der RAF eine Finte war ... er hatte gewusst, dass er den Schwur ebenfalls brechen würde, wenn er gegen Lotter ermittelte ... dass es lebensgefährlich war, gegen Lotter etwas zu unternehmen. Und trotzdem ist er nach Prag gefahren, ins Land ihrer Verbrechen, und hat die Dienstwaffe in seinem Büro gelassen ... Warum?

Es war klar: Sie mussten auf der Hut sein. Als Vorsichtsmaßnahme hatte Heller, bevor sie losgefahren waren, Gutlebs Erpresserschreiben zu Händen von Zaschke in den Briefkasten des Präsidiums geworfen – er wäre sonst in ständiger Sorge gewesen, der Beweis könnte verloren gehen, auf welche Weise auch immer ... Charlotte hätte eigentlich daheimbleiben müssen. Aber sie hätte protestiert, hätte gesagt, ohne sie würde er immer noch ohne Beweis dastehen, es gehe um den Mörder ihres Vaters, sie habe ein Recht darauf mitzukommen, und er hatte keine Lust gehabt auf weiteren Streit …

Um nicht einzuschlafen, hatte er das Radio laut aufgedreht. Auf der Höhe von Meran hörten sie das erste Mal italienische Nachrichten, italienische Musik, »Una festa sui prati«.

Heller kannte Italien ausschließlich von solchen Liedern und aus dem Fernsehen, am Samstagnachmittag gab es im Dritten für italienische Gastarbeiter eine Sendung, die Heller gelegentlich schaute, auch wenn er kein Wort verstand; irgendwie gefiel es ihm, von den Gesichtern und Handbewegungen auf den Inhalt zu schließen, die Italiener waren, im Vergleich zu den Deutschen, viel temperamentvoller, sie gestikulierten beim Reden, als wollten sie ihre Gedanken mit dem ganzen Körper untermalen.

Charlotte hatte sich auf dem Beifahrersitz zusammengerollt und war eingeschlafen, ab und an murmelte sie etwas oder drehte sich auf die andere Seite, Heller musste an Fritz denken, den Kater seiner Mutter.

Bei Assisi wachte Charlotte auf und löste ihn ab. Sie sei schon einmal hier gewesen, sagte sie, vor Jahren, mit Kommilitonen zum Malen. Unten im Tal gebe es einen Soldatenfriedhof aus dem Zweiten Weltkrieg, tausende von gefallenen amerikanischen Soldaten hätten hier ein weißes Holzkreuz über sich, junge Leute, die meisten zwischen zwanzig und vierzig, so alt wie sie. »Scheiß Nazis«, sagte Charlotte. Dann begann sie wieder zu erzählen, übermäßig heiter, als ob sie sich mit Gewalt in eine andere Stimmung versetzen wollte, aber Heller war müde und nahm ihre Worte nur noch als langsam abschwellendes Geräusch wahr.

Heller fröstelte unter seiner Jacke, der Rücken tat ihm weh. Die Straßenlaternen sandten ein gelbliches Licht aus, es brach sich verschwommen im morgendlichen Dunst. Die Häuser sahen anders aus, der Mond war verschwunden, vereinzelt fuhren Autos, Taxis, Lieferwagen.

»Rom«, sagte Charlotte.

Heller massierte sich den Nacken. Es war kurz vor sechs. Er stellte die Heizung hoch.

Sie fanden einen Parkplatz, stiegen aus, schüttelten sich die Fahrt aus den Beinen. Sie hatten noch ein wenig Zeit, Charlotte schlug vor, zum Trevi-Brunnen zu gehen.

»Ist zwar ziemlich Rokoko«, sagte sie, »aber gesehen haben muss man ihn.«

Sie waren die einzigen dort, es dämmerte, die Strahler im Wasser muteten wie kleine Sonnen an, ihr Licht wurde in alle Richtungen reflektiert, dunkel durchlöchert von den Münzen auf dem Grund des Beckens. Ein Marmorpferd sträubte sich gegen den Zugriff eines Reiters, die Figuren schienen sich zu bewegen, schwankten zwischen Licht und Schatten. Charlotte erklärte ihm, dass der Brunnen der Endpunkt einer antiken Wasserleitung sei, es bringe Glück, mit der linken Hand eine Münze über die rechte Schulter hineinzuwerfen, man werde dann irgendwann nach Rom zurückkehren. Werfe man zwei Münzen ins Wasser, dann würde man sich in eine Römerin beziehungsweise einen Römer verlieben … und drei Münzen bedeuteten, dass geheiratet wird.

Sie setzten sich an den Rand des Brunnens, kramten in ihren Geldbörsen, warfen die Pfennige über die Schultern. Charlotte erhob sich, Heller blieb sitzen. Heimlich ließ er eine weitere Münze in den Brunnen fallen. Charlotte hatte das Platschen gehört, sie drehte sich um.

»Mit einer Römerin willst du also eine Familie gründen«, sagte sie spöttisch.

»Du könntest hier deinen Zweitwohnsitz anmelden«, entgegnete er, »dann wärst du eine …«

Ihre Augen, wie sie die Blickrichtung wechselten, ihr schmaler Körper, wie er sich abwandte, ihre Finger, wie sie über die Wange fuhren und dann nach unten fielen, Heller hätte diesen Moment gerne festgehalten.

Es wurde Tag, Leben kam in die Stadt, immer mehr Fahrzeuge bewegten sich auf den Straßen, in gesetzter Eile schritten die Römer zur Arbeit. Das Hotel Sistina befand sich an der Ecke zur Via dei Cappuccini, ein vierstöckiger Bau, dessen Putz verblasst war. Über dem Eingang hingen die Fahnen verschiedenster Länder, die Fensterläden waren noch geschlossen, vor dem Hotel parkten italienische Autos, die meisten hatten Schrammen.

Heller und Charlotte gingen hinein. Der Hotelangestellte stützte sich mit den Ellbogen auf dem Schalter ab, las Zeitung. Heller fragte ihn auf Englisch, der Mann schaute auf eine Liste, kratzte sich mit einem Kugelschreiber an der Stirn.

»I am sorry, Mister Toller has already left.«

Heller verlagerte sein Gewicht auf das andere Bein.

»Do you know, when?«, fragte er.

Der Italiener zögerte.

»We are relatives and want to surprise him.«

Der Mann schaute Heller an, ohne etwas zu sagen, musterte demonstrativ seinen Kugelschreiber. Heller griff in seine Jackentasche und holte einen Zwanzig-Mark-Schein hervor, zum Geldwechseln waren sie noch nicht gekommen. Der Hotelangestellte nahm den Schein entgegen, tat dabei, als sei er verlegen.

»Yesterday evening, about eight o'clock.«

»Is the room of Mister Toller already reserved?«

»No, it is free.«

»Has it already been cleaned?«

»No, but it will be cleaned immediately, if you want.«

»It's not necessary. We are going to take it.«

Heller spürte, wie Charlotte lächelte. Er füllte das Formular aus, verlieh seinen Bewegungen Langsamkeit, nahm den Schlüssel entgegen, dann fuhren sie mit dem Lift nach oben.

»So können wir ungestört Spuren sichern«, sagte er.

Heller schloss auf, Marmorfliesen, Samtbezüge, Orientteppich, bunte Tapeten. Etwas lag in der Luft, was nicht hierhergehörte … Altmännergeruch, aber kaum war er Heller bewusst, war er schon wieder verflogen. Die Fenster waren gekippt, man sah die nächste Häuserzeile, den Himmel. Unten wurde gehupt, Motorroller knatterten vorüber. Dann ein irritierendes Geräusch, Heller drehte sich um. Charlotte hatte die Tür zum Badezimmer geöffnet, aus dem Wasserhahn schoss ein dicker Strahl in das Becken, dabei spritzten Tropfen auf die Fliesen vor dem Waschbecken, es hatte sich schon eine Pfütze gebildet.

Charlotte drehte das Wasser ab, sie schauten sich um – es war, wie Heller vermutet hatte, penibel aufgeräumt worden, die Betten wirkten unbenutzt, keinerlei Schmutz auf dem Teppich, keine Fingerabdrücke auf den Oberflächen. Im Badezimmer waren die Handtücher ordentlich gefaltet, auf der gläsernen Ablage standen die Toilettenartikel des Hotels, unberührt. Heller wandte sich nach rechts, wollte weiter zur Dusche und schaute, unwillkürlich, noch einmal zurück, die lange Fahrt hatte ihn angestrengt, neben dem Wasserhahn, auf dem Seifenhalter, lag ein grüner Streifen Papier … ein U-Bahnticket. Heller nahm es in die Hand, das Datum war von gestern, er drehte es um, auf der Rückseite war mit Bleistift vermerkt: *Ostia Antica, 12.00 Uhr!*

»Er will, dass wir ihn treffen«, sagte Heller.

»Schön! Dann können wir noch ein bisschen herumlaufen.«

Heller ging zum Wagen und holte das Gepäck. Als er zurückkam, stand Charlotte, eingehüllt in ein Handtuch, mitten im Zimmer. Sie ließ es, völlig unbeeindruckt von seiner Gegenwart, auf den Boden fallen, öffnete ihre Tasche, kramte herum, zog eine Bluse an, betrachtete sich im Spiegel, zog sie wieder aus; Heller bemühte sich, nicht hinzusehen, floh ins Badezimmer. Er inspizierte die Dusche, dann entdeckte er, wonach er gesucht hatte. Auf dem Hotelflur klemmte er Charlottes Haar, ungefähr auf Kniehöhe, zwischen Tür und Zarge, bevor er zusperrte.

Charlotte kannte sich aus, sie marschierte voran, bog von einer Seitengasse in die nächste, in einer Wechselstube besorgten sie sich Lire. Schließlich gelangten sie an einen Platz.

»In der Antike wurden hier athletische Wettkämpfe veranstaltet«, sagte Charlotte und führte Heller zu einem Torbogen, dem Rest des einstmaligen Stadions. Heller schaute gebannt auf die alten Mauern hinunter. Ausgelöscht war jene Welt, eine andere war auf ihr entstanden, und doch existierte sie noch, diese Steine zeugten davon … es blieb immer etwas übrig, dachte Heller, niemals verschwand etwas ganz, ein paar Steine genügten, und die Vergangenheit bestand fort, in den Köpfen der Menschen, die nachkamen. Auch Ereignisse waren so, sie waren Steine, die übrig blieben, irgendwo gab es sie noch, unter Schutt und Geröll, und manchmal gelangten sie ans Tageslicht, durch Umschichtungen oder Erschütterungen lagen sie auf einmal da, offenbarten eine vergangene Wirklichkeit – so wie Abels Film; so wie jedes Verbrechen, und mochten die Spuren noch so gut verwischt sein.

Er blickte sich um, Charlotte war weitergegangen, er sah sie vor einem Restaurant, sie nahm gerade Platz. Heller folgte ihr und fragte: »Ist der Stuhl neben Ihnen noch frei?«, sie lächelte ihn an: »Weil Sie es sind.« Der Kellner wischte die Tische ab, spannte die Sonnenschirme auf. Direkt vor ihnen war wieder ein Brunnen, vier Meeresgottheiten hielten sich Schnecken an den Mund, bliesen das Wasser heraus, in der Mitte die Statue eines nackten Helden, der mit einem Delphin kämpfte.

»Der Moro-Brunnen«, sagte Charlotte, »kennst du das Gedicht von Conrad Ferdinand Meyer? *Aufsteigt der Strahl, und fallend gießt …?*«

Heller schüttelte den Kopf.

»Du hältst wohl nichts von Literatur?«

»Sind Sachbücher etwa keine Literatur? Und Sportberichte? Die in der Süddeutschen sind sehr poetisch … ›Aufsteigt das Team, und fallend grätscht …‹«

»Sehr witzig … Ich meine richtige Literatur!«

»Der Roman von Walser war der erste seit meiner Schulzeit.«

»Na, dann muss ich dir mal …«

Der Kellner kam, Charlotte unterbrach ihren Satz. Sie bestellten, genossen das Licht, die Menschen, die Umgebung, sie aßen Schinken und Weißbrot, tranken Kaffee, blätterten in Zeitungen, die sie nicht lesen konnten. Für kurze Zeit vergaß Heller, warum sie hier waren.

»Wir müssen los!«, sagte er.

Sie bezahlten, Charlotte ging auf die Toilette. »Diesmal wirklich nur kurz«, sagte sie.

Heller stand auf, schlenderte auf und ab. Aus einer schattigen Seitengasse jagte eine Vespa hervor, Vögel flatterten auf, fanden sich in der Luft zu einem kleinen Schwarm zusammen, durchschnitten bogenförmig den Himmel, landeten weiter drüben. Charlotte … etwas war mit ihr, wie in

Panik rannte sie auf ihn zu, mit dem Zeigefinger deutete sie auf eine Stelle ihres Dekolletés.

»Da ist etwas«, sagte sie flehend, »... ein Tier!«

Sie trat nah an ihn heran.

»Eine Zecke – wahrscheinlich vom Pilzesuchen.«

Heller zog Charlotte in die Seitengasse. Kühl war es hier, still. Glücklicherweise hatte Heller sein Taschenmesser dabei.

»Keine Sorge«, sagte er und zog die Pinzette heraus, »ich habe das schon öfter gemacht.«

Er fixierte die Stelle, die Zecke hatte sich festgesaugt, ihr Hinterleib war so groß wie ein Stecknadelkopf, wenn man sie berührte, bewegte sie ihre Beine. Charlotte presste die Lippen aufeinander, atmete schnell, die Nasenflügel blähten sich, Heller sah, dass sie unter ihrer Bluse nichts anhatte. Mit der rechten Hand führte er die Pinzette an die Zecke, die linke umfasste ihren Oberarm. Sie hielt jetzt den Atem an, vermied jede Bewegung. Heller setzte an, er drehte das Tier, so behutsam wie möglich, zweimal herum, zog die Zecke heraus, ließ sie auf den Boden fallen, trat sie nicht tot, blieb nahe bei Charlotte stehen, die nach Butter roch und nach Kunst, nach Ferne und Kaffee, dann blickte er auf, sah ihre grünen Augen weit geöffnet, darunter der Nasenrücken mit der leichten Welle, die Lippen, die nun nicht mehr zusammengepresst waren, und spürte auf einmal überdeutlich, dass ein Kuss gleich nicht mehr zu verhindern war.

Das Zirpen der Grillen. Vom Meer eine Brise, salzig. Die Mauerreste in der Sonne. Wieder die Grillen. Es war schon halb zwölf.

Seit einer halben Stunde hielten sie Ausschau. Das Gelände war riesig. Ein genauer Treffpunkt war nicht genannt worden.

Heller war in einem Zustand, den er nicht kannte. Alles Wichtige schien sich aufgelöst zu haben, alles Schwere war mit einem Mal leicht. Eigentlich sollte er nervös sein, doch er genoss den Schweiß auf seiner Haut, fühlte sich frei, dann wieder, im nächsten Moment, zögerte etwas in ihm, in der sirrenden Hitze erlahmte sein Verstand, ein fiebriges Taumeln, von einem Eindruck zum nächsten.

Charlottes Beine endeten in Sandalen, die Bluse bauschte sich im Wind, immer wieder wehten ihr Haarsträhnen ins Gesicht, ihre Haut hatte sich gebräunt.

Sie kamen wieder zu dem Mosaik: das Pferdegespann, der nackte Meeresgott mit Dreizack als Wagenlenker, daneben Wassergeister, Fische, Schlangen, Getier, hinter dem Mosaik die Reste von geziegelten Wänden, zwei Säulen, Grasbüschel zwischen Pflastersteinen, verrostete Gitter zur Abwehr von Touristen.

Sie gingen die Strecke noch einmal, schauten, schwiegen. »Wie in *Zwölf Uhr mittags*, sagte Heller irgendwann.

Charlotte lächelte und strich mit der Hand über eine Zementschicht, die eine Mauer vor dem Verfall bewahren sollte. Sie liefen dicht nebeneinander. Der schattige Säulengang, die Häuserzeile, die Caupona, erstaunlich, wie gut sich das Gemäuer erhalten hatte.

Kurz vor zwölf beschlossen sie, im Theater zu warten, auf dem obersten Rang hatte man einen guten Überblick. Unter ihnen waren Marmorsäulen, dahinter Pinien, in ihrem Schatten lagerten zwei Touristen, dösten über ihren Rucksäcken. Der Bühnenaufbau war vollkommen verschwunden, eine Wiese, vom langen Sommer vergilbt, hatte sich breitgemacht, Gräser wuchsen in die Höhe, im Windschatten des Bauwerks rührten sie sich kaum.

Fünf nach zwölf. Von Toller war nichts zu sehen. Heller nahm einen Schluck Wasser. Charlotte murmelte etwas, dann drehte sie sich, nahm ihre Beine nach oben, winkelte sie an, legte sich nach hinten, mit dem Kopf auf Hellers Oberschenkel.

»Ich hab die Schnauze voll. Wenn er kommt, kannst du mich wecken«, sagte sie, schloss die Augen und hielt ihr Gesicht in die Sonne.

Viertel nach zwölf. Noch immer nichts. Heller überlegte, ob es nicht doch besser wäre, herumzulaufen. Außerdem schmerzte sein Rücken, aber er genoss es, Charlottes Kopf zu spüren.

Um zwanzig nach zwölf kam ein Mann mit Strohhut aus dem Pinienhain, Heller sah ihn von der Seite. Der Mann trug Sandalen, eine helle Leinenhose, ein kurzes, kariertes Hemd, unter dem der Bauch sich deutlich wölbte, in der linken Hand hielt er eine Aktentasche … Heller war elektrisiert, er richtete seinen Oberkörper auf, Charlottes Kopf kippte ein wenig zur Seite. Der Mann bewegte sich jetzt in Richtung Theater. Die Hutkrempe warf einen Schatten auf sein Gesicht, aber man konnte erkennen, dass er eine Brille trug. Er näherte sich der Bühne. Die beiden Touristen standen auf. Heller fasste mit der Hand unter Charlottes Hinterkopf, legte ihn vorsichtig auf ihre Tasche. Der Mann war bei der Bühne angelangt. Heller lief, so schnell er konnte, auf ihn zu.

»Mister Toller?«, rief er, als er ungefähr zehn Meter entfernt war. Der Mann drehte sich um, fuhr mit einer Hand in seine Aktentasche. Heller schreckte zurück … er hatte seine Pistole oben liegen lassen, regungslos stand er da, für einen Moment hatte er den Gedanken, sich fallenzulassen und über die Schulter abzurollen. Der Mann starrte Heller verwundert an, aus der Tasche zog er einen Zeichenblock und Stifte.

»Scusa«, stotterte Heller, »I took you for someone else.«

Der Mann schüttelte den Kopf, gestikulierte, setzte sich auf eine Stufe und begann zu zeichnen.

Heller ging zurück zu Charlotte, die immer noch schlief. Er beschloss, weiter zu warten. Seine Bartstoppeln juckten ihn am Hals. Von oben konnte man sehen, was der Mann malte, die Steine, das Blau. Kurz vor eins weckte Heller sie auf.

»Er kommt nicht mehr.«

Sie nahmen ihre Sachen, standen auf und gingen zurück zum Parkplatz. Heller nestelte in seiner Hosentasche, die Schlüssel hatten sich verhakt, er blieb stehen. Charlotte machte noch einen Schritt auf den Taunus zu, schaute sich um, sah Heller fragend an. Heller erwiderte ihren Blick, wollte lächeln, da erkannte er, dass im Innern des Wagens, auf der Fahrerseite, eine Person saß, den Oberkörper leicht nach vorne gebeugt. Ein Jugendlicher – aufgeregt hantierte er an etwas herum.

»Da schließt jemand das Auto kurz«, rief Heller und wollte losrennen. Ein Knall durchbrach die Stille, der Parkplatz wankte. Heller fiel auf die Knie. In einem Feuerball war der Taunus nach oben geflogen, neigte sich in der Luft zur Seite, kippte, kam herunter, landete scheppernd weiter hinten auf dem Asphalt. Dort brannte er friedlich aus.

Die Verbindung ist schlecht, kannst du nochmal …?«

»Du sollst umgehend zurückkommen und im Präsidium vorsprechen.«

»Wieso denn?«

»Das weiß ich nicht, hier steht nur, ich soll dir diese Nachricht so schnell wie möglich zukommen lassen.«

»Wie hast du uns überhaupt gefunden?«

»Euer Hotel war ungefähr das zwanzigste, das ich angerufen habe! Seit zwei Stunden mache ich nichts anderes.«

»Sind sie sauer, weil ich mit der Zeugin hier bin?«

»Weiß ich nicht. Pack deine Sachen und nimm den nächsten Zug!«

»Hast du übrigens den Brief gesichert?«

»Was für einen Brief?«

»Na Gutlebs Erpresserbrief, ich hab ihn für dich eingeworfen!«

»Da war nur ein Zettel, dass ihr nach Rom fahrt, sonst war da nichts.«

»Dann haben sie den Brief … Das müssen dieselben gewesen sein, die die Autobombe … ich erzähl dir alles, wenn wir wieder in Deutschland sind. Untersuch den Briefkasten nach Fingerabdrücken!«

Heller legte auf und reichte dem Hotelangestellten das Telefon zurück. Er musste schleunigst aufs Zimmer, alles klebte an ihm.

In der Wache war es vor Hitze kaum auszuhalten gewesen. Der Ventilator war defekt, die Fenster waren, angeblich wegen des Straßenlärms, geschlossen. Fast hatte es den Anschein gehabt, als würde man sie dieser Tortur absichtlich unterziehen. Vier Stunden hatte die Vernehmung gedauert, und obwohl Heller ein Kollege war, hatte man keinerlei Anstalten gemacht, ihn entsprechend zu behandeln. Der Dolmetscher war ebenso unhöflich gewesen wie der Commissario selbst, auf das Glas Mineralwasser hatten sie eine Ewigkeit warten müssen, immer wieder war die Befragung von Telefonanrufen unterbrochen worden, einer hatte eine geschlagene halbe Stunde gedauert, Heller und Charlotte waren schwitzend vor dem Commissario gesessen, der ständig mit dem Kopf genickt und »Comandi« gesagt hatte; als er sie anschließend gefragt hatte, ob sie Mafia-Kontakte hätten, wäre Heller beinahe der Kragen geplatzt.

Das Haar von Charlotte steckte noch im Türspalt. Sie duschte zuerst, dann Heller, vor dem Verlassen des Zimmers begutachtete er noch einmal den Seifenhalter. Sie nahmen die U-Bahn zum Bahnhof Termini, kauften Tickets, warteten, stiegen ein, der Zug setzte sich in Bewegung.

Was hatten sie für ein Glück gehabt! Von den paar Fahrzeugen, die auf dem Parkplatz standen, hatte sich der Dieb ausgerechnet ihres ausgesucht, ausgerechnet das, an dem eine Bombe angebracht worden war.

Wieder eine Autobombe. Toller musste von Hellers Ermittlungen erfahren haben, er wusste, dass man ihn entlarvt hatte. Deswegen war er so überstürzt abgereist, deswegen hatte er sie an einen Ort gelockt, der wie geschaffen war für einen Anschlag, außerhalb Roms, weitläufiges Gelände, genügend Zeit, um die Bombe scharf zu machen. Heller hatte ihn in die Enge getrieben, aber den entscheidenden Beweis hatte jemand verschwinden lassen. Und ohne diesen Brief würde die Anklage …

Charlotte ging in den Schlafwagen. Heller folgte ihr. Sie hätten ein gemeinsames Abteil haben können, Heller hätte nur angeben müssen, sie seien verlobt oder gar verheiratet. Aber er hatte es verpasst zu lügen, und nun lagen ihre Abteile weit auseinander.

Sie öffnete die schmale Tür, umarmte ihn, ging hinein. Heller blieb noch eine Weile im Gang stehen, unschlüssig schaute er aus dem Fenster. In der Dämmerung türmten sich Wolkengebilde auf, schimmerten an den Rändern rötlich. Manchmal rissen sie auf, dann kam ein Stück Sternenhimmel zum Vorschein.

Er ging in sein Abteil, versuchte es sich auf der Liege bequem zu machen, aber seine Träume ließen ihn nicht zur Ruhe kommen, sein überreiztes Gehirn ließ ihn die Dinge wieder und wieder erleben, wie in Zeitlupe. Die Uhr zeigte zehn vor zwölf, als Heller hinaustrat, er hätte schwören können, es sei höchstens eine halbe Stunde vergangen. Ein Donnergrollen hatte sich über den Zug gelegt, im Schein der Lampen sah Heller weiter vorn Charlotte an einem offenen Fenster stehen, der Fahrtwind wirbelte in ihren Haaren, mit den Handflächen stützte sie sich ab, die Beine überkreuzt. Heller wollte zu ihr gehen, mit ihr reden. Ein Blitz erhellte das Innere des Zugs – Heller bildete sich ein, dass Charlotte im gleichen Moment in seine Richtung geschaut hatte. Doch sie stand noch genauso da wie vorher, nichts hatte sich an ihrer Haltung verändert. Er ging in sein Abteil zurück. Er brauchte Ruhe, der morgige Tag würde schwierig werden. Er wechselte das verschwitzte Unterhemd, legte sich hin, dämmerte der Ankunft entgegen … morgen würde er mit ihr reden.

Der Zug hatte eine halbe Stunde Verspätung. Es wurde gedrängelt, sie stiegen aus. Leute eilten vorüber. Der Regen nieselte auf die feuchten Gleise. Von oben Durchsagen. Heller starrte auf den Zigarettenautomaten, neben dem sie stand. Sie lächelte nicht, schaute Heller an, blickte hinüber zu einer Lokomotive, die gerade anfuhr. Er wollte ihr sagen, dass er sie gerne wiedersehen würde, außerhalb der Ermittlung, wenn möglich, wenn sie Zeit hätte, man könnte vielleicht ins Kino oder auf ein Bier, so wie in Prag. Er würde sie abholen kommen, er würde sie einladen, schon morgen, vielleicht, um sieben wäre es gut, ja, das wollte er sagen, jetzt, in diesem Moment, wo sie wieder herschaute zu ihm. Jemand griff ihm von hinten an die Schulter. Er drehte sich um, es war Mausch. Heller müsse sofort mitkommen, es sei schon spät, Befehl von ganz oben. Fräulein Kolnik könne man gerne zu Hause absetzen. Heller sah sie nicken, dann schüttelte sie den Kopf. Es sei ja nicht weit, sagte sie, sie habe Lust zu gehen, im Regen. Sie reichte Heller die Hand, leicht und warm. »Auf Wiedersehen.«

Zaschkes Begrüßung war knapp. Er händigte Heller zwei Schreiben aus, Expressbriefe vom LKA, worum es gehe, wisse er nicht, er schüttelte den Kopf, als Heller ihn fragte, ob man den Beweis mittlerweile gefunden habe. Wegen der Sache mit dem Taunus, da müsse Heller sich keine Sorgen machen, da könne er nichts dafür. Freilich, es sei alles ein wenig unkonventionell gewesen, auch ein wenig leichtsinnig – aber das mit dem Taunus hätte jedem passieren können, Heller solle es als Erfahrung verbuchen. Zum Thema Charlotte sagte er nichts; was er davon hielt, konnte man ihm ansehen.

Der erste der beiden Briefe war am Vortag um 16 Uhr abgeschickt worden, Heller konnte sich nicht konzentrieren, er überflog ihn, registrierte ein paar Begriffe, *eigenmächtige Vorgehensweise und Kompetenzüberschreitung; Beschwerden vonseiten der Bundeswehr; Verletzung des Kollegialitätsprinzips; Verdacht auf vertraulichen Umgang mit einer Zeugin; Gefährdung von Staatseigentum; vorübergehend suspendiert; Unterlassung jeglicher weiterer Ermittlung im Fall Gutleb und Kolnik; sofortige Übertragung des Falls ans LKA.*

Heller musste lächeln. Automatisch öffnete er das zweite Schreiben, es war drei Stunden später abgeschickt worden. Er las:

Sehr geehrter Herr Heller,

die vorangegangene Suspendierung ist, abgesehen von dem genannten Ermittlungsverbot und dem notwendigen Eintrag in die Personalakte, als gegenstandslos zu betrachten, falls Sie folgendem Angebot zustimmen: Beim Bundeskriminalamt ist laut ministeriellem Beschluss vom 01. Februar dieses Jahres ein Referat für unaufgeklärte Delikte einzurichten. Geeignete Mitarbeiter sind zu rekrutieren und von nachrangigen Dienststellen abzuordnen. Voraussetzung für Ihre Beförderung ist der Dienstantritt innerhalb von zwei Tagen ab Datum dieses Schreibens. Sowohl Zu- als auch Absage sind schriftlich über den Dienstweg einzureichen.

Mit freundlichen Grüßen

Joachim Wilhelm
Leitender Kriminaldirektor
im Landeskriminalamt

Ich habe mich auf dich gefreut«, sagte seine Mutter und fuhr ihm mit ihren Fingern über den Kopf. Heller hatte, wie als kleiner Junge, das Bedürfnis, sich dem Zugriff zu entziehen, schließlich ließ er es geschehen. Als er in sein Zimmer ging, schaltete er den Fernseher an, schaute, ohne etwas wahrzunehmen, auf das leuchtende Rechteck. Kater Fritz strich um seine Beine, sprang ihm, wie es seine Art war, auf die Schulter, legte sich schnurrend auf seinen Schoß, verschwand durch das Fenster nach draußen, Heller hatte Schwierigkeiten, seine Tränen zu unterdrücken.

Die Melodie von *Bonanza* ertönte, die Sendung war zu Ende, Heller wusste nicht, worum es gegangen war. Es folgte die *Tagesschau*. Wilhelm Wieben begrüßte die Zuschauer, machte ein ernstes Gesicht, wie immer, neben seinem Kopf war das Bild eines Autowracks eingeblendet, Heller hatte das Gefühl, das Bild zu kennen, Wieben verlas die Nachrichten: »In Rom …«, Heller schreckte auf, »… explodierte gestern Mittag eine Bombe in einem Auto mit deutschem Kennzeichen, der Fahrer des völlig ausgebrannten Wagens war auf der Stelle tot. Die italienische Polizei macht Mitglieder der Mafia für die Tat verantwortlich, es gebe Zusammenhänge mit einer Reihe von ähnlichen Anschlägen aus den letzten Monaten. Als Ursache werden Auseinandersetzungen zwischen rivalisierenden Mafiagruppierungen vermutet, die italienische Justiz nimmt außerdem an, dass Verbindungen zum organisierten Verbrechen innerhalb der Bundesrepublik Deutschland existieren.«

Heller feuerte die Fernbedienung auf das Sofa. Ein Spielball! Das ist er gewesen. Irgendjemand hat ihn hierhin und dorthin geworfen, wie es ihm passte, so lange, bis Heller ungefährlich war. Er versank in seinem Sessel. Jede Einzelheit, jedes Wort ließ er sich durch den Kopf gehen, er spulte die letzten Tage vor und zurück wie bei einem Film, bis alles durcheinanderging … was in Gutlebs Erpresserbrief gestanden war, was die VHS-Frau ausgesagt hatte, was in Rom falsch gelaufen war, Heller brachte es nicht mehr zusammen. Endlich raffte er sich auf. Er zog sich an, verließ die Wohnung, in der Küche brannte noch Licht … morgen würde er seiner Mutter sagen, wie Leid es ihm … Er setzte sich auf sein Fahrrad, musste noch einmal in die Stadt, die bis zu diesem Tag gleichbedeutend mit seinem Leben gewesen war.

Heller strengte sich an, ganz normal zu klingen, sagte zu Zaschke, Kolniks Büro sei jetzt frei. Um zwölf ging er mit seiner Mutter essen, ins teuerste Lokal, das er kannte. Sie sprachen über Organisatorisches, sie sagte, sie würde bei allem behilflich sein; wenn er frei habe, könne sie ja zu Besuch kommen, sie könne gerne auch putzen, er habe sicher keine Zeit dazu. Heller sagte nichts. Die Vorstellung, in einer anderen Wohnung zu leben, kam ihm vollkommen abwegig vor; dass es ihm leid tat, brachte er nicht über die Lippen.

Vom überraschenden Tod Papst Johannes Pauls I. erfuhren sie zu Hause aus dem Radio. Als Todesursache wurde Herzversagen genannt, das Pontifikat hatte nur dreiunddreißig Tage gedauert. Sie saßen schweigend in der Küche. Auf einmal brach Hellers Mutter in Tränen aus – Heller wusste nicht, ob seinetwegen oder wegen des Papstes.

Am Nachmittag fuhr er mit dem Fahrrad zu Charlotte. Dass er sich lediglich verabschieden wolle, würde er sagen. Dass sie ihn unbedingt besuchen müsse, wenn sie Zeit habe. Dass sie in ein Museum gehen könnten, oder ins Kino. Und dass er ... nach dem anfänglichen Streit ... er wisse gar nicht mehr, worüber ... doch irgendwie Sympathien ...

Die Mitbewohnerin öffnete: »Du schon wieder.«

»Ich würde gern mit Fräulein Kolnik sprechen.«

»Ja, ich weiß.«

»Wie?«

»Sie hat gesagt, du kommst vorbei.«

»Ich fürchte, ich verstehe nicht ...«

Heller wurde unruhig, schon wieder verlief etwas anders als von ihm geplant, er hasste das.

Die Mitbewohnerin ließ ein gedehntes »Also« hören, dann legte sie los. Charlotte habe am Vortag einen Brief bekommen, ein Stipendium für New York, an irgendeiner berühmten Kunstakademie. Sie sei völlig aus dem Häuschen gewesen, sogar das Flugticket sei dabei gewesen. Nur einen Haken habe die Sache gehabt, Charlotte habe auf der Stelle zusagen müssen, so schnell wie möglich habe sie dort sein müssen, sonst hätte das Stipendium ein anderer bekommen. Sie habe kurz telefoniert, ein paar Sachen gepackt und sei zum Bahnhof gefahren, wahrscheinlich schwebe sie gerade auf Wolke sieben über dem Atlantik. »Was ich nicht gebrauchen kann, soll in den Müll, hat Charlotte gesagt. Warte, ein paar Bücher hat sie …«

Die junge Frau verschwand wieder in der Wohnung, kam nach kurzer Zeit mit einem Stapel Romane zurück.

»Die sind für dich. Charlotte hat gesagt, du wirst bestimmt in den nächsten Tagen vorbeischauen …«

Heller nahm die Bücher unter den Arm. Er fuhr in den Stadtpark, setzte sich auf eine Bank. Im ersten Buch steckte ein Zettel. Heller zog ihn heraus, die Handschrift verschwamm.

Schade, Heller!! Es hat nicht sollen sein (sagt man nicht so in der Fußballsprache?) …
Vielen Dank für Zeit und Zank! Alles Gute,
Deine Römerin, C.K.

Heller schaute in die Baumkronen. Der Wind fuhr in die Blätter, die meisten blieben hängen, ein paar trudelten zu Boden. Heller bewegte sich nicht. Minutenlang. Er hörte sich beim Ein- und Ausatmen zu. Er hörte, wie sein Herz klopfte. Wie es das Blut durch die Adern presste. Er sah den Central Park vor sich, die Zwillingstürme, die Häuserschluchten mit den gelben Taxis, er kannte New York von den Krimis im Fernsehen. Er las noch einmal den Zettel, schaute auf die Bücher. Plötzlich brach es aus ihm heraus, es schüttelte ihn, er warf seine Arme nach oben, griff sich in die Haare, schwankte mit dem Oberkörper vor und zurück, Heller lachte, wie er noch nie in seinem Leben gelacht hatte, »New York«, keuchte er so laut, dass Spaziergänger zu ihm hinüberblickten, mit dem Ärmel seiner Jacke wischte er sich die Tränen aus dem Gesicht. Als der Anfall zu Ende war, ging er zu seinem Fahrrad und spannte die Romane auf den Gepäckträger. Er stieg in die Pedale, er brach auf in eine andere Stadt, Charlotte war in New York, weit weg, er fuhr, so schnell er konnte, und mit jedem Meter, den er zurücklegte, wurden ihm die Zusammenhänge klarer.

♦

Heller holt Mantel und Hut aus dem Schrank, zieht die warmen Schuhe an. Er geht am Spiegel vorbei, sieht in sein Gesicht, die lange Schlaffalte neben dem rechten Auge, die Krähenfüße, die knochige Nase, die grauen Stoppeln auf den Wangen, die farblosen Lippen. Die Ohren werden, wenn man älter wird, immer größer, hat Heller einmal gelesen – im Alter wird man ein Elefant. Er geht nicht mehr so stramm wie früher, spazieren war er schon lange nicht mehr.

Heller legt die Akte in den Safe, vorsichtshalber, wie früher. Bis zum letzten Eintrag hat er sie durchgearbeitet, bis zum Übergabeprotokoll, dann ist er neben ihr eingeschlafen und neben ihr aufgewacht. Heller öffnet die Tür. Er geht los, die Laternen sind noch an. Er biegt in das kurze Waldstück ein, der Weg ist fast nicht zu sehen. Der Fluss, im Morgengrauen strudelt er vor sich hin, es duftet noch nach Regen. Die Akte hat sich in Hellers Kopf ausgebreitet wie ein Tropfen Tinte im Wasserglas. Er geht den Weg automatisch. Das Einzige, woran er denkt, ist diese Akte. Beim Gehen ergeben sich Zusammenhänge. Zusammenhänge, die man sonst nicht erkennt. Den Wilhelmsen-Fall hat er damals auch auf diese Art gelöst – nach einigen Kilometern war ihm die Sache mit den abgefahrenen Winterreifen plötzlich eingefallen.

Er braucht die Adresse der Schule, fällt ihm ein, als er über die Brücke geht. Es wird hell, der Himmel rot und blau, eine kleine Wolke hängt noch oben, franst an den Enden auseinander. Heller atmet die kalte Luft ein, geht die Betontreppe hinunter. Er muss Abgleiche machen, fällt ihm ein, als er ein paar Tropfen an dem Geländer hängen sieht. Die Schottersteine knirschen unter den Sohlen. Die Kirchturmuhr, halb sieben. Morgen wird er als Zeuge aussagen. In Prag. Heller weicht einer Pfütze aus, hinter seiner linken Kniescheibe meldet sich ein Schmerz, Heller ignoriert ihn.

Kaffeegeruch. Die Gesichter sind hell erleuchtet von den Laptops vor ihnen. Frank und Udo haben die Köpfe zusammengesteckt. Heller nimmt den Kugelschreiber in die Hand. Im Gelinski-Fall soll Sven bei dem Schwager auftreten, als habe man Beweise gefunden. Der Schwager soll verunsichert werden … Jedes einzelne Wort soll Sven dann mit dem Täterwissen abgleichen, wirklich jedes einzelne Wort. Im Koopmann-Fall soll Nina zuerst die alten Berichte aus der Lokalpresse zusammenstellen, dann die Zeitungsleute befragen, sofern sie noch leben. Womöglich ergibt sich eine Nebeninformation. Im Rische-Fall möchte Heller Udos Berichte, sobald die Chemiker fertig sind. Zur Not soll Udo bei Stresow Druck machen, zwei Tage müssen für die Analyse reichen. Den Thalberg-Fall soll Christoph vorerst zurückstellen. Heller braucht ihn in den nächsten Tagen für eine andere Sache … wenn es so weit ist, wird Heller ihn holen. Inzwischen soll Christoph den Schreibkram erledigen.

Heller ist wieder im Büro. Die Akte liegt neben der Tastatur. Um zehn geht der Zug, den ersten Abgleich kann er noch selber erledigen. Heller setzt sich hin, schaltet den Rechner ein, trommelt mit dem Kugelschreiber gegen die Tischkante, öffnet das Programm. Er gibt den Namen des Gymnasiums ein, er überfliegt die Kontaktdaten, schreibt sich die Telefonnummer auf, ruft an. Die Sekretärin sagt, in solchen Fällen muss sie ihn an den Schulleiter verweisen. Sie stellt durch. Der Schulleiter sagt, es ist normalerweise nicht üblich, Prüfungsaufgaben so lange aufzubewahren; und die Akten des Herrn Gutleb sind leider bereits vernichtet. Es gibt aber noch eine andere Möglichkeit. Im Archiv befinden sich die Lebensläufe von allen aktuellen und ehemaligen Kollegen; wenn man Glück hat, ist Herrn Gutlebs Lebenslauf mit Schreibmaschine verfasst. Falls dem so ist, wird die Schule das Dokument umgehend faxen. »Bitte mit hoher Auflösung scannen und mailen«, sagt Heller und bedankt sich.

Das Hotel, das man für ihn reserviert hat, wird Heller nicht nehmen. In der Akte sucht er nach dem Namen des Hotels von damals: *Hotel Postup, Kaprova 13.* Das Hotel heißt heute *Residence*, Heller findet es im Internet. Er ruft an, bucht ein Zimmer. Er blättert weiter in der Akte, markiert die relevanten Seiten, schreibt Namen heraus, notiert stichpunktartig, was Christoph zu tun hat, vor allem die Sache mit dem WDR-Mann ist wichtig – die Erfolgsaussichten sind gering, aber manchmal muss man gegen den Strich ermitteln, es schadet nicht, wenn Christoph das lernt. Heller lässt ihn kommen, er klebt die Anweisungen vorne drauf, »arbeite nur noch daran!«, sagt er, »morgen brauche ich Ergebnisse.«

Eine E-Mail von der Schule. Heller öffnet den Anhang, Gutlebs Lebenslauf ist tatsächlich getippt. Heller druckt ihn aus: Geboren am 31. Juli 1919. Abitur in Prag. Musikstudium an der Deutschen Universität von 1938 bis 1941. Gefreiter der Wehrmacht bis Mai 1944. Gefangenschaft. Entlassung aus der Gefangenschaft 1946. Heller lächelt. »Lug und Trug ist die Welt«, flüstert er, dann liest er weiter. Mitwirkung in diversen Musikkapellen. Lehramtsstudium in München. Lehramtsexamen 1950. Antritt des Schuldienstes 1951. Leiter des Schulchors seit 1955. Beförderung zum Oberstudienrat 1959. Leiter des Schulorchesters seit 1961. Keine weiteren Angaben.

Heller zieht das Kuvert aus der Klarsichthülle. Der Absender fehlt. Die Briefmarke wurde abgestempelt am 19. August 1978 in Nürnberg, der Rattenfänger von Hameln ist darauf abgebildet, mit Flöte und Spitzschuhen, gefolgt von einer Kinderschar. Mit hoher Wahrscheinlichkeit ist es das Kuvert von Gutlebs Erpresserbrief, vermutlich hat er den Brief bei einer seiner Musikreisen eingeworfen. Heller betrachtet die säuberlich getippte Adresse:

```
An
Herrn Siegfried Toller
Volkshochschule Kötzting
Bürgermeister-Dullinger-Straße 23
8493 Kötzting
```

Heller legt Gutlebs Lebenslauf daneben, holt die Lupe aus dem Schubfach, beugt sich über die Buchstaben und Zahlen. Er kennt das Ergebnis. Um sicher zu sein, scannt er beide Blätter ein, öffnet das Programm, vergrößert, zoomt, vergleicht. Der Lebenslauf ist mit einer Olympia aus den Fünfzigern geschrieben. Die Adresse mit einer Triumph aus den Vierzigern. Gutleb könnte verschiedene Maschinen benutzt haben, an der Schule wird es nicht nur eine einzige gegeben haben. Bei sich zu Hause hat er auch eine gehabt, Heller erinnert sich, er und Kolnik haben damals die Wohnung durchsucht. Seltsamerweise hat die Spurensicherung in der Akte nicht notiert, um welches Modell es sich gehandelt hat … ein derart laxes Vorgehen war unter Kolnik eigentlich nicht möglich – es sei denn, er wollte es so …

Heller ist nicht enttäuscht. Es wäre zu einfach gewesen, zu logisch. Heller merkt, wie er sich auf den Fall zu freuen beginnt … der Zusammenhang, er liegt tiefer. Dieses Mal wird er ihn ermitteln!

In der Ferne ein paar Hochhäuser, dann die Kirchen und Türme, irgendwo der Fluss. Seit seine Mutter gestorben ist, ist Heller nicht mehr hier gewesen – derselbe Fall, der ihn damals weggeführt hat, bringt ihn jetzt zurück. Der Zug kommt an, die Häuser stehen still. Der Wienerwald ist einem glitzernden Bürogebäude gewichen, die Bäckerei einem Modeladen. Heller hebt seinen Koffer aus der Gepäckablage, steigt aus. Er geht unter den Gleisen, gelangt nach oben. Den Blumenladen gibt es noch. Heller kauft einen Strauß Nelken. Dann geht er hinüber zum Friedhof.

Zuerst ist Fritz gestorben. Heller war im Ausland, Konferenz in Bern. Sie hat ihn ausrufen lassen, er war gerade in einem Vortrag. Weinend hat sie ihm von dem toten Kater berichtet. Dann war sie auf einmal ganz ruhig, hat gesagt, er soll zurück in seinen Vortrag gehen. Zwei Tage später war er wieder im Büro. Da hat Tante Vera angerufen. »Deine Mutter hat den Fritz jetzt wieder«, hat sie gesagt. Heller hat noch schnell den Bericht fertig geschrieben, dann ist er zum Bahnhof. Das alte Verlobungsfoto soll sie in der Hand gehalten haben, als man sie gefunden hat, sie und sein Vater mit verschämtem Blick, dahinter eine künstliche Alpensilhouette.

Heller bekreuzigt sich. Er beschließt, den späteren Zug zu nehmen. Er geht in die Innenstadt. So viele Kneipen hat es damals nicht gegeben. Die alten Häuser sind renoviert. Eine Touristengruppe steht vor dem Brunnen mit der Justitia, die Stadtführerin in der Mitte spricht englisch. Heller kommt am alten Präsidium vorbei, an den Mauern Werbung, das neue Präsidium ist weiter nach draußen gezogen, im alten finden Kunstausstellungen statt. Kriminalistik und Kunst, denkt Heller … Kunst und Kriminalistik. Er geht weiter, erinnert sich an die Zeit, als er sich oft auf dem Campus herumgedrückt hat ... Zur Wohnung geht Heller nicht. Aus Versehen nimmt er eine Seitengasse zu früh. Er kommt zu der Buchhandlung, wo damals Walser gelesen hat. Er geht hinein, stellt sich hinter ein Regal, beobachtet den Besitzer, einen alten Mann mit Brille auf der Nasenspitze, aus den Ohren wachsen ihm Haare, er gibt Wechselgeld zurück, schaut dabei kurzsichtig auf die Leuchtzahlen an der Kasse. Heller geht hin, legt die Süddeutsche auf den Ladentisch und *Ein fliehendes Pferd.*

»Tschechoslowakische Kommunisten haben mit Nazis zusammengearbeitet!«

Neben dem Artikel zwei Bilder, schwarzweiß, Lotter im Profil, schlank, ausgezehrt, mit Brille, hervortretenden, starren Augen, kurzgeschorenen Haaren, Dreitagebart, strengem, beinahe traurigem Gesicht, zugeknöpftem Hemd, die Lippen dunkel.

Die Bildunterschrift: »Hagen Lotter bei der erkennungsdienstlichen Behandlung zum Antritt seiner Kriegsgefangenschaft in der damaligen ČSSR (1948)«.

Darunter ein Foto wie das von der Volkshochschule, Lotter mit Hornbrille, Stielaugen, Doppelkinn, feisten Wangen, Glatze, schief lächelndem Mund, Anzug und Krawatte im Stil der Achtziger.

»Hagen Lotter alias Siegfried Toller als geachteter Bürger der ostbayerischen Kleinstadt Kötzting ein Jahr vor seinem Tod im Dezember 1989«

Heller faltet die Zeitung auseinander, das Papier zittert. Seine Augen überspringen Zeilen, er lenkt sie zurück, liest den Satz noch einmal, muss hochschauen, um zu verstehen, liest ungeduldig weiter.

Prag. Der erste Tag im Prozess gegen zwei ehemalige kommunistische Parteifunktionäre hat überraschende Erkenntnisse geliefert. Manches, was in den Geschichtsbüchern steht, wird durch diesen Prozess neu zu bewerten sein.

In Prag stehen derzeit der ehemalige stellvertretende Innenminister und Staatssicherheitschef der ČSSR Filip Malina (81) und der ehemalige stellvertretende Generalstaatsanwalt Adam Babiš (83) wegen Strafver-

eitlung, Amtsmissbrauch und Verbrechen gegen die Menschlichkeit vor Gericht. Laut der tschechischen Behörde zur Untersuchung der Verbrechen des Kommunismus sollen die beiden Ex-Funktionäre den ehemaligen SS-Offizier Hagen Lotter, der im April 1945 an Gräueltaten gegen die tschechische Bevölkerung beteiligt gewesen ist, nach dem Krieg in der Bundesrepublik Deutschland als Spion eingesetzt haben.
Wie der von der Prager Behörde beauftragte Historiker Radek Veselý am ersten Prozesstag berichtet hat, hatte die kommunistische Führung nach 1945 ein großes Interesse an der Zusammenarbeit mit nationalsozialistischen Militärs. Mithilfe von Straferlassen hat man die ehemaligen Feinde zur Zusammenarbeit bewogen, 24 entsprechende Fälle sind in den bislang untersuchten Aktenbeständen nachzuweisen. Der Skandal liege laut Veselý vor allem darin, dass man auf kommunistischer Seite stets die Bekämpfung des Faschismus propagiert habe; bis zum Umbruch 1989 habe man den westlichen Staaten gebetsmühlenartig vorgehalten, in Wirtschaft und Staat alte Nazis zu beschäftigen, der Faschismusvorwurf gegenüber dem kapitalistischen Westen gehörte zum Hauptmittel der kommunistischen Auslandspropaganda. Dass man aber auch selbst NS-Leute anheuerte und dabei nicht einmal vor Kriegsverbrechern zurückschreckte, zeige laut Veselý, wie skrupellos das kommunistische Regime die Bevölkerung jahrzehntelang belogen hat.
Im Fall Lotter hat die Archivarbeit der letzten Monate ergeben, dass der SS-Offizier und Propagandaleiter von Bratislava ab 1952 als tschechischer Spion gearbeitet hat – seit Mitte der sechziger Jahre sogar in einer sensiblen westlichen Militäreinrichtung, nämlich im Fernmeldesektor F auf dem Hohen Bogen im Bayerischen Wald, von wo aus die NATO den Funkverkehr der Ostblock-Staaten abgehört hat. Lotter, der im Westen unter dem falschen Namen Siegfried Toller agierte, sind hierbei seine ausgeprägten Fremdsprachenkenntnisse zugutegekommen, mehrere slawische Sprachen soll er perfekt beherrscht haben, was ihm in der Militäranlage zu einer Anstellung als Horchposten verholfen hat. Seine von der Staatssicherheit und dem Innenministerium geführte Akte beweist, dass er in dieser Position mehrere hochgeheime Informationen preisgegeben hat, etwa detaillierte Perso-

nallisten und Baupläne. Als Gegenleistung ist Lotters Tätigkeit von der tschechoslowakischen Staatssicherheit mit nicht geringen Geldbeträgen honoriert worden.
Lotters Führungsoffiziere waren laut Veselý über seine Vergangenheit als NS-Kriegsverbrecher vollständig informiert. In diesem Zusammenhang ließ das Gericht einen Film vorführen, der erst vor kurzem in den Archiven aufgefunden wurde. In der Aufnahme aus dem Jahr 1945 ist zu sehen, wie eine von Lotter alias Toller angeführte SS-Einheit ein vermeintliches Partisanendorf an der tschechisch-slowakischen Grenze zerstört und deren Bewohner bestialisch ermordet. Entsprechendes Bildmaterial, das bereits in den sechziger Jahren auftauchte, ist von beiden Angeklagten offenbar zurückgehalten worden, da ihr Spion ansonsten aufgeflogen wäre.
Laut Veselý haben die beiden Angeklagten darüber hinaus auch die Aufklärungsarbeit der Westbehörden behindert; eine im Jahr 1973 erfolgte Anfrage der Zentralen Stelle zur Aufklärung nationalsozialistischer Verbrechen in Ludwigsburg haben Malina und Babiš irreführend beantwortet, indem sie eine gefälschte Sterbeurkunde nach Ludwigsburg geschickt und als Todesursache Blutvergiftung angegeben haben. Auf diese Weise sollte die falsche Identität des Agenten Siegfried Toller geschützt werden. Zum selben Zweck haben die Angeklagten auch eine Ermittlung der westdeutschen Kriminalpolizei im Jahre 1978 behindert; zwei Zeugen aus der Bundesrepublik werden am nächsten Prozesstag nähere Angaben dazu machen.«

Heller legt die Zeitung weg, sieht aus dem Fenster. Felder ziehen vorüber, Dörfer, Wälder, ein Fluss begleitet den Zug ein Stück. Die Gegend wird hügelig, auf einmal liegt, weit vorne, der Hohe Bogen da, inmitten anderer Berge streckt er sich in die Länge, finster bewaldet, dahinter die Grenze. Kurz vor dem Mauerfall hat der Berg einen zweiten Überwachungsturm bekommen, die beiden Bauten sehen aus wie festgefrorene Kreisel.

Heller nimmt die Zeitung wieder zur Hand, betrachtet die Aufnahmen von Lotter. Die Gerechtigkeit hat versagt. Ungestraft ist er davongekommen, einen Bauch hat er sich angefressen in den Jahren des Wohlstands, sein Leben hat er ausgekostet bis zum Schluss – vielen, die ihm begegnet sind, war dieses Glück nicht vergönnt.

Heller überfliegt den letzten Satz des Artikels, *zwei Zeugen aus der Bundesrepublik …* Charlotte! Er versucht sich an ihr Gesicht zu erinnern, aber es verflüchtigt sich. In ein paar Stunden werden sie sich begegnen. Als Zeugen in einem Fall, der ihre Wege für kurze Zeit zusammengeführt hat …

hallo heller, komme gerade aus trier, habe den hut, veranlasse abgleich,
gruß Christoph

Heller steckt das Handy zurück ins Jackett, geht zur Rezeption. Das Hotel ist modernisiert, Glasbau, nichts erinnert an damals. Über der Rezeption hängt ein großer Flachbildfernseher, CNN, Militärfahrzeuge auf staubigen Straßen, umgeben von Palmen und Betonruinen. US-Soldaten haben Zivilisten ermordet, man wird die Männer vor ein Kriegsgericht stellen, die Außenministerin entschuldigt sich.

Heller bekommt den Schlüssel ausgehändigt, fährt im gläsernen Aufzug nach oben. Er betritt das Zimmer, Teppichboden, Internet, Klimaanlage. Er verstaut seine Sachen, hat Hunger, fährt wieder nach unten, liest die Speisekarte des Hotelrestaurants, entscheidet sich anders, geht in die Stadt.

Das Lokal von damals gibt es noch. Auf einer Leinwand wird ein Eishockeyspiel übertragen, ein Weißer knallt an die Bande, die Zuschauer stehen mitten im Restaurant, brüllend, Biergläser in der Hand. Heller setzt sich ganz nach hinten, ein Roter schießt, Heller bestellt ein Pilsener, Bramborák, böhmische Knödel. Er denkt nach. Bevor sie damals hier waren, haben sie sich Abels Film angeschaut, draußen in den Studios, im Bunker. Davor waren sie in der Plattenbausiedlung. Heller isst mit Appetit.

Das Spiel ist aus, die Fans gehen mit ihren Bierflaschen hinaus auf die Straße, ein letztes Grüppchen steht noch vor der Leinwand, hört den Interviews zu, bis sie ebenfalls hinausgehen … Jetzt kann Heller sich umsehen. Als er Charlotte erkennt, ist er nicht überrascht, irgendwie musste es so kommen, mit der Hand am Glas schaut sie vor sich hin, die Haare kurz und grau … jetzt blickt sie herüber.

Heller erzählt ihr von dem Glassplitter, der ihn im Janßen-Fall auf die richtige Fährte gebracht hat. Ohne diesen mikroskopisch kleinen Splitter würde der Mörder immer noch frei herumlaufen, ein braver Bürger, der tagsüber Geldbeträge addiert und abends seine Rosen gießt, im Schützenverein war er Kassenwart, man mochte ihn wegen seiner ruhigen Art.

»Mit Glassplittern kenn ich mich aus«, sagt Charlotte. »Einer meiner Söhne hat einmal einen Fußball durch das Küchenfenster geschossen. Der Glaser war keine zehn Minuten weg, da hat der andere das Schlafzimmerfenster mit einem Tennisball aufs Korn genommen.«

»Das ist ja wirklich verrückt«, sagt Heller. »Ich wollte Familie haben, du wolltest in die Welt ... es ist genau umgekehrt gekommen.«

»Ich bin durchaus in die Welt«, sagt Charlotte, »aber anders, mit den Kindern. Überhaupt gibt es mehrere Welten. Es gibt kleine und große, runde und eckige, welche, die man versteht, und welche, die immer ein Rätsel bleiben; meine Schule zum Beispiel, das ist eine geschlossene Welt, manche Kollegen merken nicht, dass es noch andere Welten gibt, manche schaffen es, ihr zu entkommen. Und die Familie, das ist eine Blumenkübelwelt.«

»Ich glaube, meine Welt ist eine Müllhaufenwelt«, sagt Heller, »es stinkt, und der Gegenstand, den man sucht, liegt irgendwo herum, meist woanders, als man denkt. Manchmal stolpert man über ihn, und manchmal findet man einen, den man gar nicht gesucht hat.«

Das Handy klingelt.

»Also«, sagt Christoph überdeutlich. »Uhligs Sohn ist Architekt in Trier. Er hat die Melone noch gehabt, oben in der Dachkammer. Wir haben Haare und Hautpartikel von sieben verschiedenen Personen gefunden – und eine DNA ist identisch mit der von der Briefmarke.«

»Sehr gut!«

»Uhlig selbst wohnt noch in Köln. Er war ziemlich redselig. Er hat Abel damals haufenweise Zeitungen aus Deutschland mitgebracht, Abel wollte so viele wie möglich haben, regelrecht verrückt soll er danach gewesen sein. Abel hat gesagt, er hat seine Ausbildung in Deutschland gemacht, deswegen hat ihn alles Deutsche sehr interessiert, deswegen die Zeitungen. Uhligs Mutter hatte in Nürnberg einen Kiosk, immer wenn Uhlig von Köln nach Prag in die Studios gefahren ist, hat er seine Mutter besucht und einen Stapel alter Zeitungen für Abel mitgenommen, jahrelang ist das so gegangen, er hat das gern gemacht, hat er gesagt, Abel ist zwar etwas eigen gewesen, aber Uhlig hat ihn gemocht. Und beim letzten Dreh hat Uhlig dann den Hut als Dankeschön bekommen, die Melone aus der ersten Staffel.«

»Nürnberg hast du gesagt?«

»Ja, Nürnberg.«

»Danke! Gute Arbeit!«

»Ich hoffe, du klärst mich auf, wenn du wieder da bist.«

»Werd' ich.«

Charlotte sitzt aufrecht da, die Stirn in Falten, die Nase zeigt nach oben, die Augen sind in den Jahren noch mehr zu Dreiecken geworden ... es ist die Frau, die er einmal von einer Zecke befreit hat, denkt Heller, vor dreißig Jahren in Rom. Er schaltet das Handy aus und sucht nach einer Formulierung.

»Kannst du dich an den Kameramann erinnern?«

Sie nickt ... Heller spürt, dass sie mit ihren Gedanken jetzt unten im Bunker ist, ihren Vater Menschen töten sieht.

Die Russenrakete gibt es noch. Aber sie ist verbeult und verrostet, übersät mit Graffiti, überall liegen Zigarettenstummel. Ein Stück von der Stufe ist weggeplatzt, das Innere ist heruntergerutscht, hat einen Kegel geformt, ein größerer Kiesel steckt noch im Waschbeton. Heller läutet. Nennt seinen Namen. Ein Schnarren, die Tür lässt sich öffnen, feine Drähte durchziehen die Scheibe und bilden hunderte von wellenförmigen Karos. Der Vorteil von Drahtscheiben ist, denkt Heller, dass sie bei Stoßeinwirkung nicht gleich vollständig zersplittern. Allerdings erwärmt sich der Draht anders als das Glas, bei Hitze ist das Material anfällig.

Sie gehen auf Fliesen. Der Aufzug ist neu, »2007« steht auf einer kleinen Messingplatte, darunter ein tschechischer Firmenname, daneben »Siemens«. Der Aufzug stoppt, die Tür öffnet sich, vor ihnen steht Abel, graue Fransen wachsen seitlich aus seinem Kopf, auf der Glatze haben sich Pigmentflecken gebildet, sein Lächeln entblößt zwei schwarze Lücken. Heller hat ihn größer in Erinnerung, drahtiger. Ansonsten ist es der Mann von damals, es ist noch Leben in seinem Körper, die Augen hinter den Brillengläsern haben nicht den trüben Schimmer alter Menschen, die Haltung ist gerade. Er reicht ihnen die Hand. Er führt sie einen Gang mit Linoleum entlang. Er schließt seine Wohnung auf. In der Küche fragt er mit leichtem Akzent, ob sie schon gefrühstückt haben, vielleicht möchten sie Kaffee. Er fragt nicht, warum sie gekommen sind … er weiß es. Sie sitzen um einen Tisch, das Furnier hat sich am Rand abgelöst, wellt sich.

»Der Kaffee ist aus Deutschland«, sagt Abel, während er das Pulver in den Filter löffelt. Heller schaut aus dem Fenster. Die Plattenbauten bilden zwischen sich Schneisen, durch die streifenweise die Morgensonne flutet. Die Kaffeemaschine knackt, ein dunkler Faden rinnt herab.

Heller muss nicht überlegen.

»Der Erpresserbrief stammt von Ihnen.«

Abel nimmt drei Tassen aus dem Schrank und stellt sie auf den Tisch.

Lächelt er?

»Sie haben gewusst, was der Brief auslösen wird.«

Abel dreht sich um. Er zieht die Kaffeekanne aus der Maschine.

»Sie haben den Schwur gekannt!«

Abel schenkt Kaffee ein.

»Möchten Sie Zucker?«, fragt er lächelnd, während er die Löffel verteilt, seine Stimme klingt wie damals.

»Sie sind für den Mord an meinem Vater verantwortlich.«

Abel stellt die Tassen auf den Tisch, die Milchtüte, den Zucker. Er setzt sich. Er schaut aus dem Fenster. Die Sonne kriecht hinter einem Plattenbau hervor.

»Ja«, sagt Abel und lächelt. Er teilt den Kuchen, die Sonnenstrahlen spiegeln sich in seinem Messer.

»Warum?«

Abel steht auf. Geht zur Tür.

»Kommen Sie«, sagt er höflich und verlässt die Küche.

Er sperrt eine Zimmertür auf. Sie treten ein. Abel macht das Licht an. Das Fenster ist verdunkelt. Filmrollen stehen herum, ein Regiestuhl, ein Projektor, der Globus von damals, Holzmöbel, Requisiten … die alte Triumph. Abel bückt sich, holt eine Schatulle hervor, das kleine Vorhängeschloss ist verrostet. Er nimmt einen Schlüssel, dreht ihn im Schloss, eben noch haben seine alten Finger nicht gezittert. In der Schatulle sind Zeitungsausschnitte, jeder in einer Folie. Abel nimmt sie heraus, legt sie auf den Tisch.

»Ich bin stolz auf das, was ich getan habe!«

Heller schiebt die Zeitungsausschnitte auseinander, spürt, wie sein Herz klopft.

Gutleb!

Mit Taktstock und strengem Gesicht, die Schüler, die er dirigiert, spielen auf Geigen, Querflöten, Cellos. Darunter:

»Schulorchester des Geschwister-Scholl-Gymnasiums begeistert die Zuhörer«, Morgenpost – 23.4.1975.

Kolnik!

Im grauen Anzug steht er da, mit Krawatte und bemühtem Lächeln.

»Kriminalpolizei fasst Fahrradmörder«, Das Tagblatt – 1.6.1976.

Lotter!

Er hält einen Zeigestock gegen eine Tafel, lacht in die Kamera, feist und stolz, randvoll von Genuss, Erfolg, Lügen.

»Volkshochschule mit Rekordangebot«, Morgenpost – 5.8.1978.

Heller überfliegt die Texte. Hinter ihm das Geräusch eines aufgehenden Kühlschranks. Abel stellt einen Stapel Filmdosen auf den Tisch, auf den Etiketten stehen Jahreszahlen. Er nimmt eine Filmdose mit der Aufschrift 1938. Er holt die Rolle heraus, geht zum Projektor, legt sie ein, schaltet das Licht aus. Nach ein paar Sekunden Finsternis springt das Gerät an, surrt einen Lichtkegel an die Wand.

Ein Wald, schwarzweiß. Drei Holzfäller hacken, schneller als in der Realität, an einem Stamm, der sich allmählich neigt, im Fallen reißt er die Äste und Kronen kleinerer Bäume mit sich. Die Holzfäller klatschen, schauen mit dunklen Gesichtern in die Kamera, lachen. Ein Fluss, Frauen beugen sich am Ufer über das Wasser, tauchen Kleider hinein, der Stoff bläht sich, die Frauen walken, holen die Kleider heraus, legen sie zum Trocknen auf Steine, winken in die Kamera, rufen etwas, ihre Münder gehen auf und zu. Ein Dorf, die Häuser aus Holz, auf den ungepflasterten Straßen bewegen sich Fuhrwerke, in der Mitte ein Streifen Löwenzahn, die Leute gehen emsig umher, ein Junge kommt herbei, hebt eine Hand an die Augen, macht mit der anderen rotierende Bewegungen, er imitiert den Kameramann, lacht, läuft weg. Zwei Männer schleppen ein Fass in ein Holzhaus, eine Frau streut Hühnerfutter aus, ein älterer Mann kommt von rechts, spricht in die Kamera, sein Mund geht auf und zu, er hat keine Zähne mehr, er berührt die Kamera, spricht wieder, entfernt sich ein paar Meter, hebt seine Arme hoch, zeigt seine Muskeln, macht Possen, grinst. Ein Hof, Heu, dreschende Männer, mit nackten Oberkörpern schlagen sie im Takt auf die Ähren ein, schauen auf, feixen. Halbnackte Jungen tragen neues Getreide herbei, alte Weiber bücken sich, sammeln die Körner ein, Mädchen in Schürzen bringen große Brotlaibe und Flaschen, man setzt sich an einen Tisch, reicht sich das Essen und Trinken, lacht, winkt in die Kamera. Ein Geigenspieler, die Leute sind satt, die Essensreste liegen auf den Tellern, der Musikant deutet mit dem Bogen in die Gesellschaft, spielt, tanzt, ein paar Leute stehen auf, tanzen, ein Mann zeigt auf etwas, die Kamera schwenkt, ein Junge tanzt mit der Heugabel, die Leute springen hin, rufen ihm zu, der Junge führt die Heugabel an ihren Platz, verneigt sich vor ihr, lachende Gesichter. Ein Holzhaus, eine alte Frau mit krummen Beinen stapft heraus, schüttelt den Kopf, geht wieder zurück. Eine andere Frau kommt her, sie hat eine Wurst in der Hand, reicht sie dem Kameramann, ihr Mund geht auf und zu, sie hebt die rechte Hand, macht mit dem Zeigefinger eine mahnende Geste, lächelt verschämt, geht zurück.

Die Spule flattert im Projektor. Abel nimmt sie heraus, legt sie in die Dose, stellt sie mit den anderen zurück in den Kühlschrank, schaltet das Licht ein, Charlotte reibt sich die Augen.

»Diese drei Männer hatten ein schönes Leben. Obwohl sie so viele Leben zerstört haben. Sie haben Dörfer vernichtet … mein Dorf … meine Verwandten! Mit der Pistole hat Lotter mich gezwungen, den Tod meiner Leute zu filmen … Seit diesem Tag habe ich nichts anderes im Sinn gehabt als Rache!«

Charlotte dreht sich weg.

»Aber Lotter haben sie nicht bestraft«, sagt Heller.

»*Lieber tausendmal tot als einmal gefangen*, hat Lotter im Lager gesagt. Gefangen sollte er sein, wie ein wildes Tier, das im Zoo seinen Verstand verliert. Zuerst habe ich einen Brief nach Ludwigsburg geschrieben, aber man hat keine Anstrengungen unternommen …«

»Die Funktionäre hatten Lotter für tot erklärt.«

»Später habe ich Uhlig gebeten, mir die Zeitungen mitzubringen. Jedes Mal, wenn er gekommen ist, hatte er einen Kofferraum voll Zeitungen dabei, nächtelang habe ich sie durchgeschaut, wie im Fieber … ich habe sie alle gefunden, Gutleb, Kolnik, Lotter. Und dann ist mir eingefallen, wie sie sich selber bestrafen können und wie ich Lotter ins Gefängnis bringen kann … ich habe gebetet, dass Sie ihn verhaften, Herr Heller.«

»Man hat ihn geschützt, man wollte nicht, dass er enttarnt wird.«

Abel geht zum Tisch. Er nimmt die Zeitungsausschnitte in die Hand. Jetzt sieht er alt aus, krumm, ist nur noch zerfurchte Haut … die Rache hat ihn aufgezehrt.

»Und der Vierte?«

In Charlottes Augen, ist es Mitleid oder Verachtung, man kann es nicht erkennen.

Abel zeigt auf die Wand. Ein Bild hängt dort, gerahmt, schwarzweiß. Eine Kirche, eine Trauerfeier, Menschen in Schwarz, ernste Gesichter, in der ersten Reihe, neben der Witwe, sitzt Helmut Schmidt, hält sich die Hand vor die Augen, im Bildhintergrund ist mit Kugelschreiber ein Kreis eingezeichnet, um einen der Anwesenden.

»Die Trauerfeier für Hanns Martin Schleyer.« Heller tritt näher heran. »Der Mann, den Sie gekennzeichnet haben …«

Der Blick … er hat sich nicht verändert.

»Der vierte Mann aus dem Film.«

Charlottes Stimme, als ob sie es schon immer gewusst hätte.

Abel deutet mit dem Finger auf das Gesicht.

»Das Bild stammt aus der Frankfurter Allgemeinen Zeitung vom 26. Oktober 1977«, sagt er und lächelt wieder wie einer, der seinen Gästen Kaffee serviert. »Sie können es haben. Wenn Sie herausfinden, wer es ist, würde ich es gerne in der Zeitung lesen.«

Bubenečská 55.
Die Villa hat einen neuen Anstrich. Der Garten ist immer noch schön, Rasen und Blumen sind gepflegt, große Autos parken neben der geschotterten Einfahrt, Presseleute stehen herum, das Tor ist offen.

»Hast du später nochmal was geraucht?«, fragt Charlotte.

»Bist du später noch nach Moskau?«, fragt Heller zurück.

Sie werden in Empfang genommen. Ein Gerichtsdiener begleitet sie in einen Warteraum, erklärt ihnen auf Deutsch, dass es noch ein wenig dauert.

Heller wird zuerst aufgerufen. Er betritt den Saal, soll sich auf die Bank setzen, ganz nach vorn. Man stattet ihn mit Ohrstöpseln aus. Die Presseleute drängeln in den Raum, beschäftigen sich mit ihren Kameras. Die Angeklagten werden hereingeführt, alte Männer mit dunklen Brillen, einer hat eine Cordkappe auf, der andere hat rote Flecken im Gesicht. Sie setzen sich, erstarren. Die Anwälte flüstern ihnen etwas zu, die Alten nicken, ziehen sich wieder in die Versteinerung zurück. Die Staatsanwälte. Die Richter. Man sagt etwas auf Tschechisch, der Übersetzer spricht deutlich. Heller wird nach vorne gebeten.

»In welcher Weise waren Ihre damaligen Ermittlungen gegen Hagen Lotter auf tschechoslowakischem Boden Behinderungen ausgesetzt?«

Heller erzählt von der schlechten Beweisübermittlung, von seinem halboffiziellen Vorgehen, von dem Wachmann vor der Villa, vom Besuch des Staatssicherheitsmanns in ihrem Hotelzimmer, von Lotters Lebenslauf, von seinem angeblichen Tod, von Lotters falscher Identität, vom verschwundenen Erpresserbrief, von Ostia, vom Taunus, der ein bis zwei Meter nach oben geschleudert wurde. Nichts erzählt er vom DNA-Abgleich, von Abels Dorf, von Abels Rache.

Heller sagt: »Auch nach erneuter Prüfung der Akte ist davon auszugehen, dass entweder Lotter alias Toller die beiden Morde begangen hat, oder er hat sie beim tschechoslowakischen Geheimdienst in Auftrag gegeben.«

Der eine Verteidiger fragt: »Warum ist Ihnen der Fall damals entzogen worden und warum konnten die höheren Dienststellen keine weiteren Ergebnisse ermitteln?«

Heller antwortet: »Diese Fragen liegen nicht in meinem Kompetenzbereich, hierfür müsste man die höheren Dienststellen um Auskunft ersuchen. Es existieren sicher noch die betreffenden Vermerke von damals.«

Der andere Verteidiger fragt: »Haben Sie nach der Wegnahme des Falls noch weitere Ermittlungen angestellt.«

Heller antwortet: »Ich habe keine weiteren Ermittlungen angestellt, da es mir dienstlich untersagt worden ist. Außerdem hat mir mein neues Aufgabengebiet ein Arbeitspensum abverlangt, das jegliche Privatermittlungen unmöglich gemacht hat.«

Heller wird aus dem Zeugenstand entlassen, Charlotte kommt herein. Die Fragen, die man ihr stellt, hört Heller nicht, er ist mit seinen Gedanken in der Vergangenheit, in Rom, in Ostia …

Vier Pfeiler ragen in den Himmel. Dazwischen freie, betonierte Fläche, Grasbüschel. Ein paar Stufen führen hinauf. In der Mitte eine Gedenktafel. Weiter hinten ist der Wald, durch den sie gefahren sind. Heller und Charlotte bleiben stehen. Sie lesen die Namen der vierundzwanzig verbrannten Menschen. Sie sagen nichts. Ein Vogel huscht über sie hinweg. Sie lesen die Namen.

Charlotte bekreuzigt sich. Heller will nicht fragen.

Charlotte möchte gehen. Heller geht neben ihr.

Die Holzhütte ist als einzige nicht abgebrannt, weil sie von den SS-Leuten als Kommandoposten genutzt wurde. Vor dieser Hütte stand der Tisch, auf dem sie Karten gespielt haben. Innen ist eine kleine Ausstellung. Fotografien von Partisanen, die sich heimlich im Wald getroffen haben; Erläuterungstafeln auf Tschechisch, Slowakisch, Englisch, Deutsch; Fotografien von Partisanen, die von SS-Leuten aufgehängt wurden; Karten von Osteuropa zur Zeit der Besetzung; Fotografien von Partisanen, die in ihr Grab geschossen werden.

In einer Vitrine ist der Schuh von František Belha, der in seinem Einödhof erschossen wurde. In einer Vitrine ist die rostige Uhr von Ladislav Rangl, der bei der Waldarbeit erschossen wurde. In einer Vitrine ist die geblümte Schürze seiner Frau Olga, die von SS-Leuten bei der Waldarbeit erschossen wurde. In einer Vitrine ist der löchrige Hut von seinem Schwager Jiři Rudik, der von SS-Leuten bei der Waldarbeit erschossen wurde.

Ein Bild von dem zerstörten Dorf. Rauch steigt auf. Charlotte geht hinaus, Heller hinterher. Draußen schauen sie in den Himmel. Wolken ziehen vorüber, Schatten fallen auf die Erde.

Sie werden angesprochen. Es ist die Leiterin der Gedenkstätte.

Sie sagt: »Ich heiße Zuzana Uhal, ich bin die Tochter des einzigen Überlebenden.«

Tomáš Uhal hat, als sein Haus angezündet wurde, durch das Fenster in ein Gebüsch fliehen können, wo er zwischen Zweigen und Stacheln stundenlang kauerte, bis die Deutschen abgezogen sind.

»Er hat immer die Schreie gehört«, sagt Zuzana Uhal, »am Tag und in der Nacht.«

»Er hat nicht mehr schlafen können, nur noch weinen.«

»Er hat Tage im Wald verbracht«, sagt Zuzana Uhal.

Charlotte und Heller schweigen.

»Mein Vater hat keinen Hass gegen die Deutschen gehabt. Wenn zwei von unseren Leuten der SS nicht verraten hätten, dass sich die Partisanen in das Dorf zurückgezogen haben, dann würde es heute noch stehen.«

Heller und Charlotte schweigen.

Zuzana Uhal sagt: »Meine Familie hat Geld bekommen. Geld aus Deutschland. Viele Deutsche haben Geld gespendet. Ein Deutscher hat jahrzehntelang Pakete an meinen Vater geschickt, mit Kaffee, Konserven, Margarine, Zigaretten. In den Zigarettenpackungen waren immer viele Geldscheine. Im letzten Paket war ein kleines Vermögen. Wir haben es für die Gedenkstätte verwendet.«

Zuzanna Uhal zeigt auf eine Tafel mit Namen. Es sind die Namen der Spender, eingraviert in Metall. Charlotte geht einen Schritt näher. Sie schlägt die Hand vor ihren Mund. Auf der Tafel steht:

Theodor Kolnik, Řezno, Spolková republika Německo.

Heller klickt auf die empfangene Mail. Die Mitteilung liest er nicht. Er öffnet das Dokument.

Auf der ersten Seite steht, mit weißen Lettern auf schwarzem Hintergrund: *Kondolenzbuch*. Auf der zweiten Seite ein Bild von Hanns Martin Schleyer, breiter Kopf, dicke Lippen, Tränensäcke unter den Augen, die Nase groß, die vollen Haare mit grauen Strähnen … oben rechts der schwarze Streifen.

Achtundfünfzig Seiten hat das Dokument. Heller geht alle Einträge durch. Alle Unterschriften. *Waltrude Schleyer, Helmut Schmidt, Helmut Kohl, Franz-Josef Strauß …*

Heller blättert weiter. Christoph klopft an. Heller bewegt sich nicht, sagt nichts, hört Christoph wieder gehen. Heller nimmt, ohne hinzusehen, die Akte. Auf dem Monitor zoomt er eine Unterschrift heran. Sie sieht aus wie ein Kürzel, wie ein griechisches Zeta, eine kleine Schleife links oben, eine Rundung, ein Haken unten rechts, wie ein Wurm, der sich krümmt. Heller blättert in der Akte … die Unterschrift, jetzt hat er sie zweimal vor sich.

Sehr geehrter Herr Heller, anbei die gewünschte Liste, Hochachtungsvoll.

steht in schwungvollen, kräftigen Lettern auf dem formlosen Schreiben; auf der nächsten Seite die Liste mit den zwölf Jiří Abels aus Prag. Heller kann sich erinnern, die tiefe Stimme, der Dialekt. Er nimmt das Bild von der Trauerfeier zur Hand. Die eingekreiste Person … es ist der vierte Mann, der Mann mit dem Mantel. Heller steht auf. Er geht ans Fenster.

Er stellt sich vor, wie es wäre, eine Zigarette in der Hand zu halten, den Rauch einzuatmen.

»Die schlimmsten …«, flüstert er beim Ausatmen, »die schlimmsten sind uns immer ausgekommen.«

Nachbemerkung

Die Handlung dieses Romans basiert teilweise auf einem authentischen Fall:

Im Jahr 1983 verstarb in der ostbayerischen Kleinstadt Kötzting der angesehene Bürger Werner Tutter (er hatte sich keinen Alias-Namen zulegen müssen) im Alter von 74 Jahren, »Vereinsvorstände, Vorgesetzte und Mitarbeiter dankten in ihren Abschiedsworten am offenen Grabe dem stets aufrichtigen, humorvollen Werner Tutter für seine unermüdliche Arbeit.« Achtzehn Jahre später, im Jahr 2001, wurde die wahre Identität des Werner Tutter bekannt: Hinter der Fassade des »hilfsbereiten« VHS-Leiters, »überzeugten Christen« und CSU-Stadtrats hatte sich ein Kriegsverbrecher und Spion versteckt.

Werner Tutter wurde 1909 in Prag geboren und gehörte der privilegierten deutschstämmigen Oberschicht an. Er studierte Ingenieurswissenschaften, wurde Beamter, hatte Frau und drei Kinder. Nach dem Ersten Weltkrieg und dem Untergang der Habsburgermonarchie wurde die Tschechoslowakei unabhängig, die deutsche Bevölkerung hatte ihre bestimmende Rolle verloren. Tutter engagierte sich nun für deutschnationale Organisationen, nach 1933 für die Sudetendeutsche Partei, mit deren Führer Konrad Henlein er auch privat verbunden war. In der NSDAP stieg Tutter nach dem Einmarsch der Deutschen 1939 zum Propagandaführer im Sudetenland auf, darüber hinaus arbeitete er für die »Abwehr« (Geheimdienst der Wehrmacht). Ein von Tutter verschuldeter Verkehrsunfall, bei dem das Opfer ums Leben kam, schadete seiner Karriere nicht, es gab einen »politischen« Freispruch.

Nach Kriegsbeginn wurde Werner Tutter, der acht Sprachen beherrschte, von der Abwehr in verschiedenen Ländern als Kriegsberichterstatter eingesetzt, ab 1943 agierte er für das berüchtigte Sonderkommando »Brandenburg« in den besetzten Gebieten. Zusammen mit dem SS-Offizier Walter Pawlofsky leitete Tutter ab 1944 die SS-Sondereinheit Josef, die im Grenzgebiet zwischen Böhmen und Mähren Partisanen bekämpfte und im April 1945 in den Holzfällerdörfern Ploština und Prlov Massaker an der Zivilbevölkerung verübte. Berichten zufolge war Tutter an den

Gräueltaten persönlich beteiligt. Nach dem Krieg floh er mit seiner Familie ins oberfränkische Weißenstadt und war, die genauen Hintergründe sind unbekannt, für die amerikanische Besatzungsmacht im bayerischen Landwirtschaftsministerium tätig, bevor er 1946 als Kriegsverbrecher an die Tschechoslowakei ausgeliefert wurde. In Bratislava wurde Tutter zu sechs Jahren Arbeitslager verurteilt – ein überraschend mildes Urteil. Während seiner Haft wurde er vom tschechoslowakischen Geheimdienst angeworben. Aus tschechischen Geheimunterlagen geht hervor, dass Tutter 1954 mit einer perfekten Legende als Agent »Konrad II« nach Westdeutschland übersiedelte, wo er in Frankfurt am Main als Geschäftsmann und Angestellter der Sudetendeutschen Landsmannschaft arbeitete. Ab 1962 fand Tutter, wegen seiner hervorragenden Sprachkenntnisse und vermutlich auch wegen bestimmter Verbindungen, eine Anstellung als Zivilangestellter der Bundeswehr, sein Einsatzort war die NATO-Abhöranlage des Fernmeldesektors F auf dem Hohen Bogen im Bayerischen Wald. Tutter fungierte hier als Abhörspezialist und überwachte den Funkraum jenseits des Eisernen Vorhangs, wobei er, bis zu seiner Pensionierung im Jahr 1974, eine Reihe von geheimen Informationen an den tschechoslowakischen Geheimdienst weiterleitete. Als 1966 in Prag wegen der Kriegsverbrechen von Ploština und Prlov Anklage erhoben wurde, blockierten maßgebliche tschechoslowakische Stellen weitere Ermittlungen. »Werter Genosse, da bei der Erörterung des Falles Tutter/Pawlofsky Tatsachen bekannt wurden, die die Interessen der ČSSR im Ausland bedrohen könnten, bitte ich Sie um die Einstellung der Strafermittlungen«, schrieb der damalige stellvertretende Innenminister Jaroslav Klíma an den zuständigen Staatsanwalt Jaroslav David.

In der Überwachungsanlage auf dem Hohen Bogen vermutete man Anfang der siebziger Jahre einen Spion, erst recht nachdem ein Umschlag mit sensiblen Unterlagen aufgefunden worden war – die Nachforschungen des LKA und des Militärischen Abschirmdienstes (Nachrichtendienst der Bundeswehr) verliefen allerdings trotz mehrerer Hinweise im Sand. Es ist nicht unwahrscheinlich, dass auch westliche Stellen Tutter deckten, da sie ihn ebenfalls als Spion eingesetzt hatten. Tutter gelang es, den offensichtlichen Geheimnisverrat einem Kollegen anzulasten, der infolge der nachrichtendienstlichen Untersuchungen schweren persönlichen Schaden nahm.

Walter Pawlofsky starb Anfang 2000 in München als pensionierter Studiendirektor im Alter von 86 Jahren.

Die hochrangigen kommunistischen Funktionäre Jaroslav Klíma und Jaroslav David wurden nach Bekanntwerden des Falles im Jahr 2001 in Prag wegen Strafvereitlung und Amtsmissbrauch vor Gericht gestellt und 2002 verurteilt.

In Ploština existert seit 1975 eine Gedenkstätte, die an die Massaker von 1945 erinnert.

Der 1977 von der RAF entführte und getötete Arbeitgeberpräsident Hanns Martin Schleyer war bis 1945 als NS-Funktionär in Prag tätig, unter anderem war er für die Arisierung der tschechischen Wirtschaft und die Beschaffung von Zwangsarbeitern für deutsche Betriebe zuständig. Mit seiner Familie bewohnte er die Villa Waigner, deren enteignete jüdische Vorbesitzer im Konzentrationslager ermordet wurden.

Quellen (Auswahl)

Kötztinger Zeitung vom 10. März 1983 (Bericht über Tutters Begräbnis), vom 2. Oktober 2001 und vom 16. April 2002 (Berichte über den Prozess gegen Jaroslav Klíma und Jaroslav David)

Freudenthaler Ländchen vom Mai 2000 (Todesanzeige Pawlofskys)

Literatur (Auswahl)

Luděk Navara: *Der Tod heißt Tutter.* Ein Nazimörder in Diensten der Staatssicherheit der ČSSR. Straubing 2005

Erich Später, »Villa Waigner«. Hanns Martin Schleyer und die deutsche Vernichtungselite in Prag 1939-1945, Hamburg 2000.

Hans-Ulrich Stoldt, Deckname Fritz. In: Der Spiegel. Nr. 34, Hamburg 2001, S. 151–152.

https://de.wikipedia.org/wiki/Werner_Tutter

LESEN SIE WEITER:

Hella Haasse
DAS INDONESISCHE GEHEIMNIS
176 Seiten, gebunden mit Schutzumschlag
ISBN 978-3-88747-323-5. Auch als ebook

Mukoma wa Ngugi
BLACK STAR NAIROBI
256 Seiten, gebunden mit Schutzumschlag
ISBN 978-3-88747-314-3. Auch als ebook

Abasse Ndione
DIE PIROGE
128 Seiten, gebunden
ISBN 978-3-88747-306-8. Auch als ebook

Dietmar Sous
ROXY
144 Seiten, gebunden mit Schutzumschlag
ISBN 978-3-88747-315-0. Auch als ebook

Anila Wilms
DAS ALBANISCHE ÖL
oder MORD AUF DER STRASSE DES NORDENS
176 Seiten, gebunden mit Schutzumschlag
ISBN 978-3-88747-279-5. Auch als ebook

www.transit-verlag.de